ME CASÉ CON UN MAFIOSO

Un romance entre fuego y hielo

ROSIBEL SEQUERA

amazon.com/author/rosibelabysai

goodreads.com/rosibelabysai

tiktok.com/@rosibelwattpad7

instagram.com/rosibelabysai

Lista de reproducción

Lista de reproducción de
Me casé con un mafioso

Estimado lector, cuando escribía mi novela hubo algunas escenas en que las canciones de esta lista *playlist* me sirvieron de inspiración. Podrás encontrarlas en Spotify, si pinchas en este enlace:

https://open.spotify.com/playlist/
16JmTFpxzJpv16ANxr8TiA?si=WRB6vafvR7-
VU8NNDg0Hxw

Vivaldi: Winter from The Four Seasons - Piano by Roxana van Beli
How Do I Say Goodbey - Pure Piano by Roman Tee
Angel - The Weeknd
After Hours - The Weeknd
Acquainted - The Weeknd
If Not For You - Måneskin
End Game - Taylor Swift, Ed Sheeran, Future
Sparks - Coldplay
You Are The Reason - Calum Scott
Can't Help Falling In Love - Elvis Presley

Parte Uno

EN EL PASADO

UNO

Marcello Coppola

Venecia

E ntro al teatro Goldoni cruzando la alfombra roja que usaban para este tipo de eventos. Tenía una reunión de negocios importante. Deseaba expandir mi compañía a las afueras de Italia: mi objetivo principal era Alemania.

Me dirijo a los balcones vip donde el Sr. Friedrich y el Sr. Günther me esperaban. Eran dueños de una pequeña empresa exportadora de telas, y mi interés en ellos se debía al gran número de ganancias obtenidas por su empresa en los últimos meses. Nadie se había arriesgado a asociarse con ellos debido al gran riesgo que conllevaba, pero yo sabía cuándo una compañía estaba destinada a crecer y ambos lo harían si aceptaban mi propuesta.

El Sr. Günther es el primero en verme llegar; se pone de pie, acomodándose el saco, y me tiende la mano, al mismo tiempo, el Sr. Friedrich también se levanta de su asiento.

—Sr. Coppola, es un gusto que haya aceptado nuestra reunión —digo a modo de reconocimiento.

Pudo haber llevado esto a mi oficina, pero tenía interés por la persona que tocaría esta noche. Quería saber si era tan buena como decían.

—Igualmente, es un gusto —respondo y tomo asiento entre ambos, de inmediato, salto a los negocios.

Solo teníamos unos minutos antes de que comenzara el espectáculo. Había escogido el balcón más cercano del escenario para tener una vista perfecta de ella. No quería perderme nada. Después de todo, era mi objetivo desde hace años.

A medida que avanza la reunión, mi ansiedad aumenta hasta el punto en que comienzo a perderme gran parte de la conversación, lo que, a su vez, no era mucho. Me daban lo que yo quería y ellos obtenían un valioso socio: era un ganar-ganar.

—Las estadísticas, en lo que va del año, son muy alentadoras. Podríamos implementar un mejor equipo de *marketing* y así obtener nuevos compradores para finales del mes... —Dejo de escuchar de nuevo cuando la luminosidad del teatro baja.

Una pequeña figura se desliza con gracia por el teatro hasta detenerse en el centro del escenario, su melena rubia iba suelta y un vestido negro, hecho de lo que parecía ser seda, cubría su esbelta figura.

Toma asiento frente al piano y, casi de inmediato, las notas musicales inundan el lugar. Sin pretenderlo, mi cuerpo se inclina en su dirección, queriendo captar hasta el más mínimo movimiento de sus gráciles dedos sobre las teclas.

Estaba tocando una de mis piezas favoritas de *Mozart*. Aparto la mirada de sus dedos y la poso sobre su rostro. Una sonrisa tiraba de la comisura de sus labios y su cabeza se movía ligeramente, siguiendo la entonación de la melodía. Cuando cierra los ojos, es como si estuviera observando a un ángel en todo su esplendor. Un leve brillo iluminaba sus mejillas, dándole un aspecto hermoso a su rostro.

Tardo varios minutos en caer en la cuenta de algo; estaba tocando sin partitura.

Catorce jodidos minutos sin partitura.

Estaba loca, y por alguna razón, ese simple hecho hizo que mi entrepierna se tensara.

Me obligo a apartar la mirada por unos segundos. No podía excitarme, y mucho menos desear a esa mujer. Ella era mi objetivo, uno que debía debilitar y destruir en su debido momento.

Mas esos pensamientos se fueron a la mierda cuando mis ojos la encontraron de nuevo. Había algo que me hacía querer adorarla en vez de destruirla.

Nunca había tenido un conflicto de intereses, ya fuera con respecto a mi empresa o el mundo del narcotráfico, el que manejaba junto con mi hermano, Camillo Coppola. Siempre tenía muy claro lo que quería y lo que tenía que hacer para conseguirlo.

Mi padre biológico, Lucas Moretti, había sido un bastardo. Nunca nos quiso lo suficiente como para darnos su maldito apellido, pero, al final del día, seguía siendo nuestro padre. Mi madre había sufrido años tras su muerte, y nos hizo jurar a mi hermano y a mí que lo vengaríamos.

Dicha venganza giraba alrededor de la familia Voronin Smirnov, los mismos apellidos que llevaba la mujer que tocaba el piano con sorprendente destreza y gracia.

Pero ahora también estaba el hecho de que, por más que me lo repitiera, no podía dejar de mirarla, y algo dentro de mí se removía con la sola idea de que alguna desgracia le sucediera, en especial si era por mi culpa.

Entonces, hace algo que detiene mi corazón por unos

segundos, para que después comience a latir de manera desenfrenada.

Abre los ojos y mira en mi dirección, por unos segundos no somos más que ella y yo en este lugar, sintiendo la extraña tensión que se creaba entre ambos. Rompe el contacto antes de lo que hubiera querido, mas no me permito sentirme mal por ello.

No tenía derecho después de todo.

Los siguientes minutos pasan demasiado rápido y, sin quererlo, me encuentro furioso cuando se pone de pie y hace varias reverencias frente al público. Se va del escenario sin volver a mirar en mi dirección.

Ni una maldita vez.

Me levanto y salgo disparado del balcón, ignorando la llamada de los hombres a mi espalda. No estaba pensando y mucho menos razonando, solo quería que me mirara una jodida vez más y podría irme tranquilo a casa para continuar con mi plan.

Llego a los camerinos con la respiración acelerada, pero eso deja de importarme cuando encuentro la puerta con su nombre:

«Elaine Voronin»

Entro sin tocar, con la esperanza de tomarla con la guardia baja.

Pero el lugar se encontraba vacío, no había rastros de ella. Me acerco al tocador, donde había un ramo de rosas rosadas. En la esquina del espejo, veo una fotografía en la que aparecía junto con su hermana.

La tomo entre mis dedos.

Su rostro era redondo, tenía las mejillas ligeramente relle-

6

nas, lo que le daba un aspecto aún más juvenil. Sus ojos, que parecían ser la puerta al cielo, eran de un marrón claro. Tenía la nariz perfilada: sigo el recorrido de esta hasta llegar a sus labios. El superior era algo más delgado que el inferior, y por alguna razón, quería besar esos labios.

Me dejo caer en la silla frente al tocador y tiro de las hebras de mi cabello.

¿Qué carajos estaba haciendo?

De todas las mujeres, ¿por qué quería besarla a ella?

Había millones de mujeres en este puto mundo.

Y mi estúpido cerebro había decidido fijarse en ella. Que era lo único que no podía permitirme tener.

En ese preciso momento, lo supe. Estaba jodido, por primera vez, algo se me había salido de control.

DOS

Elaine Voronin Smirnova

Mansión Moretti, Italia

S e abren las grandes puertas marrón caoba dándonos la bienvenida a la mansión de mi tía Roxanne y mi tío Lorenzo. El interior siempre me sorprendía a pesar de haber pasado varias de mis vacaciones aquí. Todo era elegante y antiguo, casi aristocrático, como si la casa hubiese pertenecido a la nobleza en el pasado.

El tío Lorenzo nos recibe con un efusivo abrazo a los cuatro. Nuestra tía Roxanne, que en realidad no era familia biológica, al igual que el tío Lorenzo, desciende las escaleras con un hermoso vestido azul cielo que se ajustaba a su torso como un guante y se desplegaba alrededor de su cintura como una cascada.

—Me alegra que hubieran llegado bien, las últimas semanas todo ha sido un caos por aquí —dice tras terminar de saludarnos.

Reparo en su rostro, donde se veía el cansancio. Tal vez ser madre de dos niños tuviera algo que ver, pero tenía la sospecha de que los robos a la mercancía de mi tío también podían ser la causa. El tío Lorenzo también parecía agotado, pero este lo ocultaba mejor.

A mi lado, Alicia estudia los alrededores. Ella siempre hacía eso cuando llegaba a un lugar, no importaba qué tan asegurado estuviera todo, estaba alerta todo el tiempo. Mi hermana gemela tenía cierto parecido a mí: era mayor que ella por unos minutos. Llevaba el cabello hasta la altura de los hombros, sus rasgos eran más delicados que los míos, dándole así un aspecto juvenil, casi angelical.

Por eso, las personas siempre bajaban la guardia cuando ella estaba cerca. No podían evitar admirarla y era ahí cuando ella tomaba ventaja sobre su objetivo. Era la mejor tiradora que había conocido y estaba segura de que nunca conocería a alguien mejor. También era un cerebrito con los equipos electrónicos, podía saber todo de ti en cuestión de segundos, y cuando había información valiosa, solía guardarla hasta poder usarla para su propio beneficio.

Además, era la mejor bailarina de toda Rusia y muy pronto lo sería de todo el mundo. Me gustaba verla bailar, era relajante y también hipnotizante. Además, era mi compañera de prácticas. Yo aprendía nuevas piezas y ella las bailaba.

El mejor dúo, tanto en la música y el baile como en el arte de asesinar.

Éramos conocidas como las princesas de la mafia, pero en el bajo mundo nos llamaban los ángeles de la muerte.

Había cierto placer en matar a alguien que sabes que es un peligro tanto para ti como para tu familia. Mas eso no significaba que fuese correcto. Pero aquí solo sobrevivía el más fuerte; los débiles no tenían cabida en este mundo.

Por eso quería dejarlo. La mafia, la muerte, el narcotráfico. Todo. Aunque era más fácil decirlo que hacerlo.

Había hablado de esto infinidad de veces con mis padres y Alicia. Ambas deseábamos lo mismo y nuestros padres estaban dispuestos a darlo todo con tal de que tuviéramos la vida que queríamos. Pero no sería egoísta, si aceptaba su oferta, la de desaparecer del radar y vivir alejada de la sociedad por un tiempo, tanto ellos como nosotras, seríamos un eslabón débil.

Alguien comenzaría a investigar más temprano que tarde si desapareciéramos, y cuando nos encontraran, porque lo harán, nos usarían para obtener de los reyes de la mafia lo que quisieran. Incluyendo sus coronas. Después nos matarían y se acabaría el juego para nosotros, y eso no podía pasar.

Por ello, hace un tiempo había renunciado a la idea de abandonar este mundo. No había manera de que me fuera y dejara expuesta a mi familia en el proceso.

Y también estaba mi música; si me alejaba de la sociedad, nunca más podría tocar en un escenario de nuevo, y jamás podría renunciar a eso. La música era mi vida, mi oxígeno.

Salgo de mis pensamientos cuando escucho que se abren unas puertas, entonces, miro en esa dirección de inmediato.

—Ellos son los hermanos Coppola, Camillo y Marcello —escucho que dice mi tío, pero no podría estar segura, ya que mis ojos estaban devorando cada centímetro del cuerpo del mayor de los gemelos.

Marcello Coppola: alto, quizás de 1,87; su cabello era negro azabache y estaba perfectamente peinado; sus ojos eran gris oscuro, fríos y penetrantes, y había una mirada calculadora en ellos. Además, sus facciones eran robustas, la quijada bien afilada, al igual que sus pómulos. Tenía las cejas gruesas, casi llamándome a gritos para que pasara mis dedos por ellas. Una barba incipiente adornaba su rostro, dándole un aspecto más serio del que tenía ya. Sus labios eran delicados y casi parecían fuera de lugar con su postura de macho alfa. El traje se ceñía a su cuerpo, podía notar sus músculos bien trabajados a pesar de la tela. Tenía hombros anchos, lo que lo hacía parecer más alto e intimidante.

Al terminar mi escrutinio, regreso la mirada a su rostro, específicamente a sus ojos, pero los suyos ya estaban sobre mí. Había sido así desde que entró en la habitación.

La sensación de su mirada sobre mí era la misma que la de aquella noche en mi presentación. Los vellos de mi cuerpo estaban erizados y mi corazón latía de modo desenfrenado. No sabía a qué se debía esa reacción, quizás era la adrenalina por el juego que estábamos jugando, o porque sabía la razón de su presencia en este lugar. O porque me gustaba la sensación de ser observada solo por él.

—Es un placer conocerlos, Sr. y Sra. Voronin —dice. Su voz era gruesa y el acento italiano era notable en él—. Señoritas Voronin.

Un escalofrío me recorre al tener su atención de nuevo. Su voz me provocaba cosas a las que no quería darles nombre.

Era mi enemigo. Mi objetivo.

Tenía que recordar eso y así no haría nada estúpido.

—Es un gusto —decimos al unísono Alicia y yo. La mayor parte del tiempo era algo involuntario.

A pesar de mis pensamientos anteriores, me encuentro inclinándome hacia mi hermana para susurrarle al oído:

—*I da, eto*[1].

—Ahora sí, vayamos a la sala, tenemos que ponernos al día. —La tía Roxanne nos toma de la mano y, en el proceso, Alicia arrastra a mamá con nosotras.

Sería un largo día.

~

Salgo de la habitación y me dirijo al estudio de música que mis tíos habían mandado hacer para mí, estaba al lado del estudio de baile de Alicia.

Habíamos pasado horas hablando con mi tía, creí que nos llegaría la noche y que no tendría oportunidad de practicar la pieza para la celebración de bienvenida a la mafia de mi primo Emanuele, que había nacido hace unas semanas.

Bajo las escaleras cuando una voz en mi oído me sobresalta.

—¿Me estás escuchando, Elaine? —dice Ivan.

Cierro los ojos por unos segundos, había olvidado por completo que estaba en llamada con él.

—Sí, sí te estoy escuchando —respondo.

Ivan Magomedov, mi amigo de toda la vida y novio. Las cosas habían ido bien en un principio, disfrutaba pasando el tiempo con él y era divertido en ocasiones. Pero cuando decidimos dar el siguiente paso, todo se fue al diablo. Se volvió tóxico y controlador, y a medida que pasaba el tiempo, me estaba cansando.

En ocasiones, cuando se molestaba, solía querer golpearme. Pero vaya que Dios sabía muy bien que nunca permitiría que un hombre me golpeara. Así que solo lo noqueaba y al día siguiente él no recordaba nada.

La única razón por la que seguía con Ivan era por el respeto que le tenía a su familia y lo cercanos que se habían vuelto a mis padres. Los Sres. Magomedov esperaban que un día nos casáramos, día que nunca llegaría.

Solo estaba esperando el momento perfecto para dejarlo o matarlo, porque si se volvía una molestia, así terminaría.

—¿Qué estaba diciendo entonces? —pregunta con voz severa.

Llego al estudio y me dejo caer en la banca frente al piano. La sudadera se me sube hasta la mitad de los muslos, abajo llevaba unos *shorts* de algodón, además de unas medias en los pies. Quería estar cómoda por las siguientes tres horas, que era lo que normalmente practicaba para poder dormir después.

—Sobre ir a almorzar con tus padres mañana —respondo de forma distraída, ya que estaba acariciando las teclas del piano. Gracias a Dios, su vuelo se había atrasado—. Oye, tengo que irme —termino la llamada sin darle tiempo a que responda.

Lanzo el teléfono al sofá más cercano, me recojo el cabello en una coleta y comienzo a tocar.

Las primeras notas de *Lacrimosa* inundan el lugar, dejando que mis dedos se deslicen con delicadeza sobre las teclas. Cada vez que tocaba una canción, era como si todos mis pensamientos y preocupaciones fueran silenciados, solo éramos la música y yo, como una sola.

Cierro los ojos y me relajo. *Lacrimosa* era una de mis piezas favoritas, había tanto sentimiento en cada nota que me sentía en el cielo. La música tenía el poder de transportarte a cualquier lugar, lugar en donde te contaban una historia.

Un cosquilleo me recorre al sentir su mirada. Igual que esa noche en Venecia, mi corazón se acelera al saber que me está viendo mientras toco. Hago todo lo posible por ignorar su presencia, pero fallo de manera estrepitosa cuando escucho sus pasos acercándose. Cruza por mi lado, para luego sentarse en el sofá más cercano.

El mismo donde estaba mi teléfono.

Abro los ojos, tomándome unos segundos para adaptarme a la luz de la habitación. Miro en su dirección sin dejar de tocar, estaba haciendo un esfuerzo para no equivocarme al presionar las teclas mientras lo observo.

Su cabello estaba un poco despeinado, pero seguía viéndose muy bien, se había quitado el saco y arremangado las mangas de la camisa. Tenía las piernas estiradas frente a él, una sobre la otra, y un vaso con lo que parecía ser ron estaba en su mano derecha.

Regreso la vista al piano y me preparo para el cierre. Mi cuerpo estaba tenso y cada fibra de mi ser vibraba bajo su atenta presencia. Cuando las últimas notas suenan, elevo la mirada y alejo las manos del piano.

—Prefiero escucharte tocar así —dice sin apartar su mirada de la mía.

¿Así que actuaríamos como si esa noche en Venecia no lo hubiera visto? Pues bien, hacía más fácil mi trabajo.

—¿Así cómo?

—Sin público, solo tú y el piano. Me gusta más así. —Termina el contenido de su vaso y vuelve a mirarme.

—¿Qué haces aquí? —pregunto.

Era mala idea estar a solas con él. Me hacía imaginar cosas que no debería.

¡Maldición!, tenía novio, era un completo idiota, pero no merecía que le faltara el respeto de esa manera.

Se encoge de hombros.

—Iba a mi habitación cuando escuché las notas de *Lacrimosa* y decidí acercarme.

No me sorprende el hecho de que conozca a Mozart, había investigado todo sobre él.

—Pues ya terminó el espectáculo, así que buenas noches. —Me pongo de pie dispuesta a irme.

Me quedaban dos horas de práctica, pero no permanecería aquí. Sentía mi cuerpo en llamas y sabía que haría una estupidez si continuaba un minuto más cerca de él.

—Estás huyendo. De nuevo —dice a mi espalda.

Me doy la vuelta y lo enfrento.

—Yo no huyo, nunca lo hago.

—Oh, sí lo haces, *cuore*. Aquella noche en Venecia huiste porque sabías muy bien que iba a ir detrás de ti después de la forma en que me miraste, «corazón».

Intento omitir el hecho de que me ha puesto un apelativo cariñoso. No podía caer en lo que fuera que se estuviera creando entre nosotros.

No debía pensar así de él.

—Ya te dije que no.

No tenía que demostrarle nada, pero, aun así, no quería que me viera como una cobarde. Y no estaba huyendo, era instinto de supervivencia.

—Si eso te hace sentir mejor, no soy nadie para contradecirte. —La burla en su voz era palpable, pero también iba a ignorar eso.

—Buenas noches.

Me doy la vuelta bajo su atenta mirada. Comienzo a cantar victoria cuando vuelvo a escuchar su voz.

—Se te olvida algo, *cuore*.

—¿Qué? —respondo.

Y como si la vida quisiera burlarse de mí, mi teléfono comienza a sonar. Teléfono que estaba en sus manos, manos que tenían largos y gruesos dedos...

Basta.

Me obligo a detenerme. Debía alejarme de él cuanto antes.

—Al parecer, Ivan Magomedov desea hablar contigo —suelta con desdén.

Me acerco a pasos apresurados y tomo mi móvil, pero antes de poder alejarme lo suficiente, su mano se cierra alrededor de la mía.

El aire se queda en mi garganta cuando se pone de pie. Sus muslos rozan los míos, desnudos, luego, uno de sus dedos acaricia el pulso en mi muñeca y su pecho toca el mío. Elevo la mirada para encontrarme con la suya, me sacaba casi dos cabezas.

Me miraba como si quisiera saber cada uno de mis secretos o llegar a mi alma. Pero no le daría la llave de esa puerta. Por unos segundos, su mirada baja a mis labios, hace lo mismo que yo en este momento. Sin pretenderlo, separo los labios ligeramente. Mi respiración se acelera cuando acerca su boca a mi mejilla y deja un suave beso sobre ella, para después deslizarse hasta llegar a mi oído.

—Buenas noches, *cuore* —susurra con voz ronca.

Se aleja antes de lo que hubiera querido y me reprendo por ello.

Sale de la habitación en largas zancadas sin mirar en mi dirección ni siquiera una vez.

Me quedo de pie al lado del piano por unos minutos, u horas, no sabría decirlo con certeza. El teléfono seguía sonando, pero yo solo podía repetir lo sucedido como una maldita película.

Esto iba a ser más difícil de lo que creí.

TRES

Elaine Voronin Smirnova

La fiesta de bienvenida a Emanuele

Remuevo mi comida, haciendo todo lo posible por ignorar a Ivan, que estaba a mi lado, al frente estaban sus padres. Habían aterrizado hacía un par de horas y, tras dejar el equipaje en la casa de mis tíos, fuimos a almorzar.

No quería estar aquí, y por alguna razón que aún desconocía, estaba de muy mal humor. O quizás sí conocía la razón, pero me negaba a aceptarla.

¿Qué poder tenía él sobre mí como para influir en mi estado de ánimo? Exacto, ninguno.

Aún podía sentir su pecho rozando el mío y sus labios en mi mejilla. Este anhelo que arañaba mi pecho no era correcto, no debía sentirme así.

Por mi mente pasa la conversación que tuve con Alicia en la madrugada: tenía la atención de Camillo y, por más que no era parte del plan, ella quería jugar con él. Era arriesgado, como le había repetido una y otra vez, pero ella disfrutaba del peligro y de jugar al gato y al ratón con sus víctimas.

El problema no era que nos descubrieran. El que lo hicieran nos quitaría el factor sorpresa, pero podíamos lidiar con eso. El problema era que, ¿y si esto se nos salía de control? Una cosa era acércanos a ellos y otra tener sexo. Además, yo tenía novio, no podía hacerlo.

Pincho una patata y me la llevo a la boca. ¿Por qué la idea de tener sexo con Marcello no me disgustaba como debería? Él quería destruir a mi familia, era mi enemigo.

Dios, era una mala novia e hija.

No podía estar pensando en follarme a otro hombre cuando mi novio estaba a escasos centímetros de mí y mis suegros mencionaban lo lindos que serían nuestros hijos.

—Querida, ¿estás bien? —me pregunta la Sra. Magomedov.

Le doy mi sonrisa más cálida y asiento. También era una mala nuera.

—Solo tengo muchas cosas en la cabeza —digo como explicación a mi distracción. En sí, no era una mentira.

—¿Cosas como qué? —pregunta Ivan con recelo.

Mis ojos se encuentran con los suyos: siempre me había parecido guapo y desde que lo conocí había sentido atracción, pero tal vez nunca debimos dar este paso. Los mejores amigos nunca debían ser novios, eso siempre terminaba mal.

O al menos, había sido así en mi caso.

Cuando acepté ser su novia, hace dos años, creí que lo amaba y que era la persona con la que deseaba pasar el resto de mi vida, pero ahora me daba cuenta de que no habían sido más que sentimientos y pensamientos momentáneos.

No sabía en qué punto de nuestra relación había dejado de quererlo, pero no podía seguir mintiéndome o esperando que su forma de ser cambiara; esto había muerto hace mucho.

—¿Podemos hablar un momento, por favor? —Me pongo de pie, murmurando una disculpa a los Sres. Magomedov, y salgo del restaurante con sus pasos detrás de mí.

—¿Qué pasa? —pregunta cuando estamos afuera.

No sabía muy bien cómo abordar este tema, pero ya lo había dejado pasar mucho tiempo.

—Tenemos que terminar esto —suelto.

Por su mirada pasan varias emociones; duda, dolor e ira. Bien, esto se iba a poner muy incómodo.

—¿Qué? —exclama.

—Lo que dije. Hace mucho tiempo que dejamos de funcionar, esto —digo, señalándonos—, no nos está llevando a ningún lado. Creí que, si ignoraba el asunto, todo volvería a ser como antes, pero solo hemos estado cayendo en picada.

Niega.

—No sé de dónde sacas esas cosas, Elaine, pero para mí, todo está igual que antes.

Enarco una ceja.

—En serio, ¿y cuándo fue la última vez que tuvimos sexo? ¿O salimos juntos como una pareja normal? —Lo que obtengo es silencio—. Exacto, dejamos de ser una pareja hace mucho y ninguno de los dos había querido aceptarlo

—Esto es por alguien más, ¿no? —pregunta, y justo lo que temía, sucede.

Ivan era como la dinamita, solo se requería provocarlo con una pequeña chispa para que sacara el lado más cruel, retorcido y frío de su persona.

—No, Ivan. Esto lo hago por mí.

—No te creo. Esto lo haces porque te gusta otro hombre. —Da un paso hacia mí—. Porque la Elaine de hace un año no hubiera hecho esto. Lo nuestro es lo mejor que te ha pasado en la vida.

Cada músculo de mi cuerpo se tensa por la anticipación de meterle un puñetazo, pero debía calmarme o lo siguiente que sabría es que nuestras familias estaban en guerra.

—Ivan, me conoces lo suficiente como para saber que lo mejor que me ha pasado en la vida es la música y mi familia. Para tu desgracia —continúo y doy un paso hacia él—, tú no entras en ese combo.

—Tú no decides cuándo se termina lo nuestro, yo lo hago.

—¿Y cuándo he hecho lo que dicen los demás? —Ladeo la cabeza y sonrío—. Nunca, Ivan, y no comenzaré hoy. Se lo diremos a nuestras familias cuando estemos por regresar a Rusia, mientras tanto, solo aparentaremos seguir juntos.

—No.

—No puedes obligarme a estar contigo.

—No, no puedo. Pero haré lo que sea por recuperarte.

Frunzo el ceño. Esto no estaba saliendo como yo quería.

—Ivan, entiende que yo ya no quiero estar contigo. No importa lo que hagas.

Quería que lo entendiera, eso lo haría todo más fácil.

—¿Por qué? Eso es lo que no entiendo —dice y yo suspiro implorando paciencia.

—Debimos quedarnos como mejores amigos, creo, que lo que sea que sentimos hace dos años fue pura atracción sexual y que lo confundimos con amor. Todavía te tengo cariño por todos los años que llevamos siendo amigos, pero no sigas presionando botones que no quieres, Ivan, sabes muy bien qué pasa cuando me quieren poner contra las cuerdas.

Él no quería recuperarme, para él, yo era un trofeo.

—¿Me estás amenazando? —dice molesto.

—Solo te digo cómo son las cosas, por los viejos tiempos, así que mejor déjame ir, porque por las malas, vas a perder.

Yo nunca daba advertencias, solo actuaba, y por el respeto que le tenía a su familia, esperaba que dejara todo por las buenas, pero, al parecer, él tenía otros planes.

Me toma del cuello sin darme tiempo a reaccionar y acerca mi rostro al suyo.

—No vas a dejarme.

Es lo último que dice antes de regresar al restaurante.

OBSERVO mi reflejo en el espejo.

El vestido vino tinto resaltaba el rubio de mi cabello, lo había dejado suelto y caía con suaves ondas hasta mis hombros. El vestido tenía un escote profundo y caía por mis caderas como la seda. Había dos aberturas hasta lo alto del muslo, pero para no hacerlo tan descarado, una tela transparente del mismo color del vestido acompañaba a la falda.

Mis cuchillos descansaban en lo alto de mis muslos, sujetos por una correa negra. Pude dejarlos en la habitación, pero estos eran parte de mí, si no los tenía, me sentía ansiosa.

Salgo de ahí y bajo las escaleras, atravieso varios pasillos hasta llegar al salón principal. Este ya estaba abarrotado por los invitados, saludo a varios de ellos y sonrío ante los elogios que recibo. Paso así la siguiente hora, soy consciente de la mirada de Ivan sobre mí, pero hago todo lo posible por evitarlo. Era la bienvenida de mi primo, no iba a dejar que la estropeara.

Cuando la tía Roxanne me da la señal, me acerco al piano, mirando de soslayo a mis padres, los había visto discutir y tenía curiosidad por qué. Observo la sala hasta dar con Alicia, ella me da una sonrisa sutil y entonces comienzo a tocar.

Alicia era mis ojos en momentos como este, tenía un ojo crítico y ninguna reacción se le pasaba por alto. Ya me había informado sobre su decisión, y cuando todos tuvieran su atención en mí, ella pondría en acción su plan.

Siento una picazón en la nuca al sentir su mirada sobre mí, mi corazón se acelera y la necesidad de comprobar si me está mirando me inunda. Pero no podía dejarme en evidencia de esa manera, todos en la sala tenían sus ojos en mí.

Me enfoco en la música y dejo que esta me invada. Cierro los ojos y permito que todo fluya. La música, los pensamientos y las preocupaciones, todas desaparecen, excepto él.

¿Por qué mi mente y cuerpo eran tan conscientes de su presencia? ¿No podía ser como una persona más aquí? No encontraba una razón por la que mi cuerpo había comenzado a anhelarlo esa noche en el teatro, ni todas las veces que quise acercarme más de lo debido hasta rozarlo durante un año. Sentía que en cualquier momento esta necesidad me sobrepasaría y sucumbiría ante ella.

Mi parte favorita de *Winter* de Vivaldi llega y lo dejo todo en su ejecución. Tenía una conexión especial con esta pieza: sentía que narraba el desespero o el deseo de una persona, que a medida que pasan los minutos o días su cuerpo y mente se rinden, quedando así a merced de esa necesidad. Era como una lenta, tortuosa y anhelante caída al infierno.

Así me sentía, era como si en algún punto de mi vida hubiera caído en un pozo y ahora solo aguardaba el golpe final.

Toco la última nota y abro los ojos, tenía la respiración acelerada y los latidos de mi corazón me taladran la cabeza. Hago una rápida reverencia al público y abandono la sala; el sonido de los aplausos me sigue por varios segundos hasta que llego al jardín.

Este lugar lo visitaban pocas personas, y, a estas horas,

estaba casi en penumbras. Conocía tan bien el terreno que podía caminar con los ojos cerrados.

Mis cinco sentidos se ponen alertas al sentir la presencia de alguien más, tomo el puñal entre los pliegues del vestido y lo lanzo. Un gruñido se escucha entre las sombras, así que tomo otro puñal, lista para lanzarlo.

—Lo lanzas y lo siguiente que sabrás es que estás sobre mi rodilla, gimiendo mientras te azoto.

¡Mierda!

CUATRO

Marcello Coppola

En el jardín de la mansión Moretti

La veo salir apresuradamente tras dar una rápida reverencia al público, miro en la dirección que tomó mi hermano minutos atrás. ¿Qué demonios pensaba hacer? En realidad, no quería una respuesta a esa pregunta, porque ya sabía muy bien qué haría.

No era el único al que le estaban jodiendo los planes.

Sin ser notado, específicamente por el idiota de Ivan Magomedov, voy detrás de mi chica escurridiza. La música termina en segundo plano cuando salgo de la mansión, quedando frente a un extenso jardín. Esta zona era solo vigilada por cámaras. Lorenzo siempre dejó en claro que solo su familia podía acercarse a estos jardines, así que no estaba rompiendo ninguna regla al adentrarme en él.

Podía escuchar sus pisadas alejándose por la grava, me detengo detrás de un arbusto cuando ella lo hace, solo podía ver el inicio de uno de sus hombros y la curva de su cuello. Si alguien me viera, fácilmente podría catalogarme como un maldito acosador, pero ¿y qué si lo era? Esa mujer, que podía ser mi hermana sin problema, se había apoderado de mis pensamientos, y cada vez que me obligaba a mantenerme lejos, volvía la necesidad de pensarla con mayor intensidad...

Un gruñido retumba en mi pecho cuando algo roza mi hombro, me llevo la mano a la zona, sintiendo mi sangre salir de la herida. ¿Me acaba de lanzar uno de sus cuchillos?

Cuando la veo levantar el brazo, salgo de las sombras.

—Lo lanzas y lo siguiente que sabrás es que estás sobre mi rodilla, gimiendo mientras te azoto.

A pesar de la poca luz, noto el momento exacto en el que sus mejillas se sonrojan, miro también mi hombro, estaba saliendo más sangre de lo que creía, pero no era nada que un par de puntos no pudieran solucionar. Pero lo que sí requería toda mi atención era la mujer frente a mí.

—Me apuñalaste —digo, señalando lo obvio. Doy un paso hacia ella, mas no retrocede.

—Lo hice —contesta.

Enarco una ceja mientras la veo guardar el cuchillo en la correa de su muslo. Ese vestido... debería ser ilegal. Podía ver de ella más de lo que me gustaría admitir: sus pechos, su cintura estrecha y esas jodidas piernas que parecían ser infinitas con esos tacones. ¿Todas las pianistas tenían ese aire sensual e inocente? ¿O era solo ella?

—¿Apuñalas a todo aquel que te encuentras?

—Solo a aquellos que se esconden detrás de un arbusto en la oscuridad de la noche —dice y, sin pretenderlo, sonrío.

—Sabes, todo el que me apuñala, o lo intenta, termina en una zanja picado en cientos de pedacitos. —Ladeo la cabeza y examino su expresión, que no era más que una máscara libre de emociones. Pero sus ojos..., esos malditos ojos de bambi, relucían por la expectación del momento—. Rompiste mi traje y me hiciste sangrar. ¿Cómo piensas recompensar eso? —digo, dejando la sugerencia en el aire. Era su decisión si la tomaba, la cambiaba o la dejaba ir.

—Tal vez un agujero en el pecho sea suficiente recompensa.

—Ahora es ella quien da un paso más cerca de mí. ¿Era consciente de ese movimiento siquiera?

—Preferiría que me quites el saco y la camisa antes de hacer eso.

—¡Oh!, ¿al señor Coppola le da miedo que termine de dañar su costoso y elegante traje?

—Estoy seguro de que, si rasgara esa excusa que llevas por vestido, te molestarías.

—¿A esto —dice y levanta un lado del vestido, dejándome ver el inicio de su muslo. ¡Maldita sea!— le llamas excusa de vestido? —Resopla—. Y era el más recatado que tenía.

La imagen de ella usando un vestido mucho más corto y revelador invade mi mente, su piel adquiría un brillo exquisito a la luz de la luna; al mismo tiempo, su piel parecía suave y dulce. Sus labios me llaman la atención cuando se los relame, tal vez era algo que hacía de forma continua, lo que me hace dar un paso más cerca de su cuerpo.

Maldita sean las Voronin.

—¿Cuál es el más revelador que tienes? —La diversión reluce en sus ojos.

—Es rojo sangre, apenas cubre mi trasero y el escote llega hasta mi ombligo; la espalda es descubierta, por lo que no puedo usar sostén, y la tela está sujeta por dos finos tirantes.

Podía imaginármela con ese vestido, con el cabello suelto y los labios reluciendo un rojo ardiente. La mera imagen de mi mente comienza a excitarme...

Mierda, no. Tenía que pensar con la maldita cabeza y no con la polla. Aun así, pregunto:

—¿Te lo has puesto alguna vez?

—Ajá —responde y, como si algo tirara de nosotros, damos un paso al mismo tiempo. En este punto, ella ya tenía que alzar el cuello para poder mantenerme la mirada.

—¿Cuándo fue la última vez que lo usaste?

—Creo que hace un par de semanas —responde al cabo de unos segundos.

—Fuiste a un club con él puesto, ¿cierto? —afirmo y ella asiente dudosa, lo cierto era que no estaba seguro al hacer esa pregunta—. Y dime algo. —Me inclino hasta rozar su lóbulo con mis labios—. ¿Ivan te vio con él?

—Sí.

—¿Y por qué no estás con él en este preciso instante, Elaine? —Me alejo para estudiar su reacción a mi pregunta.

Mira por encima de mi hombro, como si esperara que en algún momento su novio saltara de entre los arbustos.

—Solo salí a tomar aire.

Chasqueo la lengua.

—Te pregunté por qué no estás adentro con él, no por qué estás aquí.

—Por eso no estoy con él, porque salí a tomar aire.

—Estoy seguro de que tus pulmones te agradecen el aire fresco, tomando en cuenta que llevamos diez minutos aquí.

Frunce el ceño y toma mi muñeca para comprobar la hora en mi reloj.

—*Blyat* —susurra.

Quién diría que la señorita tenía una boca sucia.

—Supongo que eso significa que perdiste la noción del tiempo, ¿o me equivoco?

—Sí —afirma y carraspea—. Perdí la noción del tiempo. —Mira mi hombro y tira de mi mano hasta una banca, donde me suelta—. Siéntate, voy a revisar tu hombro.

—No es grave, yo mismo puedo coserla más tarde —digo mientras me siento y ella hace una mueca al escucharme.

—Quítate la chaqueta y desabróchate la camisa.

—¿Segura? ¿Qué dirá tu novio si te ve aquí, en la oscuridad, oculta de las cámaras con un hombre con el torso desnudo?

Me importaba una mierda lo que pensara ese imbécil, pero quería saberlo igual.

Estar en su presencia desencadenaba pensamientos y acciones que nunca habría tenido con otra mujer. Primero, no me gustaban tan jóvenes; segundo, solo requería de un buen culo y un par de tetas para querer llevarla a la cama, follarla y despacharla al terminar. Pero en cambio, con Elaine, quería hablar, conocerla, molestarla, incluso hacerla reír, no sabía a qué se debían esos pensamientos, pero debía descubrirlo antes de que cometiera una estupidez y jodiera los planes.

Ella era una mujer que no podía tener, pero eso no me impedía disfrutar de esto hasta que llegara a su final. Era muy jodido, lo sé.

Siseo ante el roce de la tela, Elaine tenía una puntería increíble, había logrado herirme sin siquiera verme. La fría brisa me pone la piel de gallina, tal vez debimos hacer esto en otro lugar, pero ya no iba a moverme. Con cuidado, toca la piel alrededor del corte, su tacto era cálido y mi cuerpo reaccionó ante este. Estaba seguro de que ni un adolescente habría reaccionado de esa manera.

—¿Y bien? ¿Voy a morirme o no? —ríe entre dientes.

—Vivirás, pero necesitas unos puntos si no quieres que se infecte.

—Lo haré más tarde —contesto. A pesar de mis palabras, ninguno de los dos se mueve. Lleva la mano hasta mi clavícula y acaricia el hueso, dejo que explore, porque, para qué mentir, me gustaba la sensación de su piel contra la mía.

—No tienes tatuajes —susurra distraídamente.

—¿Esperabas que los tuviera? —le pregunto, entonces, los músculos de mi vientre se tensan cuando sus dedos pasan por encima de una de mis tetillas.

Mierda. Mierda. Mierda.

Una parte de mi cuerpo estaba reaccionando muy rápido a sus caricias y, si no la detenía, quizás haría algo que después la haría arrepentirse.

—¿Por qué esperabas que los tuviera?

—Por tu hermano —explica—. Creí que, con el parecido que había entre ambos, tendrías el cuerpo tatuado.

—¿Has estado imaginando a mi hermano sin camisa, Elaine? —pregunto solo para molestarla.

Su exploración se detiene.

—¿Qué? ¡No! —exclama, niega con la cabeza y continúa hasta llegar a mi abdomen—. ¿Por qué haría tal cosa?

—¿Por la misma razón que tienes tu mano en mi pecho?

—Buen punto.

Comienza a alejarse, pero la detengo, la tomo de la mano y tiro de ella hasta tenerla de pie entre mis piernas. No sé qué demonios estaba haciendo, pero no la quería lejos, todavía no.

—Dime, *cuore*, ¿tú e Ivan siguen juntos?

Tenía que saberlo, no haría nada si decía que sí.

—¿Por qué quieres saberlo? —susurra con la vista fija en mis labios por unos segundos.

—Porque aún debes pagar por apuñalarme y dañar el saco de mi traje.

—Si digo que sí, ¿qué harás?

—Dejarte ir —me obligo a decir a pesar de que, de todo lo que quería hacerle, era en lo último que pensaba.

—¿Y si digo que no? —contesta. La tomo de la barbilla y la acerco a mi rostro.

—Voy a azotarte y luego a follarte.

Mis palabras eran crudas, al igual que el deseo que llevaba reprimiendo desde hace un año. Si la probaba, tal vez la sacaría de mi sistema, pero si no era así... estaría jodido.

—Dejé a Ivan hoy por la tarde.

—Gracias a Dios —creo susurrar antes de estampar mis labios contra los suyos. No soy dulce ni suave, la devoro como tantas veces imaginé, mi lengua se encuentra con la suya en un baile sensual.

Sujeto su cabello y tomo las riendas del beso, gime cuando tiro de su labio inferior, pero luego lo succiono hasta que se estremece. Con mi otra mano, la sujeto de la cadera y la acerco a mí tanto como puedo. Sus manos encuentran el camino hasta mi cabello y tira de él hasta hacerme gruñir.

Dejo su boca y bajo a su cuello, lo ladea, dándome acceso para jugar con su suave y delicada piel. No me contengo, la beso, la lamo y la marco. No sería mía, pero me aseguraría de que nunca me olvidara, porque estaba seguro de que yo nunca la olvidaría.

—¿Aquí o en mi habitación, bonita? —Muerdo su lóbulo y sus caderas se balancean contra mi pecho, buscando algún tipo de fricción.

Al parecer, lo único inocente en ella eran esos ojos de bambi.

—Aquí —jadea.

—En ese caso —le susurro al oído, provocando que los vellos de su cuerpo se ericen—, sobre mi rodilla. ¡Ahora!

Estaba jugando con fuego, pero a la mierda, podía echarles agua a las llamas si comenzaban a salirse de mi control, porque no me quedaría con las ganas de probarla, tenerla y poseerla.

CINCO

Elaine Voronin Smirnova

El jardín de la mansión Moretti

No sabía qué estaba haciendo, ni por qué demonios le dije que había dejado mi relación con Ivan. Nada de esto entraba entre los criterios que me había dado Alicia. «Conócelo, hazte su amiga», me dijo, pero se sentía tan bien sucumbir al deseo que llevaba reprimiendo desde hace un año.

Su boca contra la mía y su lengua provocándome eran lo mejor que había sentido en meses, tal vez era la falta de sexo lo que me hacía actuar como una gata en celo, pero lo deseaba más que nada.

¿Qué era lo peor que podía pasar si dejaba que me follara? No es como si esto arreglara o borrara el pasado, solo sería una noche de pasión y mañana temprano sería como si nada de esto hubiera pasado. Entonces, ambos podríamos continuar con nuestras vidas y planes.

Siguiendo su orden, me acomodo sobre sus rodillas. La tela

del vestido se arremolinaba a mis pies, por lo que, al sentir sus callosas manos acariciando la piel de mis piernas, jadeo.

—Voy a azotarte por haberme apuñalado y haber dañado mi traje, ¿lo entiendes, bonita? —El aire acaricia la piel desnuda de mi trasero cuando levanta el vestido, poniéndomela de gallina.

Estaba excitada, ya quería sentir el contacto de su piel contra la mía, y el mero pensamiento de que alguien nos escuchara o viera me ponía a latir el corazón alocadamente.

Entre Alicia y yo, la más sensata, madura y responsable era yo, pero que Dios me perdonara porque ahora mismo era todo menos esas tres cosas. Toda mi vida había querido ser perfecta, ser el orgullo de mis padres y un ejemplo a seguir para mi hermana, pero ¿hacer algo que no era correcto? Dios, se sentía como probar una fruta exótica y que solo encontrabas en los lugares más remotos del mundo.

—Sí, lo entiendo —respondo tras unos segundos de haber estado meditándolo. Baja mis bragas, que no eran más que un pedazo diminuto de encaje, y las desliza hasta el inicio de mis rodillas.

Con una mano, sujeta mis muñecas en la parte baja de mi espalda, dejándome a su merced. Reprimo un gemido cuando la palma de su mano amasa uno de los cachetes de mi trasero, este se sentía pequeño bajo su gran mano.

—Tienes un culo muy bonito, *cuore* —susurra, sus labios acarician la parte trasera de mi oreja—. ¿Pero sabes qué lo haría verse como una obra de arte? —pregunta mientras su lengua encuentra el camino hasta mi lóbulo y lo lame, para luego cubrirlo con sus dientes.

—No —gimo cuando tira de este con fuerza, provocando oleadas de dolor y placer en partes iguales.

—Con mis marcas en él. Mañana quiero que, cuando te

veas al espejo, recuerdes que esta noche me perteneciste a mí y solo a mí.

No me da el tiempo suficiente de procesar lo que me hacían sentir sus palabras, ya que me azota con la mano abierta, poniendo a vibrar cada fibra de mi ser.

Jadeo como si me encontrara en una maratón cuando mi cuerpo va en busca de su segundo azote, el sonido de piel contra piel era mejor que cualquier pieza que hubiera tocado o escuchado. Su mano abarcaba ambas partes de mi trasero en cada azote, dejándome la piel caliente e irritada por su rudeza.

Dios, nunca me había gustado el sexo rudo, o tal vez fuera que cada vez que Ivan intentaba ser dominante le salía fatal y solo bajaba mi libido a cero. Sin embargo, Marcello era un hombre dominante por naturaleza, y sentir que me doblegaba hasta hacerme jadear y temblar solo aumentaba mis ganas de ser poseída y tomada por él.

Estaba jodida, muy pero muy jodida...

—¡Ah! —grito al recibir el sexto azote, la unión entre mis piernas era un desastre de humedad, y mi clítoris imploraba por ser atendido—. Marcello —sollozo, pronunciando su nombre, cuando vuelve a azotarme.

No solo me dolía el trasero, sino que los músculos de mi vientre se tensaban cada vez que su piel tocaba la mía. Su presencia, su rudeza, la piel contra piel y el deseo, todo junto, era demasiado, anhelaba más.

—¿Qué te duele, bonita? ¿El culo o el coño? —Acaricia mi trasero a la vez que desciende hasta la unión de mis piernas, sus dedos se encuentran de inmediato con mi humedad. Suspiro de alivio al sentir sus dedos presionando ese punto—. Estoy seguro de que las princesas de papi no se excitan porque les azoten el culo —afirma y gimo cuando pellizca mi clítoris, poniéndome las piernas a temblar—. ¿Te gusta el dolor, Elaine? ¿O que te sometan?

Presiona el dedo pulgar contra mi entrada, arrancándome un gemido que al mismo tiempo era el inicio de un sollozo. Estaba frustrada porque me sentía al borde del orgasmo, y tanto tiempo sin sexo me ponía más sensible.

—Te hice una pregunta, bonita, y ahora quiero una respuesta —dice, jugando con los fluidos de mi entrada.

—Ambas —contesto como si estuviera a punto de lloriquear—. Marcello, por favor...

No era de suplicar, pero estaba desesperada, quería esto con cada célula de mi cuerpo.

—Conmigo nunca tienes que suplicar, bonita.

Un gemido, del que me avergonzaría más tarde, me abandona cuando me invade con dos de sus largos y gruesos dedos. No pierde el tiempo y comienza a follarme, provocando que el sonido de sus dedos entrando y saliendo perturben la tranquilidad del jardín.

—Estás apretada. Diablos, ¿qué se sentirá tener tu dulce coño estrujándome la polla, así como lo haces con mis dedos? —Entra con fuerza y arquea los dedos, tocando mi punto G. Los músculos de mi vientre se tensan, llevo las caderas hacia atrás, necesitando solo un movimiento más—. Eso es, bonita, córrete para mí —dice y no me toma más de tres segundos seguir sus palabras.

Me desvanezco contra su cuerpo, sintiendo que mil tsunamis me impactan, dejando mis extremidades inservibles. Apenas he podido recuperar la respiración cuando me levanta de sus rodillas y me acomoda sobre su regazo, dejándome a horcajadas. Tomo su rostro entre mis manos y acerco sus labios a los míos, le susurro:

—Fóllame antes de que la cordura me encuentre...

34

No le doy tiempo de responder o analizar mis palabras. Solo lo beso como deseé en tantas ocasiones. Tomo todo de él, sus labios, sus besos, su alma. No quería dejarle nada, lo quería todo para mí. Así, cuando lo destruyera, no me sentiría culpable por el hombre que era antes de conocerlo, ya que me lo había llevado todo, solo dejando una cáscara vacía.

Sus manos encuentran el camino a mis caderas y me presionan contra su erección, como respuesta, bajo las manos hasta encontrar la hebilla de su pantalón y la cremallera. Éramos manos, jadeos y besos desesperados, ambos queríamos tomar lo más posible del otro y guardar este momento en lo más profundo de nuestras mentes y corazones.

Gimo extasiada al sentirlo grande y grueso en mis manos, estaba cálido y listo para tenerlo en mi interior. Lo acaricio sin apartar la mirada de su rostro: el gris oscuro de sus ojos era casi inexistente al tener las pupilas dilatadas. Con la punta de mi lengua acaricio su labio inferior, haciéndolo gruñir.

—Vas a tomarlo como una buena chica, ¿no, bonita? —Juguetea en mi entrada con la punta de su miembro.

—Sí. Sí. Sí —respondo y él sonríe contra mis labios al mismo tiempo que embiste mi interior con una sola estocada. Ambos suspiramos de alivio.

—Buena chica —afirma al ver que no me quejo, a pesar de que mis paredes lo estrujaban hasta el punto de querer sacarlo, pero eso no iba a suceder.

Acomodando mis rodillas sobre la banca, balanceo mis caderas formando un ocho. Inclino la cabeza hacia atrás, disfrutando de su miembro que entra y sale de mí. Siento que él me toma y me posee... Besa el inicio de mi clavícula hasta llegar a donde latía mi pulso con desenfreno. Chupa ese punto exacto hasta que no me quedan dudas de que mañana habrá una marca.

—Para que no me olvides —dice burlón.

—Como si pudiera hacer tal cosa.

Ríe y se pone de pie, obligándome a rodear su cintura con mis piernas. Me acomoda sobre mi espalda en la banca y se cierne sobre mí, aumentando la fuerza y velocidad de sus embestidas.

—Te sientes jodidamente bien, Elaine —gruñe mi nombre, entonces gimo con fuerza cuando saca todo menos la punta y vuelve a meterse en mi interior con una sola estocada—. Dime, bonita, ¿Ivan alguna vez te hizo gemir así? ¿Te hizo gritar su nombre? ¿O solo eres ruidosa conmigo?

Niego sin saber a qué pregunta estaba respondiendo. No quería que hablara, solo quería que me follara, así todo sería más fácil por la mañana.

—Solo cállate —susurro y vuelvo a besarlo.

Sus movimientos se vuelven descontrolados a medida que ambos nos acercamos al orgasmo. Gimo y jadeo su nombre sin control alguno cuando el clímax me encuentra nublándome la vista y poniéndome a ver estrellas. Su semen calienta mi interior cuando se corre entre gruñidos y palabrotas en italiano.

Ambos nos quedamos en silencio, permitiendo que el reconocimiento de lo que acabamos de hacer nos inunde. Habíamos terminado de follar en el jardín de mis tíos. Enhorabuena.

Tiemblo cuando sale de mi interior y se pone de pie para comenzar a arreglarse. Hago lo mismo, empezando por quitarme las bragas por completo, no valía la pena ponérmelas de nuevo si sus fluidos cubrían mi entrepierna. Estoy por esconderlas en una de las copas del vestido, pero me las quita de las manos y veo como las guarda en el bolsillo de su pantalón.

—¿Qué haces? —le pregunto, me había tomado por sorpresa.

—Llevándome un recuerdo, bonita —responde y me toma de la barbilla, luego besa mis labios, aunque no fue un beso como los anteriores, este fue delicado y... dulce—. *Buonanotte, tesoro.*

Se aleja del jardín con pisadas firmes y despreocupadas. Comenzaba a disgustarme que él fuera el primero en irse de nuestros encuentros. Aunque, si lo pensaba bien, en el teatro Goldoni fui la primera en irme, tal vez en un futuro pudiera igualarnos dos a dos.

SEIS

Marcello Coppola

Teatro La Scala

Las luces del teatro bajan de intensidad y comienza el espectáculo. Era la primera vez que veía una presentación de ballet, pero podía decir sin ninguna duda de que Alicia Voronin era una increíble bailarina. Observo a mi hermano por el rabillo del ojo encontrándolo ligeramente inclinado en dirección a los escenarios. Era la primera vez que veía una presentación de ballet, pero podía decir sin ninguna duda de que Alicia Voronin era una increíble bailarina.

Observo a mi hermano por el rabillo del ojo encontrándolo ligeramente inclinado en dirección al escenario, parecía genuinamente cautivado. Era la primera vez que lo veía mirar a alguien así y eso me preocupaba.

A mi lado se encontraba Elaine y me estaba tomando cada pizca de autocontrol para no mirarla de la misma forma en que Camillo lo hacía con Alicia. Estábamos tan cerca, pero al mismo tiempo tan lejos del otro.

Por el rabillo del ojo observo fascinado su expresión mientras observa bailar a su hermana: sus ojos seguían cada uno de sus movimientos y sus labios se encontraban ligeramente abiertos, como si verla bailar la hipnotizara y no era la única con esa expresión, casi se podría decir que todos en el teatro se encontraban igual.

Sabía que tenía que volver mi atención a la presentación, pero sus labios me habían atrapado. Ahora sabía lo suaves y dulces que eran, y como el hombre codicioso que a veces era, quería más.

Antes de darme cuenta la música se detiene y el sonido de los aplausos inunda el lugar. Miro hacia el escenario justo a tiempo para ver cómo se abre el telón y todos los bailarines hacen una reverencia. Un hombre joven, que supongo que es el compañero de Alicia, no podía asegurarlo debido a que toda mi atención estuvo en la mayor de las Voronin todo el tiempo, le entrega un ramo de rosas.

Comienzo a aplaudir y entonces, todo se vuelve un caos cuando se escucha un disparo. Sin pensarlo dos veces me lanzo sobre Elaine y la cubro con mi cuerpo en el suelo. Sus manos se aferran a mis hombros, su respiración estaba acelerada lo que me preocupa de inmediato.

—¿Estás bien? —le pregunto ignorando todo el ruido a nuestro alrededor.

Recorro su cuerpo con la mirada sin ver ni una mancha de sangre.

—Lo estoy —me relajo de inmediato y me quito de encima de ella, pero cuando escucho que su respiración se entrecorta me tenso.

Sigo su mirada para encontrar a Anastasia sobre el cuerpo de Alexei, la sangre salía de su hombro.

¡Mierda!

Saco mi teléfono y mi arma la tengo lista para liquidar a

39

cualquier hijo de puta. Marco el número del médico de cabecera de Lorenzo y le ordeno que se dirija al hospital más cercano para que pueda atender a Alexei en cuanto logremos salir de aquí y lleguemos allá.

Luego llamo a mi equipo de seguridad y les ordenó que rodeen todo el lugar.

—Mi hermana, hay que buscarla —escucho decir a Elaine mientras aún estoy al teléfono. Estoy por ofrecerme a ir por ella cuando toma del brazo a mi hermano—. Y tú vendrás conmigo —ordena—. Mamá, saca a papá de aquí y llévalo al hospital.

No logro escuchar que nada más porque uno de mis hombres grita algo al teléfono.

—¡Son italianos!

Doble mierda.

—¡Maten a todo aquel que salga armado con intención de disparar! ¡Y preparen las camionetas!

Cuando regreso mi atención a todo lo que me rodea Elaine y Camillo no están. Mi preocupación por ambos crece, pero ahora mismo no podía enfocarme en ellos.

—Los refuerzos ya vienen —dice Lorenzo. La señora Moretti se encontraba a su lado con arma en mano, lista para matar a quien esa.

—Varios de mis hombres están afuera listos para llevar al señor Voronin al hospital más cercano. El médico de cabecera también está en camino —le digo a Anastasia, quién estaba deteniendo la hemorragia de Alexei con un trozo de tela que había arrancado de su vestido.

—Bien. Esto es lo que vamos a hacer. Nos iremos por la salida de emergencia. Roxanne ayúdame a levantarlo. Tú —me señala— y Lorenzo cuiden nuestra espalda.

Asiento y de inmediato nos ponemos en marcha. Sonaba uno que otro disparo a lo lejos, pero ya no había personas corriendo y gritando por todos lados. Yo iba al frente y Lorenzo atrás de Roxanne y Anastasia que arrastraban a un débil Alexei.

Casi suspiro de alivio cuando llegamos a las escaleras que conducen a la salida de emergencia. Le envío un mensaje de texto a mis hombres informándoles por donde íbamos a salir. Lo único que se escucha mientras bajamos son nuestros pasos y respiraciones aceleradas. Y cuando llegamos a la salida respiro con alivio.

Suben a Alexei a la camioneta y Anastasia y Roxanne se van con él. Me quedo con Lorenzo y regresamos al interior del teatro para buscar a los demás.

Estamos de mitad de camino hacia los camerinos para revisar el lugar cuando mi teléfono suena.

—Camillo, ¿están bien? —pregunto de inmediato.

—Sí, pero hay un problema —antes de que lo diga, sé cuál es—. Los italianos han traicionado a sus líderes y reyes de la mafia.

Esto se estaba saliendo de control.

SIETE

Marcello Coppola

La mansión Moretti

Había dos formas de interpretar lo que había sucedido en el teatro de La Scala, podía verse como una advertencia o como un intento de asesinato. Las princesas de la mafia aseguraban lo segundo, y quizás sí lo fuera. Los mismos hombres de Alexei Voronin habían intentado acabar con su vida, ¿qué te haría pensar lo contrario? Pues yo te lo diré, un francotirador. Hasta el más novato habría acertado ese tiro, el objetivo estaba quieto y la distancia era considerablemente corta.

Nos estaban advirtiendo de que se nos acababa el tiempo y que la Viuda no estaba contenta con nuestros resultados. Lo cierto era que Camillo y yo habíamos estado todo menos centrados en el plan, y ese plan era el menor de mis preocupaciones en este momento.

Desde esa noche en el jardín, soñaba constantemente con Elaine. No importaba lo que hiciera para sacarla de mi mente, mi deseo por ella había ido subiendo poco a poco y sentía que en cualquier momento cometería una estupidez. Lo más cercano a ese momento sería ahora.

Ivan Magomedov estaba frente a ella, sus manos se movían al mismo tiempo que hablaba. No estaba seguro de si se hallaba molesto o preocupado, pero lo que sí sabía era que Elaine no estaba feliz por su cercanía. Las comidas fueron algo tensas después de la fiesta de bienvenida a Emanuele; Ivan nunca le quitaba los ojos de encima, aunque ella hacía todo por ignorarlo mientras hablaba con su hermana. Si su familia llegó a notar algo extraño entre ambos, no había dicho nada.

Estábamos esperando a que Alicia regresara de hablar con su madre por teléfono para ir a hablar con el traidor. Necesitábamos saber para quién trabajaba o quién lo había sobornado para cometer un acto de traición contra los reyes de la mafia.

Camillo estaba igual de inquieto que yo. Tuve una charla con él después del desayuno, antes de irnos al teatro, y nos dimos cuenta de que había otra cosa en la que nos parecíamos, teníamos un talento increíble para cagar nuestros planes.

Nunca habíamos tenido este tipo de problemas. Las investigamos, las habíamos visto en fotos, memorizamos hasta el más mínimo detalle de sus rostros, pero cuando las vimos por primera vez en persona, lo jodimos todo. Y el choque de intereses venía porque las habíamos conocido y eran totalmente diferentes a lo que creímos, al igual que su familia, y que habíamos hecho una promesa, una que debíamos cumplir.

Por instinto, me pongo de pie cuando Magomedov coloca su asquerosa mano sobre el hombro de Elaine. Ahora deseaba arrancarle los dedos de esa mano y luego cortársela, para que pensara muy bien antes de tocar algo que no era suyo.

—No es tuya, cavernícola —murmura mi hermano a mi espalda.

—¿Qué? —digo sin apartar la mirada de Elaine.

—Gruñiste «mía» como un maldito cavernícola. Pero ella no lo es, solo fue cosa de una noche, ¿recuerdas?

—Al igual que se supone que lo tuyo era algo de una noche, pero estabas preocupado de que algo le pasara a tu Alicia en ese tiroteo. —Lo miro por encima del hombro—. Nunca te has preocupado por alguien que no sea nuestra hermana Beatrice o yo.

Se encoge de hombros y se apoya en uno de los míos.

—Sabes muy bien que no podré mantenerlo como algo de una noche. —Había un brillo extraño en su mirada.

—¿Qué me estás ocultando, Camillo?

—Soy yo quien debería preguntar eso. ¿Qué más sabes de ese tiroteo?

Entrecierro los ojos, estudiándolo. Estas eran las desventajas de tener a alguien que conocía hasta la más mínima de tus reacciones, no podías ocultarle nada por más que lo intentaras. Aún no le diría sobre mis suposiciones, necesitaba estar seguro de ello primero.

—Tenemos que intentar alejarnos lo más pronto posible o esto terminará muy mal para ambos —digo y Camillo asiente ante mis palabras, pero al igual que yo, no estaba muy seguro de poder hacer eso.

—*Chertova suka!*

Giro en redondo al escuchar el grito de Magomedov. Saco mi arma, listo para matarlo, nadie insultaba a esa mujer. Pero mi pequeña asesina se adelanta, poniéndole una daga en la garganta y sacándole un hilillo de sangre.

Desde mi posición no podía escucharla con claridad, pero Elaine parecía sisearle palabras en ruso, que parecían a la vez ser una clara amenaza.

La miro fascinado cuando le da una patada en las bolas, dejándolo de rodillas frente a ella.

—No vuelvas a faltarme el respeto así de nuevo, o el poco respeto que me queda por ti se irá a la mierda. —Se da la vuelta, dejándolo en el suelo acariciándose las bolas, que seguramente estaban azules—. Vamos, Alicia ya debe estar lista.

Pasa por nuestro lado sin dedicarnos una mirada. Su vestido azul claro tenía sangre seca del ataque, mas no parecía importarle demasiado.

—Recuérdame nunca hacerla enojar —susurra Camillo.

—Creo que ya es tarde para eso —le respondo a mi hermano y la sigo sin apartar la mirada de su nuca, sabía que podía sentirme, solo quería recordarle que yo seguía aquí y que iría por ella de nuevo.

Pronto iba a estar tan molesta que no me dejaría ni mirarla, y ese sería mi castigo eterno.

El sótano de la mansión era frío y mugriento, estaba alejado de la planta principal, podías gritar todo lo que quisieras y nunca te encontrarían. Alicia nos había guiado por el laberinto de pasillos hasta llegar a donde está el italiano, el que traicionó a Alexei. Lo habíamos ubicado en el medio de la habitación. Íbamos a tener unas pocas palabras con él.

No tenía muy claro por qué nos habían traído aquí a Camillo y a mí, pero lo que sea que fueran a hacer, querían que lo viéramos. Alicia se queda al margen, permitiendo que su hermana tome el mando de la situación. Seguía usando el traje con el que bailó, este era más rojo que blanco. Camillo se queda cerca de Alicia, lo bastante cerca en caso lo necesitara y lo suficientemente lejos para no invadir su espacio personal. Por mi parte, me recuesto en la pared más cercana del traidor y Elaine. La falda de su vestido tenía ligeras rasgaduras y varios mechones de cabello se habían salido de su moño. Se veía salvaje y hermosa, y el color de la sangre en su cuerpo solo me excitaba.

Embelesado, la observo levantar la falda del vestido hasta dejar a la vista la correa negra en la que llevaba varios puñales. Estos eran por completo de metal y la hoja era tan filosa que podía rebanar una garganta con ella sin ningún problema.

Ya quería verla en acción.

—Una vez le pregunté a mi padre si se podía herir a una persona varias veces, pero sin llegar a matarla. —Camina alrededor del italiano sin quitarle la mirada de encima, el sonido de sus tacones resuena por todo el sótano—. Me dijo que, si cortaba en los lugares correctos, podría matarlo con lentitud. —Se detiene frente a él y le sonríe—. Nunca se me dio bien eso de matar a alguien lentamente, pero quizás hoy sea el día en que aprenda a hacerlo. —Pone las manos en los reposabrazos, dejando su rostro a escasos centímetros del de él. Odiaba que estuvieran tan cerca—. ¿Te gustaría ayudarme con esa tarea? —Como respuesta, recibe un escupitajo en la cara. Se pasa la hoja del cuchillo por la mejilla, llevándose la saliva del hombre en el acto—. *Kak by ya khotel otrezat' tebe yazyk.*[1]

Sonrío encantado cuando corta el costado derecho del hombre, luego el otro, después pasa a sus brazos, pecho y rostro. Algunos de sus cortes eran más profundos que otros, estos seguramente le darían una muerte más rápida, pero también eran los que más lo hacían gritar y despotricar. Este era uno de los juegos que habían hecho conocida a Elaine en el bajo mundo: le gustaba hacer «prueba y error» con sus víctimas. Era divertido, excitante y la ayudaba a mejorar en su destreza con los cuchillos.

Al cabo de unos minutos, me encuentro incómodo por la erección en mis pantalones. Nunca imaginé el placer que encontraría en verla apuñalar y torturar numerosas veces a una persona. Normalmente, mataba a mis enemigos con un solo disparo o se los dejaba a Camillo para que hiciera lo que quisiera con ellos, pero ahora me tentaba la idea de dejarle todos mis enemigos a ella para que los torturara mientras yo la observaba desde una esquina en las sombras.

Mi atención flaquea unos segundos cuando Alicia se acerca a su hermana, tenía una sonrisa en el rostro y el orgullo relucía en su mirada. Poniendo una mano en el hombro de Elaine, detiene sus movimientos.

—¿Para quién trabajas? —pregunta.

—*Non ti dirò niente, troia.* —El sonido de piel contra piel resuena en el lugar cuando le da una bofetada.

—A mí me hablarás con respeto, ¿entiendes? O me encargaré de que tu muerte sea mucho más dolorosa. ¡Y habla en inglés! —exclama. La duda tiñe el rostro del hombre por unos segundos, pero luego asiente—. Eso es, ahora te pregunto de nuevo, ¿para quién trabajas?

—No dijo su nombre, solo su apodo.

—¿Cuál es?

—La Viuda —responde. Veo entonces el momento exacto en que la comprensión inunda el rostro de mi hermano, ahora sabía la razón de que esa bala no hubiese matado a Alexei.

—*Sestra, vse moye*[2] —susurra Alicia sin borrar la sonrisa de su rostro.

—*Golovu ostav' netronutoy, ona budet dlya papy.*[3]

Antes de salir de la habitación, intercambio una mirada con Camillo, tendríamos que hablar más tarde.

Sigo a Elaine, manteniéndome dos pasos por detrás. Sería sencillo alcanzarla, empotrarla contra una de estas paredes y follarla, pero deseaba jugar antes, quería que ella me deseara tanto como yo lo hacía.

El sótano era una larga extensión de pasillos. Sin las indicaciones correctas, era fácil perderse, así que cuando la veo cruzar al pasillo contrario por el que entramos, no puedo evitar sonreír. Mi pequeña asesina también tenía ganas de jugar.

—Este es un pasillo sin salida, bonita —digo. Estaba de brazos cruzados, recostada en la pared.

—¿Para qué me sigues, Marcello? —pregunta, sus palabras van directo a mi polla, me gustaba la forma en la que decía mi nombre.

—Solo hay una salida, así que, ¿qué te hace creer que te seguía?

Ambos sabíamos muy bien que lo hacía, pero nada nos impedía alargar el momento.

—Pudiste quedarte con Alicia y Camillo, pero decidiste salir de la habitación en cuanto yo lo hice. Así que pregunto de nuevo, ¿para qué me sigues? —dice. Bajo su atenta mirada, me acerco a ella hasta que las puntas de sus tacones tocan las puntas de mis zapatos.

Dándole tiempo de escapar, tomo su mano y la pongo sobre mi dura erección sin apartar la mirada de sus ojos.

—Por esto te seguía, bonita. Verte torturar a ese hombre, solo aumentó mis ganas de follarte de nuevo.

Respiro entre dientes cuando le da un ligero apretón a mi miembro, su dedo pulgar lo acariciaba de arriba abajo.

—No sé si debería preocuparme el hecho de que te exciten ese tipo de cosas —afirma, se relame los labios y levanta el rostro; me inclino, dejando que mis labios rocen los suyos.

—Lo que debería preocuparte es ser tú quien me excite de esa manera. —Tiro de su labio inferior, disfrutando de su gemido cuando lo muerdo con fuerza hasta sacarle sangre—. Última oportunidad para correr, *cuore*.

Espero que se aleje de mi agarre y corra lo más lejos de mí, no me crea capaz de dejarla fuera de mi alcance una vez que la tuviera de nuevo. Mas lidiaría con esas consecuencias cuando llegara el momento.

Gruño cuando estampa sus labios en los míos, su lengua va al encuentro de la mía con ferocidad y desespero. No había preámbulos ni caricias previas, ambos deseábamos lo mismo. Me equivoqué al pensar que no me deseaba con la misma necesidad y vehemencia con la que yo lo hacía.

Con manos diestras, desabrocha mis pantalones y baja la cremallera. La tomo de los muslos y la levanto hasta tenerla contra la pared, sus piernas rodean mi cintura al instante. Sin dejar de besarla, me bajo el bóxer y acomodo mi miembro en su entrada, podía sentir el calor que desprendía su sexo. Acaricio su clítoris con la punta de mi polla, haciéndola gemir y jadear contra mis labios.

Siguiendo la petición silenciosa de mis caderas buscando algún tipo de fricción, la penetro con un solo embiste. Sus paredes me abrazan, su calor se cuela hasta que lo siento recorriendo mis venas; deseaba más, deseaba sentirla en todos lados.

Mis movimientos son rápidos y duros, ya la recompensaría más tarde por estar apresurando el momento. Pero ahora mismo solo quería tomarla así, de una manera primitiva en la que podía convencerme, aunque solo fueran unos minutos, de que era mía, de que éramos uno solo y que nadie me la arrebataría. Sin embargo, la realidad era que lo único que nos separaría serían mis acciones.

Gruño cuando sus manos tiran de mi cabello, me lanzo por su cuello y beso su pulso, adorando y marcando la piel de su cuello y clavícula.

—Marcello. —Creo sentirme en el paraíso cuando la escucho gemir.

—Así, bonita. Córrete para mí, que aquí estoy para tomar todo de ti.

Siguiendo la orden impresa en mis palabras, se tensa a mi alrededor y segundos después se corre. Admiro su expresión de placer, fascinado, entonces inclina la cabeza hacia atrás y sus labios forman una «o» mientras gime con fuerza.

No tardo demasiado en seguirla: oleadas de placer me recorren, me vacío en su interior queriendo que en cuanto esté de pie sienta mi semen recorriendo sus muslos. Antes de bajarla, vuelvo a besarla, en esta ocasión me tomo el tiempo de explorar cada centímetro de sus labios, y cuando siento que tengo suficiente, la bajo y me alejo solo lo suficiente como para arreglarme.

—No le pongas seguro a la puerta de tu habitación hoy en la noche.

—¿Vas a colarte en mi habitación? —dice sorprendida.

—Si me dejas la puerta sin seguro, no estaría colándome exactamente.

—¿Y si la dejo con seguro? —pregunta con una sonrisa.

—Entonces, sí estaría colándome.

—Veré si te facilito la tarea o no. —Pasa por mi lado y mira por encima del hombro con una sonrisa radiante en el rostro —. Ten un buen día, Marcello.

La veo alejarse contoneando las caderas, y tardo unos segundos en darme cuenta de que también yo estaba sonriendo.

Por lo que parecía ser, ya era hora de hablar con mi cariñosísima y adorada madre.

OCHO

Elaine Voronin Smirnova

La mansión Moretti

L a música era mi terapia, pero el sonido de las teclas y su tacto se sentían vacíos y ásperos en este momento. La preocupación rugía en mi pecho como un huracán, no habíamos sabido nada de mamá, Marcello y Camillo desde que el guardaespaldas personal de mamá llamó.

Llevaban un par de horas fuera de la mansión, habían ido a reunirse con la «hacker», también conocida como «Olor Niger», en el club Asmodeus de mi padre para obtener información sobre a quién nos estábamos enfrentando realmente. Contra quién jugábamos este juego perverso. La hacker había estado investigando los robos de la mercancía de mi tío Lorenzo. Por lo que sabía, habían tratado de rastrearla para así sacarle la información, pero era muy escurridiza.

Alicia me había informado de que le habían disparado a la supuesta hacker y que estaba muerta. No sabíamos cómo habían entrado al club, había estado fuertemente custodiado.

Papá había enloquecido en cuanto se cortó la línea y, tras

varios momentos de duda, Alicia y yo cedimos a su petición de dejarlo solo. Se sentía impotente e inútil aquí encerrado; la verdad era que papá nunca había estado tanto tiempo sin hacer nada —para él, demasiado eran diez minutos, así que dos días debían ser un calvario—, y odiaba que mamá se expusiera al peligro cuando él no estaba para protegerla. Era así después de todo lo que vivió en ese secuestro años atrás.

Mientras tocaba, mi cerebro repasaba una y otra vez todo lo que pudimos haber hecho mal. Alicia y yo habíamos comprobado meticulosamente todo, además de los guardias que trabajarían en el club hoy por la mañana, incluso nos aseguramos de que los conductos de ventilación estuvieran cerrados. El francotirador que mató a la *hacker* no pudo haber entrado así como así, alguien debió abrirle el camino.

No sabía quién era la mujer a la que habían asesinado, solo le pedimos a la organización que enviaran a alguien para que se hiciera pasar por la *hacker*. Pero por la reacción que, nos dijo mi tío, tuvieron los hermanos Coppola al verla caer al suelo sin vida, debieron estar involucrados con ella sentimentalmente. Las preguntas no dejaban de amontonarse en mi mente, ¿era una amiga? ¿Examante? ¿Prima? Por lo que habíamos investigado Alicia y yo, ellos no tenían familia, de hecho, eran huérfanos. Su padre, Sergei Coppola, había muerto años atrás y de su madre no se sabía nada, ni siquiera quién era.

Evito golpear las teclas del piano con frustración, más le valía al hacker que conocía Alicia encontrar algo o me quedaría calva debido a las preguntas, la ansiedad y la preocupación de saber contra quién estábamos jugando realmente.

Esto se estaba volviendo más grande que nosotras y sentía que en cualquier momento todo se saldría de control.

Advierto su presencia antes de siquiera poder verlo y me maldigo una y otra vez internamente por ser tan consciente de su mirada sobre mí. No debía reaccionar de esa forma, mi corazón no podía acelerarse de esa manera.

Estaba mal, era un error.

Dejo de tocar cuando se sienta a mi lado. La tela de su pantalón roza la piel desnuda de mi muslo, hoy me había decidido por una falda blanca y un jersey de algodón *beige*, y por primera vez en todo el día me arrepentía de mi elección. No era sensato tener mis piernas desnudas cuando solo un roce o toque me encendía.

Lo miro por el rabillo del ojo, captando su atención sobre mí. Estaba desarreglado, aunque durante el año que lo vigilé y el tiempo que llevábamos en esta casa nunca lo había visto así. Los primeros dos botones de su camisa estaban abiertos, la cual tenía manchas de sangre seca, y tenía las mangas arremangadas hasta el codo. Su cabello miraba en todas direcciones, como si hubiera estado tirando de él hace solo un momento, y tenía la expresión de un hombre que estaba siendo torturado y atormentado por fantasmas del pasado o del presente.

Algo se apretujó en mi pecho al verlo así, mas no debía sentirme de esa manera, no era correcto, aun cuando mi corazón y todos mis sentidos me decían todo menos eso.

—¿Mi madre ya volvió? —pregunto, queriendo romper el silencio.

Asiente sin quitarme la mirada de encima.

—Está arriba con tu padre, pidió que no los interrumpieran. —Asiento de vuelta, supuse que se encerrarían juntos en cuanto llegara mamá. La preocupación en mi pecho disminuye al saber que había regresado a casa y que estaba bien—. ¿Puedes seguir tocando? Por favor.

Trago saliva al escuchar la suave súplica en su voz. Marcello no parecía ser ese tipo de hombre, pero sea lo que fuera lo que lo atormentaba, era su punto débil, y yo no iba a aprovecharme de eso, a pesar de que debía hacerlo.

Las suaves notas de *My Heart Will Go On,* de Céline Dion, inundan el salón de música. Era una canción triste y hermosa a la vez, y era una de las canciones favoritas de Alicia. No lo miro, ni pienso en el nudo apretando mi garganta, solo dejo que la música nos abrace y nos reconforte a ambos.

El solo pensamiento de que esa mujer pudo haber sido mi hermana me aterraba y paralizaba, no sabía de lo que sería capaz si perdía a mi mejor amiga, a mi otra mitad. Tomábamos las precauciones necesarias para asegurarnos de que nadie supiera su papel en todo esto, pero si no teníamos más cuidado, la próxima bala podría terminar en su cabeza, en la mía o en la de nuestros padres.

Bloqueo esos pensamientos, temiendo que Marcello pudiera advertir mi creciente pánico al imaginar esos escenarios. No podía darme el lujo de demostrarle cómo me sentía, no me sentía lo suficientemente segura a su alrededor como para bajar un centímetro mis defensas. Tal vez él lo hacía porque me veía como alguien inofensiva o por los momentos de intimidad que habíamos compartido.

Dejo salir un suspiro cuando las últimas notas suenan, indicando así que la canción había llegado a su final. Ninguno de los dos se mueve o dice algo, solo nos quedamos ahí, en un silencio que no era incómodo y que ninguno de los dos veía necesario llenar.

Creo que mi corazón se detiene cuando sus dedos se deslizan entre los míos, así que bajo la mirada, viendo cómo se cierran alrededor de los míos. Mi mano se veía pequeña al lado de la suya y mi piel contrastaba con su tono de piel, encajaban... perfectamente, y eso me asustó, mas no alejé mi mano de su tacto.

Su dedo pulgar comienza a trazar movimientos circulares en el dorso de mi mano, lleva su otra mano a las teclas del piano y comienza a tocar de forma dubitativa. Me demoro un par de segundos en reconocer la canción, era *How Do I Say Goodbye* de Dean Lewis.

—¿Me acompañas? —pide.

—Por supuesto —le respondo y con mi mano libre me acompaso a su ritmo, lento y triste. En ningún momento suelta mi mano, en vez de eso, afianza su agarre, aferrándose, como si el hecho de soltarme fuera a condenarlo a perderse para siempre.

En algún punto de la canción creo ver una lágrima corriendo por su mejilla, pero no podía asegurarlo, ya que tenía la vista empañada por las mías, lágrimas que me negaba a soltar por él. Pero era triste ver como una persona perdía a alguien a quien amaba, y mi corazón no soportaba tanto.

Era como ver morir a un perrito en las películas.

Nos quedamos así durante los minutos que suena la canción, cada uno en sus pensamientos, pero más cerca que las veces que estuvimos dentro del otro, dándonos placer. Esta era una intimidad que debía preocuparme, aunque pensaría en las consecuencias después. Cada nota nos envuelve y en silencio nos reconfortamos, yo por su pérdida y él, sin saberlo, por lo que debía hacer y arrebatarle.

Pienso que va a irse en cuanto terminemos de tocar, pero, en cambio, suelta algo que no creí que diría y que yo nunca le hubiera preguntado, no sin una buena razón.

—Era mi hermana —susurra.

Mi cuello se gira en su dirección, hago una mueca cuando traquetea debido a la rudeza con la que lo hice. Creo que mi quijada toca el suelo antes de que la cierre. Su hermana. Tenía una hermana. ¿Cómo demonios no encontramos información sobre eso?

—No la veía desde hace un año y hoy aparece haciéndose pasar por «Olor Niger». —Niega con la cabeza—. No sé por qué demonios haría algo así, pero lo que sí tengo claro es que asesinaré a quien la mató. —Le da un ligero apretón a mi mano —. Aún era tan solo una niña, lo único que había conocido de este mundo era lo poco que Camillo y yo le habíamos dejado ver, y mira cómo terminó. Ella siempre fue demasiado buena para todo esto. — Señala el lugar con un movimiento de la mano, pero no se refería a esta mansión o a la sala de música, sino a lo que éramos y a toda la sangre y muerte que nos rodeaba—. Intentamos protegerla, en especial de nuestra madre, que nunca se preocupó por su bienestar. Prácticamente, Camillo y yo la criamos, y ahora, teníamos que enterrarla.

Contra todo pensamiento, promesa, consciencia, incluso contra mí misma, rodeo su torso y lo acerco a mi cuerpo, abrazándolo y ofreciéndole consuelo. Sus brazos no dudan en rodearme y apretarme contra su pecho, lleva su rostro a la curva de mi cuello y se esconde ahí. Su respiración me provocaba cosquillas y hacía palpitar mi estúpido y terco corazón.

—Lo siento mucho —susurro. Como respuesta, aprieta los brazos a mi alrededor.

Nos quedamos así algunos segundos, aunque pudieron ser minutos u horas, pero al alejarse, toma mi rostro en sus manos y deja un suave beso en mis labios. Todo en mi interior se tambalea cuando su lengua roza la mía, no estaba la rudeza ni la fiereza con la que me había besado en otras ocasiones, se estaba tomando el tiempo de explorarme y conocerme. Era un beso impregnado por su tristeza, pero también por algo más, algo para lo que no quería encontrar nombre.

Deja caer su frente contra la mía cuando termina el beso,

mis manos cubren las suyas cuando las pongo sobre mis mejillas. Cierro los ojos, disfrutando del momento.

—Sé que no llegué la otra noche a tu habitación —dice y yo asiento, le había dejado la puerta sin seguro y pasé toda la noche esperándolo, pero nunca llegó. Aún no sabía si debía sentirme agradecida o decepcionada por eso—, pero ¿puedo dormir contigo esta noche? Te prometo que será solo eso —susurra.

Dudo, no sabiendo si esto confundirá más las cosas. Mis barreras ya se estaban tambaleando, y pasar una noche durmiendo a su lado solo podría desdibujar aún más las líneas de lo que debía hacer y lo que no.

Pero también estaba la culpa por la muerte de su hermana, ella había trabajado para la organización y ni siquiera lo supe hasta el día de hoy. Aunque también estaba el hecho de que era mi enemigo, el hombre que iba detrás de mi familia y el hombre al que debía matar cuando llegara el momento. Supongo que todo eso es lo que me lleva a aceptar lo que me pidió.

—Sí, puedes pasar la noche conmigo.

En ese instante, sin saberlo, me condené.

NUEVE

Marcello Coppola

La mansión Moretti

M e sentía perdido, no sabía qué hacer o cómo sobrellevar la pérdida de Beatrice. Lo único que tenía claro era que, por alguna razón, estar cerca de Elaine me reconfortaba. No estaba seguro de en qué punto de esta semana se habían desdibujado tanto las líneas entre nosotros. Se suponía que solo sería una follada, pero esa nos llevó a otra y ahora le había pedido, casi rogado, que me dejara dormir a su lado como si fuera un niño pequeño que había visto una película de terror y ahora no podía dormir.

No sabía por qué me sentía seguro a su lado, ella era la hija del hombre que asesinó a Lucas.

Al parecer, había muchas cosas que no sabía últimamente.

La sigo a su habitación en silencio, no habíamos hablado desde que aceptó que durmiera con ella. Mi corazón había dado un latido de puro alivio al escucharla, al igual que lo hizo cuando tocó para mí y cuando me acompañó a interpretar esa canción. No tocaba hace años, las únicas veces que lo hice habían sido para Beatrice, quien siempre dijo que tenía talento y que debía dejar que el mundo me escuchara. Nunca lo hice y dejé de tocar cuando me fui de casa. Al tocar hoy, de alguna forma me sentí cerca de ella, como en años atrás.

Entro a la habitación de Elaine, era espaciosa y acogedora. La cama estaba desordenada, había partituras esparcidas en un escritorio junto a varios puñales. A donde fuera que mirara había un pedazo de ella: los zapatos desparramados, la ropa amontonada en una silla, los libros apilados junto al escritorio... Creo que los años en que la investigué y la vigilé nunca me dijeron tanto como esta habitación.

—Disculpa el desorden —dice a mi espalda después de pasarle seguro a la puerta—. No soy muy dada a ordenar y los últimos días han sido un poco ajetreados.

Me encojo de hombros, no me molestaba su desorden, incluso siendo un compulsivo a la hora de mantener las cosas en su lugar. Esto era ella y me gustaba.

Y eso no debería ser así.

—Un poco de desorden no es malo —digo.

Se detiene a mi lado, mirando la cama. La duda adorna unos segundos su rostro, mas esta desaparece cuando se gira hacia mí y sonríe.

—Voy a cambiarme, puedes acostarte si quieres.

La veo irse al baño y cerrar la puerta. Recorro su habitación hasta detenerme en su escritorio, tomo una de las partituras y la leo. Mis ojos se abren con sorpresa al ver que no era de ningún compositor famoso, sino de ella. Tarareo la melodía, era buena, la pieza era lenta y dulce. Leo las demás partituras hasta dar con una que me hace fruncir el ceño, estaba incompleta y la estructura era diferente a las otras. Comenzaba con fuerza, usaba las notas más graves, pero a medida que continuaba las notas cambiaban a las más agudas y el compás era lento y triste. Este acrecentaba hasta tener la combinación de notas agudas y graves.

La había titulado *Catástrofe*.

Cuando la puerta del baño se abre, me volteo para verla.

—¿Por qué no está terminada? —La pregunta se escapa de mis labios antes de que mi cerebro pueda detenerme.

Se apresura a ir hacia donde estoy y me arrebata la partitura de la mano. Sin mirarme, comienza a recoger todas las demás y las guarda en un cajón con llave. Su respiración estaba acelerada y sus manos temblaban un poco.

—No debiste ver eso —susurra con voz temblorosa.

—¿Por qué?

—Es privado. —Me acribilla con la mirada—. ¿No te enseñaron a no revisar las cosas de los demás de pequeño?

Sonrío ante su evidente molestia.

—Se me es difícil cumplir eso cuando se trata de ti —suelto, lo que la toma por sorpresa—. ¿Por qué la pieza no está completa?

—¿Si te lo digo te irás a dormir como un buen niño?

Sonrío.

—Ser un niño malo es lo mío, bonita. —Me inclino hasta rozar la curva de su oreja con mis labios, se estremece ante el contacto—. Pero sí, me iré a dormir.

—Bien. —Se aleja de mí y se deja caer en el borde de la cama—. La pieza es el relato de una historia, y hasta que no sepa cómo termina, no podré completar la partitura.

—¿Qué historia? —pregunto y me acomodo en el otro lado de la cama, luego llevo las manos detrás de mi cabeza para evitar la tentación de tocarla y atraerla a mi pecho.

Suspira.

—Es una historia que me llegó a la mente y aún no sé cómo

terminarla —responde con la mirada fija en las puertas del balcón.

—¿Me la cuentas?

—Dijiste que ibas a dormir después de que respondiera tu pregunta. —Achica los ojos mientras frunce el ceño.

—Siempre fui un niño de cuentos de buenas noches. —La molesto ganándome una mirada asesina.

—Eres necio, ¿lo sabías?

—Creí escucharlo un par de veces de pequeño.

Deja salir un suspiro resignado y regresa la mirada a las puertas del balcón. Estudio su perfil; su nariz era perfecta para su tipo de rostro, su labio superior sobresalía ligeramente sobre el inferior y, una vez más, el deseo de morder esos labios me recorre. Sus mejillas eran suaves y rellenas. Algo desconocido me inunda, ahora solo quería esparcir besos por todo su rostro.

Cierro los ojos, tratando de eliminar esa sensación. Solo estábamos follando, jugando un poco antes de dar el golpe final, y no podía tener ese tipo de pensamientos.

—Había una vez una princesa. —Suspiro de alivio al escuchar su voz—. Esta creció en un hogar lleno de amor y cariño. Era buena e ingenua. Un día sus padres le contaron una historia: su madre había sufrido atrocidades a manos del rey de un reino enemigo. Ese día decidió que quería saber luchar, por si un día llegaba a las manos de ese rey enemigo y así poder matarlo.

»La princesa se convirtió en una de las mejores guerreras del reino. Los reinos vecinos estaban asombrados por su habilidad y decidieron comprar sus servicios. Al principio, ella se negó, no quería manchar sus manos de sangre inocente, pero cuando le aseguraron de que esos hombres carecían de humanidad, aceptó. Trabajó durante meses a escondidas de sus padres, le iba bien y los reinos enemigos comenzaron a temerle; eso le gustó. Un día llegaron visitas al palacio, eran de un reino vecino. Con los reyes, llegó un príncipe —sonríe, yo la observo fascinado por cada palabra que salía de sus labios.

»Era apuesto y ella sintió atracción de inmediato. —Frunzo el ceño cuando algo ensombreció su mirada—. Pero con su llegada comenzaron a suceder cosas en el palacio, su madre enfermó y su padre cayó en depresión cuando los médicos le informaron que no había salvación para su esposa. Una noche, antes de la muerte de su madre, su padre le informó que se casaría con el príncipe y que sería coronada como reina. Y así fue, sus padres murieron y al mismo tiempo un reino quedó en sus manos y se casó. Varios días después, escuchó a sus suegros hablando sobre la muerte de sus padres, diciendo que había sido más fácil de lo que pensaban y que esperaban que fuera así con ella.

—Asesinaron al rey y la reina para que su hijo se quedara con el reino —digo, entendiendo parte de la historia.

—Sí, así lo hicieron. Pero su hijo no sabía nada, solo había sido un peón en el juego de sus padres.

—¿Qué pasó después? —pregunto intrigado.

—Ideó todo un plan para vengarse, mataría a su esposo para así hacer sufrir a sus suegros. Quería que sintieran el mismo dolor que ella. —Se deja caer a mi lado en la cama y mira el techo—. Ella no sabía que su esposo era inocente, así que llevó todo a cabo, pero en el proceso las cosas comenzaron a cambiar. Él era atento, dulce y cariñoso. Se preocupaba por ella y la cuidaba, y eso la confundió.

Guarda silencio, espero varios minutos a que continúe, pero no lo hace.

—¿Y qué pasa después? —Se encoge de hombros.

—No lo sé, por eso la pieza no está terminada.

—¿Ella se enamora de él?

—Quizás, pero si ocurre eso, solo hará su tarea más difícil.

—¿Y si supiera que él es inocente?

—Posiblemente, no lo mataría, pero estaría el dilema de vengar a sus padres. Y si mata a los padres de su esposo, no solo le causaría dolor, sino que también lo perdería.

—Por eso se llama *Catástrofe* —susurro.

—No hay nada que cause tanto desastre como enamorarte de la persona correcta, mas no estar en el momento o la vida correcta. —La miro al notar el cansancio en su voz, tenía los ojos cerrados y su respiración se había ralentizado.

—¿Te estás quedando dormida? —pregunto.

—Sí —responde con voz soñolienta. Se da la vuelta, dándome la espalda—. Procura no amanecer abrazado a mí.

Es lo último que dice antes de caer en un sueño profundo. Miro el techo por varios minutos hasta que siento que mis párpados comienzan a pesar. Su historia me había dejado pensativo y algo inquieto, quería conocer el final y deseaba que fuera un final feliz. No sabía por qué, pero si terminaba mal, no podría vivir en paz.

En algún punto de la noche, siento como su pequeño cuerpo se acurruca contra el mío. Por instinto, mis brazos la rodean, manteniéndola prisionera.

No quería que se fuera, quería que estuviera a mi lado... indefinidamente, pero eso era imposible.

Como en esa historia, lo nuestro también sería una catástrofe. Por cualquier lado que mirara, ella terminaría lastimada o muerta, y yo la perdería.

DIEZ

Elaine Voronin Smirnova

La mansión Moretti

S onrío mientras me adentro en mis sueños, me encontraba en un lugar cálido y muy cómodo. Había un constante latir bajo mi oído que me arrullaba, instándome a volver a los brazos de Morfeo. Como un gatito, ronroneo cuando unos brazos fuertes me aprietan, acercándome más a la sólida y recia musculatura.

No quería despertar, solo en los sueños podía permitirme estar relajada en los brazos del hombre que era mi enemigo, pero al cual también hace mucho tiempo dejé de ver así. Me atraía, me gustaba y comenzaba a sentir cosas por él. ¿Era eso posible con tan solo una semana y media de convivencia? No lo sabía, tal vez estaba cometiendo el mismo error que con Ivan, me estaba dejando llevar por la lujuria, la emoción y la adrenalina del momento.

Pero eso era algo de lo que me preocuparía cuando despertara, ahora solo quería estar aquí, donde ambos podíamos ser quienes éramos. No había engaños, ni mentiras, ni traición.

Solo Elaine y Marcello, dos personas que se deseaban, aunque no deberían. Estar entre sus brazos era reconfortante, me generaba una seguridad que se supone no debería sentir estando en sus brazos. Marcello era muchas cosas, pero desde la primera vez que lo vi había destruido las ideas que tenía acerca de él. Tal vez eso fue lo que me llevó a perder mucho antes de siquiera haber empezado a jugar.

Porque esto estuvo perdido mucho antes de comenzar, ¿no? ¿Había sido cosa del maravilloso destino todo esto? Y si era así, ¿por qué uniría a dos personas que estaban condenadas a permanecer separadas?

Había tantos porqués y ninguna respuesta para cada uno de ellos. ¿Acaso Marcello también se había visto en una disyuntiva similar sobre todo lo que estaba sucediendo entre nosotros? ¿O él lo tenía todo tan claro como el agua de un manantial?

Yo había sido débil desde un principio. Todo el año anterior estuve anhelando el día en el que debía aparecerme por unos escasos segundos en su camino para así recordarle que yo seguía en alguna parte del mundo. Creí ingenuamente que, con cada mirada que le daba, mi curiosidad y deseo por su persona desaparecerían, pero este incrementó hasta el punto de que falté a nuestros últimos «encuentros».

Esto era algo que ni Alicia sabía, pero había enviado a alguien para que se hiciera pasar por mí y tomé unas minivacaciones con Ivan. Creo que ese viaje fue el primer indicio de que lo nuestro se había terminado; lo habíamos pasado bien, pero no como lo hubiera pasado una pareja.

Me sentía abrumada por todas las revelaciones que estaba teniendo, solo había pasado una semana y media con este hombre y podía asegurar que me estaba acercando peligrosamente al borde del acantilado. ¿Era posible comenzar a enamorarse en tan poco tiempo? ¿O de nuevo estaba cometiendo un error?

Creo suspirar entre la bruma del sueño, estaba angustiada y solo quería una maldita respuesta a todo lo que venía sintiendo. En contra de las leves alarmas que sonaban en mi cabeza, me acomodo contra el cuerpo de Marcello casi montándolo por completo, escondo el rostro en su cuello y aspiro su olor. Olía a colonia de hombre, que era muy varonil.

Benditos sean los sueños vívidos.

Siguiendo un instinto guiado por la necesidad de sentirlo, acaricio su pecho desnudo, otra vez debía agradecerle a mi consciencia por traerlo a mi sueño sin camisa. Acaricio el paquete de seis que era su abdomen, este me había puesto a salivar la primera vez que lo vi y lo toqué. Aún recordaba esa noche como si hubiera sucedido ayer: su cuerpo estaba sobre mí mientras entraba y salía de mi interior con estocadas certeras y duras. Los músculos de mi vientre se contraen ante el recuerdo de él dentro de mí, poseyéndome y marcándome como suya. Sus manos habían estado en mis caderas para mantenerme en mi lugar mientras me follaba, y sus hermosos y penetrantes ojos grises estuvieron sobre mí en todo momento. Había guardado cada detalle en mi mente, pero sus caricias y palabras encontraron refugio en mi corazón, al igual que los otros momentos que habíamos compartido y...

—Bonita. —El sonido de su voz detiene todo pensamiento y acción. La realidad me golpea como lo haría un camión de una tonelada, no era un maldito sueño vívido. Era la jodida realidad y en ella me encontraba abrazada a Marcello con mi cara en su cuello—. A menos que pienses hacer algo con esa mano, te sugiero que la alejes de ahí. O te pondré de rodillas y me follaré esa bonita boca tuya. —Sus palabras me hacen consciente de lo cerca que estaba mi mano de la cintura de su pantalón.

¡Maldición!

¿Cómo demonios piensa él que mi cuerpo no va a reaccionar cuando dice ese tipo de cosas?

Entonces, en contra de todo pensamiento coherente, mi mente se inunda con imágenes de Marcello, haciéndome exactamente lo que acaba de decir. Sus manos sujetaban mi pelo, ejerciendo presión, mientras entra y sale de mi boca. Gruñía y gemía, pronunciando mi nombre cuando succionaba y lamía la punta. Mis ojos estaban fijos en su rostro, deformado por sus muecas de placer. Limpia las lágrimas de mis mejillas, lo que provoca una oleada de humedad entre mis piernas; su miembro se sacude en mi boca y entonces lo siento... salado... y...

Salgo de la cama a tropezones, bloqueando esas imágenes, me sentía acalorada y un punto entre mis piernas latía exigiendo atención. Llevo la mano a mi cabeza cuando me mareo de forma abrupta, trastabillo, al mismo tiempo que comienzo a correr al baño antes de que pudiera vaciar todo mi estómago en la alfombra blanca que decoraba la zona alrededor de la cama. Vomito lo poco que había ingerido la noche anterior, mi apetito llevaba los últimos días siendo una completa montaña rusa.

Una mano recoge mi cabello para así no ensuciarlo y otra mano acaricia con suavidad mi espalda. Dejo caer la cabeza en la tapa del inodoro cuando la cierro; doy un suspiro tembloroso, sintiéndome muy débil y con muchas náuseas.

—¿Te sientes mejor? —Niego débilmente.

—Lo siento —susurro. Toma mi mejilla con una de sus manos y la acaricia con gentileza, tenía los ojos cerrados, pero sabía que se había arrodillado.

—¿Por qué te disculpas, *cuore*? —dice, algo aletea en mi

pecho al escuchar la ternura en su voz—. A cualquiera le puede pasar esto, tal vez comiste algo que te cayó mal.

Asiento, sí, tal vez tenía razón. Aunque... el pánico me inunda cuando una posibilidad se asienta en mi mente. Abro la tapa del inodoro y vuelvo a vomitar, mi vista se empaña por las lágrimas debido al esfuerzo y al miedo.

No podía ser posible. No podía suceder. No con él.

En silencio, comienzo a sacar cuentas. Antes de que Marcello entrara en escena, habían pasado seis meses aproximadamente desde que Ivan y yo tuvimos sexo, así que había dejado de tomar la pastilla anticonceptiva y mi periodo estaba atrasado por dos días. Tal vez solo era un retraso.

—Necesito que te vayas —pido sin atreverme a mirarlo, temiendo que vea en mis ojos el miedo que me recorría—. Por favor —agrego cuando no se mueve.

—¿Estás segura? ¿Quieres que llame a Alicia para que venga a cuidarte?

—No —me apresuro a decir—, solo vete, por favor.

Duda unos segundos, pero al final lo siento alejarse. Dejo que las posibilidades me inunden cuando lo escucho. Fuerte, claro y amenazante.

—¿Qué coño estás haciendo aquí? —Abro los ojos de golpe ante el grito de Ivan.

Mierda.

Me pongo de pie como puedo y salgo del baño, encontrándome a Marcello con los brazos cruzados frente a un muy enojado Ivan. Sus ojos se encuentran con los míos y de inmediato intenta acercarse, pero Marcello lo detiene.

—¿Qué quieres? —pregunto, mi voz no era fuerte y apenas podía mantenerme de pie, pero solo me dejaría caer en la cama cuando estuviera sola.

—¿Qué hace él aquí? —pregunta acribillándome con la

mirada. Un músculo se flexiona en la mandíbula de Marcello al escucharlo.

—Ese no es tu problema, así que puedes irte.

—No —contesta Ivan. Estrecho la mirada con la necesidad de tomar uno de mis cuchillos y rebanarle la garganta—. Estuviste evitándome durante días y ayer ignoraste todas mis llamadas, tuve que llamar a Alicia para saber qué hacías y ahora tengo la sospecha de que me mintió cuando dijo que estabas practicando con el piano.

Internamente le agradezco a Alicia por haber cubierto mi espalda.

—Técnicamente, no te mintió. —Es el turno de Marcello de ser apuñalado en mi mente cuando lo escucho—. Estuvo practicando hasta que yo la interrumpí y acaparé toda su atención.

—¿En qué? —replica, las fosas nasales de Ivan se ensanchan y aprieta los puños. Marcello sonríe ante su reacción.

—¿Seguro que quieres saberlo?

Justo cuando Ivan está por lanzarse sobre Marcello, me apresuro a interponerme entre ambos.

—¡Ya basta! —Les doy sendas miradas—. Es suficiente de esta ridícula lucha de testosterona. Los quiero a ambos fuera de mi habitación.

—No puedes echarme —dice Ivan con voz severa—. Eres mi mujer, soy el único que puede estar contigo, y me engañaste al dejar que ese imbécil se metiera entre tus piernas.

Antes de que pueda procesarlo, cierro la mano alrededor de su cuello y lo aprieto.

—Escúchame muy bien, Ivan. Yo no soy tu mujer, tú y yo terminamos, así que no tienes ningún derecho a venir aquí a reclamarme. Si me quiero acostar con Marcello y dejar que me folle, es mi maldito problema. Así que cierra la boca, mantén las apariencias hasta que nos vayamos y luego desaparece de mi vida.

Lo suelto cuando su cara comienza a tornarse roja debido a la falta de aire. Estaba molesta, me sentía mal y me encontraba aterrada por la idea de llevar al hijo de Marcello en mi vientre. Intento calmarme para así no cometer la estupidez de matar a Ivan, aunque la idea sonaba muy gratificante.

—Elaine, no puedes hacerlo. —Intenta tocarme, pero una mano se interpone en su camino.

—Ya la escuchaste. Te quiere fuera de esta habitación, así que aleja tus asquerosas manos de ella. —Internamente, le agradezco a Marcello por su intervención, sentía que desfallecería en cualquier momento.

—Aléjate de ella. Es mía —es lo último que dice antes de irse, cerrando la puerta detrás de él.

Sí, al parecer, el muy idiota no entendía lo que le había dicho.

—Me iré, pero prométeme que llamarás a un doctor si vuelves a sentirte mal —dice a mi espalda. Asiento sin querer decirle que me sentía peor. Aún era temprano, quizás todos seguirán durmiendo por un par de horas más.

—Lo haré. Ahora, por favor... —Señalo la puerta en una muy mal disimulada indirecta para que se vaya.

No dice nada más antes de irse, pero sí me dedica una mirada llena de preocupación y algo más. Hago a un lado todo lo que me hace sentir y busco el móvil en la cajonera de la mesita de noche, lo había guardado ahí ayer por la noche antes de bajar a tocar.

Tenía varios correos de la organización, también unos en los que me invitaban a eventos prestigiosos para que tocara. Me salto todo eso, encontrándome con una gran cantidad de llamadas y mensajes perdidos de Ivan, los ignoro y paso de inmediato al mensaje que me había dejado Alicia alrededor de las dos de la mañana.

Alicia: *Le escribí a Mhia, Lukyan por fin me dio una muy buena razón por la cual asesinarlo.*

Lukyan había sido por decirlo de una manera, un pretendiente de Alicia. Le había pedido a nuestro padre su mano en matrimonio, por supuesto, él se negó. Conocía bien el tipo de hombre que era Lukyan y este mensaje no hacía más que confirmarlo.

Tenía mucho tiempo viendo venir esa noticia, y si asesinarlo incluía a Mhia Salvatore, solo significaba que había abusado de una mujer. Mhia era de las pocas personas que cazaba a violadores y maltratadores de mujeres. Tenía una organización que se dedicaba exclusivamente a eso. El cabrón tenía bien merecida su muerte.

Busco entre mis contactos hasta dar con el número de mi guardaespaldas, solo él podría salir de esta mansión sin que nadie lo cuestionara. Con los nervios a flor de piel, le pido que me traiga una prueba de embarazo y le recalco que tiene que darse prisa. Si alguien lo veía cerca de mi habitación entregándome esa cajita en una bolsa de farmacia, estaría acabada en cuestión de veinte minutos.

ME HABÍAN TRAÍDO la prueba de embarazo una media hora antes, pero alrededor de hace diez minutos me decidí por fin a realizarme la prueba. Mi cuerpo hizo todo menos cooperar, tenía ganas de orinar, pero mi vejiga no quiso expulsar ni una gota de orina, así que paseé por la habitación y me obligué a pensar en cascadas, ríos y manantiales. Cuando estuve a punto de hacerme en los pantalones, entré corriendo al baño y oriné sobre la prueba de embarazo.

Ahora me encontraba esperando a que pasaran dos tortuosos minutos para saber si mi vida cambiaría o seguiría su curso actual. No sabía muy bien cuál era el resultado que quería que diera la prueba, me gustaría ser mamá, pero aún era muy joven. Y si la prueba era positiva, este bebé sería producto de una noche de mucha tensión sexual.

¿Qué le diría cuando creciera?

Oye, vigilé a tu padre por un año y, en cuanto estuvimos solos, saltamos como conejos en celo uno sobre el otro. ¡Oh!, y casi lo olvidaba, lo asesiné porque estaba amenazando a mi familia, pero puede que también estuviera enamorada de él.

Sería horrible que un bebé tuviera esa historia entre sus padres.

Entierro la cara en la almohada. ¿Cómo... cómo lo haría? ¿Cómo demonios viviría con el hecho de que asesiné al padre de mi bebé? ¿Cómo le haría eso a un alma tan pura e inocente que no merecía que le arrebataran a su padre de esa manera? ¿Cómo me haría eso... a mí?

Se supone que un embarazo debía ser una experiencia que vives al lado de tu pareja, lo que significa estar ahí en cada momento. En el primer ultrasonido, la compra de la cuna, el cochecito o la ropa para bebé. ¿Podría hacer todo eso yo sola sin que la culpa y la tristeza me carcoman?

No, no me creía para nada capaz.

¿Mis padres me perdonarían por asesinar al padre de su nieto aun cuando solo intentaba protegerlos?

—Bendita sea la vida —susurro a la nada cuando la alarma del teléfono suena, indicando que el tiempo de espera había terminado.

La apago y salgo de la cama, me detengo frente a la mesa de

noche, luchando por mantener la respiración controlada. De toda mi corta vida, este era el momento más importante y decisivo que había tenido.

Una rayita: negativo.

Dos rayitas: positivo.

Con una última respiración, me armo de valentía y tomo la prueba de embarazo. Todo en mi interior se sacude, mis barreras se vuelven añicos y mi vista se empaña cuando las lágrimas me encuentran.

Caigo de rodillas y dejo salir un grito silencioso, cruzo las manos sobre mi vientre plano y lo acaricio, temiendo que la cosita en mi interior pueda sentir mi angustia.

—No estoy triste porque estés ahí —susurro—, estoy triste por lo que tendré que arrebatarte. Así que perdóname, cosita.

Paso los siguientes veinte minutos tranquilizándome y mentalizándome.

Dos rayitas nunca pudieron tener tanto poder y significado como ahora.

ONCE

Marcello Coppola

La mansión Moretti

Cierro mi habitación de un portazo, estaba furioso, y las ganas de buscar al niñato de Ivan solo aumentaban con cada respiración que daba. No soportaba que le hablara o tocara a Elaine, si bien ella no era mía, tampoco estaba con él. Que él fuera su maldito ex, no le daba ningún derecho de tratarla con tanta libertad.

¿Es que acaso no comprendía que ella ya había terminado con él? ¿Por qué demonios no tomaba sus cosas y se largaba de aquí? Nos estaría haciendo un favor a todos.

Entro al baño y me quito la ropa; necesitaba una ducha para serenarme. Dejo que el agua fría golpee mi cuerpo, lo que tranquiliza mis pensamientos para así centrarme en otro punto que era mucho más importante, ¿Elaine estaba enferma y no me había dado cuenta? ¿O era algo más? Esperaba que hubiera llamado a un doctor, podía recordar claramente lo pálida que se había puesto cuando estábamos en el baño.

Suspiro, debía terminar mi jodida ducha y regresar a su

habitación para asegurarme de que estuviera bien. Algo había enloquecido en mi pecho cuando noté el miedo en su expresión, ¿acaso sí sabía lo que tenía?

Gruño y cierro la llave del agua, salgo de la ducha y me enrollo una toalla en la cintura. Tomo los pantalones que me había quitado y busco mi teléfono en los bolsillos. En cuanto doy con él, entro al buscador y tecleo: enfermedades que causan náuseas y mareos.

Gastroenteritis (infección de los intestinos).

Migraña.

Mareos (Cinetosis).

Intoxicación alimentaria.

Medicamentos, incluidos los de quimioterapia para el cáncer.

Reflujo gastroesofágico (ERGE) y úlceras.

Náuseas matutinas...

Un golpe en la puerta me hace detenerme, arrojo el teléfono a la cama y me dirijo hacia allá, más le valía a quien estuviera interrumpiéndome que fuera algo importante.

Y esperaba que Elaine no tuviera ninguna de esas enfermedades que había leído, aunque aún me faltaba una o dos más para estar del todo seguro.

—¿Qué? —digo en cuanto abro la puerta.

—Buenos días para ti también, hermano. —Camillo entra a mi habitación y se deja caer en mi cama.

El idiota estaba sonriendo y parecía recién salido de una ducha.

—¿Qué haces aquí? Estaba ocupado.

—Si te estabas haciendo la paja, perdón por interrumpirte, pero tengo que decirte algo importante. —Suspiro y me voy a mi clóset.

Fuera importante o no esta conversación, no la tendría con

solo una toalla cubriendo mi desnudez. Me pongo unos pantalones de vestir negro y una camisa blanca, dejo mi cabello para después y tomo los gemelos.

—Te escucho —digo en cuanto salgo del clóset.

—Escuché a Lorenzo decir que Alexei parte hoy a Rusia.

—¿Y por qué eso te tiene sonriente? —Se levanta de la cama y se cruza de brazos.

—Porque eso nos da la excusa perfecta de decirle a madre que se nos escapó junto con las princesas de la mafia.

—¿Y cómo pretendes hacerle creer que nosotros no sabíamos sobre eso cuando tenemos la confianza de Lorenzo en nuestras manos?

—Simple, no confiaba en nosotros tanto como suponíamos —responde encogiéndose de hombros.

—¿Después de dos años? —Niego y tiro de mi cabello hacia atrás, era un mal hábito adquirido durante esta última semana—. No va a creernos, sabe que estamos dudando, y para su dulce paciencia, estamos haciendo un trabajo que era para ayer.

Su semblante se ensombrece.

—Entonces habrá que encontrar otra manera de alargar esto, aún no puedo hacerlo. —Aparta la mirada al soltar lo último.

—Camillo —le digo, acercándome y tomándolo de los hombros—, ¿dejó de ser más que una follada para ti? ¿Ya no la ves como un trabajo más en tu lista?

—No lo sé, Marcello. Por momentos la veo como eso, pero ahora, ya no sé.

Me alejo para sentarme en la cama, me encontraba en la misma posición que él, habían pasado tantas cosas esta semana que ya no sabía en qué creer. Me doy cuenta de que, desde un inicio, aquella primera vez en Venecia, dejó de ser para mí un

76

objetivo. No sé qué demonios era ahora, pero necesitaba tiempo para averiguarlo.

—Podríamos secuestrarlas —suelto antes de siquiera analizar mi línea de pensamientos actual.

—¿Qué? Eso sería seguir con el plan inicial.

—No. —Lo señalo—. Sería similar, le estaríamos quitando la parte de decirle a nuestra madre dónde están.

—Ella conoce todos nuestros escondites, ¿lo olvidas? — Asiento, tenía razón en eso, mas estaba equivocado en la parte en la que ella conocía todos nuestros escondites.

—Tengo un lugar a donde podemos llevarlas, en Ucrania, y a menos que alguno de mis hombres me haya vendido, estarán a salvo ahí por un tiempo.

—De acuerdo, pero para hacer que ese avión aterrice, tendremos que derramar sangre.

—Lo sé, pero eso no me importa, el tiempo se nos acaba y, por ende, a ellas también.

—Está bien. —Se acerca y toma mi mano para estrecharla—. ¿Juntos hasta el final?

—Juntos hasta el final. —Ambos asentimos, veo como comienza a alejarse, cuando algo llega a mi mente—: Hablé con madre hace unos días.

Los músculos de su espalda se tensan, pero no se da la vuelta para mirarme.

—¿Cuándo?

—El día del atentado. En La Scala.

—Fue ella, ¿no?

—Eso lo sabes muy bien ya —le respondo y Camillo asiente—. Dijo algo que no me he podido sacar de la cabeza desde entonces.

—¿Y qué es?

—Mataron a Sergei por meterse en donde no debía, y así

haré yo si ustedes comienzan a ser un estorbo —digo, citando sus palabras.

No me afectaba mucho el hecho de saber que mi madre sería capaz de asesinarme a sangre fría, eso era algo que sabía desde hace mucho tiempo. Lo que me inquietaba era el principio de esas palabras.

Habían matado al hombre que era nuestro padre y eso, no se quedaría así. Pagarían por eso.

—¿Crees que ella lo mató?

—Tengo a un hombre investigando todo sobre su muerte, tendré los detalles en unos días.

—Hazme saber cuando ya tengas todo.

Es lo último que dice antes de salir de la habitación.

Veo a Elaine salir del comedor, junto con ella iba Alicia, quien en estos momentos tenía mi admiración. Había mandado a asesinar a Lukyan sin importarle una mierda las consecuencias. Sabía que era lista, no desataría una guerra así como así, debía tener un muy buen motivo para salir ilesa de todo esto.

Debía admitir que me estuve divirtiendo con todo el asunto hasta que Ivan se atrevió a ponerle las manos encima a Elaine. Él sabía que, a los ojos de su familia, ellos seguían estando juntos, lo que ponía en desventaja a Elaine, ya que no podía hacer un escándalo recordándole que ya no eran una pareja.

Ya había tenido suficiente con el escenario que montó Ivan en la habitación de Elaine, así que perdí el control cuando quiso irse tomado de la mano con ella. Si bien no había sido muy inteligente de mi parte reaccionar de ese modo frente

Alexei, no me importaba. Ya había dejado claro mi interés por Elaine y ella ya podía decirle a toda su familia que no habría ninguna unión entre los Magomedov y los Voronin Smirnov.

—Ustedes dos. —Miro a Alexei, quien nos señalaba con un dedo acusatorio—. Tienen que asistir a un funeral, y más les vale que desaparezcan de mi vista en los próximos dos segundos —nos dice.

—Sr. Voronin, gracias por la oferta, pero aún no tengo ganas de morirme —contesta Camillo y sonrío ante las palabras de mi hermano.

Ese idiota iba a morir un día por abrir la boca de más.

—No hablaba de ustedes, aunque, si no se van ahora mismo, créanme que habrá dos funerales más. —Lorenzo le pone una mano en el hombro a Alexei, deteniendo el movimiento de su mano en la espalda de este—. Deja que por lo menos entierren a la chica —dice, mirándolo.

Como un balde de agua fría, el comentario hiela todo en mi interior. Habían arreglado el funeral de Beatrice y aún no sabíamos nada. Ignoraba si ellos tenían conocimiento de nuestro parentesco con ella, pero si era así, no dicen nada mientras permanecemos en ese comedor.

Salimos de la mansión en completo silencio, ninguno de los dos había hablado sobre el tema de la muerte de Beatrice. Suponía que, como yo, él había buscado consuelo en la única persona que podía y que tenía. Después de la muerte de Sergei, solo nos tuvimos a nosotros. Dos años después, Beatrice se fue, dejándonos como apoyo solo el uno al otro, y de nuevo quedamos nada más nosotros.

Nos subimos a mi deportivo y en silencio transitamos las calles de Roma. Lorenzo sabía dónde habíamos enterrado a nuestro padre y, como Coppola de sangre, Beatrice merecía estar junto a Sergei.

El Cementerio Protestante estaba a media hora de la mansión de los Moretti, personalmente, me hubiera gustado tener más tiempo de prepararme para lo que tenía que hacer ahí. Estaba seguro de que a ningún hermano le gustaría enterrar a su hermana pequeña.

Esa no era la ley de la vida.

Tal y como entramos al coche, salimos de él en completo silencio. La melancolía nos arropaba como un gran manto grueso en estos momentos, y ambos nos negábamos a siquiera pensar en la primera vez que tuvimos a esa pequeña en nuestros brazos, o cómo fue verla dar sus primeros pasos o decir sus primeras palabras.

Contra ese pensamiento, mi mente se inunda con esos recuerdos, era una tarea imposible retenerlos u obligarlos a retroceder.

Sus primeras dos palabras fueron «Camielo» y «Marmelo». Estábamos sentados en el jardín de la casa, mamá se había ido, por lo que nos quedamos solos y no corríamos riesgo de ser castigados o golpeados por ella. Beatrice adoraba ese jardín, y cada que teníamos una oportunidad, jugábamos en él.

Recuerdo tener su peluche de oruga; de entre todos, ese era su favorito. Se lo habíamos quitado para hacerla reír, a través de muecas o ruidos raros. Sus manos estaban extendidas hacia el peluche y en un movimiento desesperado por tenerlo de vuelta dijo nuestros nombres. En ese instante, recuerdo haber tenido la inequívoca necesidad de llorar porque mi hermana pequeña había dicho mi nombre, cuando, según la vida, debió haber sido el de mi padre o el de mi madre.

—¿En qué piensas? —El susurro estrangulado de Camillo interrumpe mis pensamientos.

—En sus primeras palabras.

Rodeamos varias lápidas y árboles, las personas encargadas

del mantenimiento de este cementerio se habían ocupado de que, aunque fuera algo loco, luciera como un lugar reconfortante. Era colorido, cálido y lleno de vida por la cantidad de mariposas y pájaros que habitaban aquí.

La parcela Coppola se encontraba en lo profundo, rodeada por varios árboles que le daban a quien llegara hasta ahí una sensación de privacidad.

A lo lejos diviso el traje de un sacerdote, de pie frente a una lápida, junto a esta había unas cuatro más. Nunca conocí a mis abuelos, de ninguna de las partes involucradas en mi crianza, debía decir.

—¿Crees que tuvo miedo?

Pasamos por dos árboles de gran tamaño antes de entrar a la parcela de nuestro padre.

—No lo creo, ella nunca le temió a nada. —Evito agregar el hecho de que la bala tampoco le dio la oportunidad de pensar o sentir algo.

Ni siquiera dolor, ese era mi único consuelo. Su muerte fue rápida, más rápida de lo que hubiera sido a manos de Fiorella Coppola de haber descubierto para quién trabajaba su hija.

—*Buon pomeriggio*[1] —saludo al sacerdote.

—*Buon pomeriggio, figli miei. Qualcun altro viene alla cerimonia?*

Paso saliva, tratando de aliviar el nudo en mi garganta, niego con la cabeza y no tarda en dar inicio al sepelio. Me quedo al lado de Camillo en completo silencio y miro fijamente la lápida.

Beatrice Ginevra Coppola Bianchi
03/05/2027-12/05/2046

Es y será siempre un honor llamarte hermana, pequeña.

Cuida nuestras espaldas desde el cielo y perdónanos por haber
desprotegido la tuya.
Siempre con cariño, tus hermanos.

Me limpio las lágrimas que humedecen mi rostro y dejo salir un suspiro tembloroso. El sacerdote recita un proverbio de la Biblia y alza las manos hacia el cielo, implorando porque las puertas de los cielos le den entrada a su alma y tenga un descanso eterno y tranquilo.

Me acuclillo frente al ataúd y tomo un puñado de tierra para esparcirlo sobre este, cierro los ojos centrándome solo en los buenos recuerdos y no en el último momento que tuvo sobre este mundo.

—Perdóname, hermanita, por no haberte protegido como siempre dije que lo haría. Te juro que tu muerte no quedará impune, buscaré al responsable y acabaré con el mundo de ser necesario, pero te vengaré. De todas mis promesas rotas, esa es la única que jamás incumpliré.

»Saluda a papá de mi parte y no olvides que siempre te amaré —digo para mí.

Abro los ojos y me pongo de pie, miro una última vez su lápida y me doy la vuelta para alejarme lo más que puedo de esa parcela. Ya no quería enterrar a nadie más y me aseguraría de que fuera así, cazaría al que se atrevió a matar a mi hermana y lo haría sufrir hasta su último respiro.

Salgo de ese cementerio, sabiendo que una parte de mí se había quedado en él y que ahora se encontraba junto al alma de Beatrice. Esperaba que papá la cuidara mejor de lo que yo lo había hecho.

DOCE

Elaine Voronin Smirnova

Media hora atrás, mansión Moretti

En cuanto entramos a su habitación, se voltea a verme, diciéndome sin palabras lo que seguía. Las cosas no habían salido nada bien durante el desayuno; Ivan, claramente, no estaba nada feliz con lo que Alicia le había hecho a Lukyan, y en un intento por salirse con la suya, quiso salir del comedor conmigo como si aún fuéramos una pareja.

No había esperado la reacción de Marcello, no con mi padre ahí presente, pero al parecer le había importado muy poco su respuesta. Para este punto, estaba más que claro que ya no mantenía ningún tipo de relación con los Magomedov y que, de hecho, tenía una «relación» con Marcello. No sabía muy bien dónde nos dejaba eso y lo que pasaría las siguientes horas.

—¿Lo obtuviste? —me pregunta Alicia y asiento, sintiéndome tremendamente culpable.

—Fue fácil —digo en un susurro.

—Bien, regresaremos a Rusia como si nada hubiera pasado, el viaje llegó en el mejor momento.

Asiento, no me sentía tan feliz por esa noticia. Se suponía que el alejarme de él era el plan inicial cuando decidimos hacer todo esto. Me acercaría, lo haría entrar en confianza, obtendría la información que necesitaba y nos largaríamos. Eso era todo, no había un plan de respaldo o desvío.

Pero ahora no sabía qué hacer o pensar, hacía un par de horas me cuestionaba si sería capaz de traicionar y matar a Marcello, pero ya no solo era eso, sino que también era el padre de mi bebé.

—¿Elaine, pasó algo más entre ustedes dos? Sabes a lo que me refiero. —La tristeza me embarga al escuchar las palabras de mi hermana.

Ella sabía que me había acostado con Marcello en ese jardín, mas no sabía de las otras veces, ni de los momentos que había compartido con él, que de solo recordarlos enloquecen a mi corazón.

—¿Cómo hiciste para no caer? —pregunto, me regala una triste sonrisa que me hace saber que no fui la única.

—La única parte de mí que cayó fue por culpa de su pene —intenta bromear, pero no soy capaz de sonreír. Al darse cuenta, me toma de la mano y me guía hasta la cama para sentarnos—. No importa qué tan jodida estés ahora, ¿sí? Tenemos que salir vivas con nuestra familia de lo que se viene. Durante el vuelo le advertiremos a papá y a mamá, y en cuanto lleguemos a Rusia, decidirán qué hacer.

Deslizo mis dedos por la costura de mi pantalón con los nervios y el miedo oprimiendo mi pecho en partes iguales. Tenía que decírselo, era mi hermana y la persona en quien más confiaba.

—Pero, Alicia, hay un problema casi igual de grande que

ese —digo con la voz pastosa y la mirada brillosa, mis ojos se encuentran con los de mi gemela y sé qué es capaz de palpar mi miedo—, debió haberme bajado la regla hace dos días, así que le pedí hoy temprano a mi guardaespaldas que me consiguiera una prueba de embarazo.

Veo el momento exacto en que comprende mis palabras, sus ojos se ponen como platos y su boca se entreabre, dejando salir un jadeo. Tres emociones la recorren en ese instante; sorpresa, miedo y felicidad, pasan tan rápido que apenas soy capaz de captarlas todas.

—Creí que no era posible, recé porque diera negativo, solo había estado con él un par de veces debido al calor del momento y...

—... no usaron condón —termina por mí.

—No lo hicimos, estaba tan preocupada porque nos descubrieran que también se me olvidó tomar la pastilla. Es qué, ¡mierda!, el viaje solo se atrasó media semana, debimos irnos después de que le dispararon a papá —digo, aunque lo cierto era de que no me había preocupado tanto que nos descubrieran, ni siquiera pensé mucho en ese hecho, en esos momentos solo podía pensar en su polla y en lo bien que se sentía.

En serio debimos irnos después de que le dispararon a papá.

—Pero ya te habías acostado con él, ¿no? —asiento a pesar de que ella ya sabía eso—. No podemos pensar en lo que hubiera pasado si nos hubiéramos ido antes. Ahora lo que importa es lo que quieres, así que te pregunto, ¿qué quieres hacer?

—No lo voy a abortar, eso es seguro, pero no quiero que Marcello lo sepa, no antes de lo que tenemos que hacer. Y se lo diremos a mamá y a papá cuando todo se calme, ahora tienen más que suficientes preocupaciones, no es como si quieran agregar a la lista una hija embarazada —me apresuro a decir, me aterraba la idea de que sugiriera que abortara o que quisiera decírselo a nuestros padres.

Pero asiente comprensivamente ante mis palabras, lo que relaja cada músculo de mi cuerpo.

—Ya tengo todo listo, no podrán encontrarnos a donde vamos —dice al cabo de unos segundos en silencio.

—¿Estás segura? Porque cuando lo sepa irá detrás de mí, eso lo sé —digo. Marcello no tenía hijos y Camillo tampoco, por lo que no me dejaría sabiendo que tenía a su hijo y heredero creciendo en mi interior. Estaba segura de que pondría el mundo de cabeza para encontrarme.

—No solo vendrán por ti, también por mí. Ellos nos quieren hace mucho tiempo, y si no consiguen lo que quieren por las buenas, lo harán por las malas.

Dejo salir un suspiro tembloroso, sabiendo que tiene razón. Queriendo olvidarme de todo esto por unos momentos, saco la memoria extraíble del bolsillo trasero de mi pantalón.

—Envíale todo esto a H, nos ayudará a saber quién es Fiorella, porque no se sabe nada de ella desde hace años y dónde se encuentra —digo.

Marcello tenía el sueño pesado, así que en cuanto se quedó dormido, deslicé mi mano por el bolsillo derecho de su pantalón. Siempre guardaba su teléfono ahí, me fijé incontables veces de esa acción. Introduje la memoria, que tenía un virus que desencriptaría todos los archivos, mensajes y audios que había en su teléfono, y lo copie todo. Regresé luego el dispositivo a su bolsillo antes de que se despertara y me descubriera.

Me había aprovechado de un momento de vulnerabilidad, él había confiado en mí para dormir a mi lado y lo traicioné. Eso sería algo que nunca me perdonaría.

«—ESTIMADOS pasajeros, haremos un aterrizaje de emergencia en Ucrania, abróchense los cinturones, tendremos algo de turbulencia».

La voz del piloto se continuaba repitiendo en mi cabeza, esas palabras fueron la clara señal de que habíamos caído en la trampa de alguien. No había visto a Marcello cuando nos fuimos de la casa de mis tíos, solo nos habían dicho que fueron enviados a hacer un mandado, así que no sabía si esto era obra suya y de su hermano o de Fiorella únicamente.

Sucedieron muchas cosas en cuanto nos subimos a este *jet*; le confesamos a nuestros padres que nosotras éramos quienes estábamos investigando, luego mi madre nos dijo que estaba embarazada, papá nos dijo que nuestro abuelo Dimitri había encontrado un certificado de defunción de Fiorella, pero Alicia y yo sabíamos que eso era imposible porque «H», nuestro hacker de confianza, la había rastreado. Por último, como cereza del pastel, «H» nos confirmó dónde se encuentra esa maldita mujer.

En la bella Ucrania, justo donde íbamos a aterrizar.

Tuvimos que matar al copiloto, ya que nos había traicionado, debía agregar.

Miro a Alicia, quien se encontraba sentada a mi lado. Nos habíamos armado, ella con sus armas y granadas y yo con mis cuchillos y una Colt M4 Airsoft, nuestros padres también estaban listos para luchar. Lo que se venía a continuación sería el principio del fin de esta guerra, los hombres de papá estaban esperando su orden y los que trabajaban para mí y Alicia también.

Teníamos un plan de respaldo por si esto se salía de control. Nuestra prioridad era asegurarnos de que los reyes de la mafia estuvieran a salvo, papá era un blanco fácil, ya que solo tenía un brazo bueno. Con una orden se los llevarían y nosotras le daríamos el tiempo suficiente como para que escaparan.

Estaba dispuesta a morir en el proceso de ponerlos a ellos a salvo, incluso si eso significaba arrebatarle la vida a la cosita inocente que crecía en mi interior.

Una fuerte sacudida es el indicativo de que hemos tocado tierra, en cuanto se abrieran las compuertas se daría inicio al fin de una guerra. En cuanto el *jet* se detiene, una ola de disparos azota el metal del avión.

Nos desabrochamos los cinturones y nos dejamos caer en el suelo, miro a papá cuando saca su teléfono y le ordena al que está al otro lado de la línea que ataque. Alicia hace lo mismo, avisándole a nuestra gente que estén alertas.

Me arrastro detrás de Alicia cuando la balacera disminuye, toma una de sus granadas y abre la compuerta principal, el bum no se hace esperar y bajamos por las escaleras. El enfrentamiento estaba en pleno apogeo; no pierdo tiempo y me lanzo a un combate cuerpo a cuerpo con un cuchillo en cada mano. Apuñalo y rebano gargantas, llenándome de sangre en el acto; a mi lado, Alicia disparaba a diestra y siniestras con sus dos Glock.

Nos mantenemos cerca de nuestros padres, matando a todo aquel que intentara acercarse lo más mínimo. Como habían hecho a lo largo de su vida, cuando se trataba de sus princesas, intentaban ponerse frente a nosotras para protegernos, pero como podemos nos mantenemos al frente.

Nuestros hombres intentaban protegernos mientras ellos también luchaban por sobrevivir, una parte de mí se rompía cuando los veías caer al suelo sin vida. Todos ellos habían jurado protegernos hasta su último respiro, algunos por lealtad y otros por miedo.

Uno de mis cuchillos se me resbala cuando intento asestar

un golpe en la garganta de un hombre, esquivo un puñetazo más y recibo un rodillazo en las costillas, jadeo por aire al mismo tiempo que lo apuñalo en el estómago. Tomo el arma en mi hombro y me acerco a Alicia.

—¡Son demasiados! —grito haciéndome escuchar por encima de los disparos.

—¡Lo sé! —me grita Alicia mientras golpea con la culata del arma a un hombre que intentaba atacarla. Disparo al sujeto que iba hacia ella cuando él intenta disparar y no sale nada del arma—. ¡Tiene que ser ahora!

Toma el arma que cuelga de su hombro y juntas les disparamos a los hombres que poco a poco nos estaban acorralando. Íbamos perdiendo, eran demasiados y el resto de nuestros hombres, los que estaban esperando órdenes, solo tenían como tarea llevarse a nuestros padres. No podían intervenir para ayudarnos a Alicia y a mí.

—¡¿Estás lista?! —grita mi hermana, no me toma más de dos segundos asentir. Coge dos granadas aturdidoras y las lanza.

Aprovecho el momento de debilidad de nuestros enemigos y comienzo a dispararles, nos habíamos preparado para esta situación, así que no nos vemos afectados. Veo el momento exacto en que Alicia envía el mensaje.

Regreso mi atención a los hombres que ya estaban saliendo de la sordera que la granada les había provocado, no reacciono lo bastante rápido cuando una patada en mi mano me hace perder el arma. Saco uno de los puñales en mi muslo y me enzarzo en una lucha cuerpo a cuerpo con dos hombres. Uno de ellos logra cortarme en el hombro, pero no le hago caso al leve ardor de la herida.

Ambos eran mucho más fuertes que yo y el cansancio de mi cuerpo me estaba pasando factura; esquivo golpes e intentos de puñaladas, cuando estoy por deshacerme de uno de los hombres, dos disparos resuenan. Dejo salir un suspiro de alivio cuando veo a Alicia con un arma en la mano.

Les había disparado.

—Estoy bien —digo mientras ella mira con atención mi hombro.

Me volteo al escuchar el sonido de varios coches acercándose, eran las camionetas blindadas que sacarían a nuestros padres. Los toman por la espalda, pero ellos comienzan a defenderse.

Les doy una leve sonrisa cuando se detienen al ver que no hacemos nada por ayudarlos.

—Estarán bien —les asegura Alicia y yo asiento, estando de acuerdo con ella.

Regreso al baño de sangre cuando veo que se los llevan, Alicia se coloca a mi lado y juntas, como los ángeles de la muerte, le damos guerra a los bastardos que solo deseaban dañar a nuestra familia.

No confiaba en nuestra gente solo porque nos fueran leales, sino porque Alicia se encargaba de mantenerlos lo suficientemente asustados como para que nunca pensaran en traicionarnos. Tal y como ella decía: «Cuando la lealtad y el miedo no son suficientes, se tiene que recurrir al temor de las personas».

La miro cuando un siseo rompe el constante estruendo de los disparos y los golpes. Pierdo el equilibrio en el momento en que Alicia se lanza sobre mí y me cubre con su cuerpo. Intento protestar y alejarla, pero no actúo a tiempo. Creo gritar cuando el *jet* explota, mi cabeza, espalda y oídos vibran ante el ruido y el impacto.

Mi vista lo ve todo blanco y lo único que siento antes de caer en la oscuridad es el brazo de Alicia, protegiéndome cerca de ella.

TRECE

Marcello Coppola

Ucrania

L as teníamos, pero en el proceso de conseguirlas, varias cosas salieron mal. Nuestra madre envió a sus hombres para que las secuestraran, pero los nuestros llegaron a tiempo y pudieron traerlas con nosotros. Uno de los hombres de mi madre hizo pedazos el *jet* en el que llegaron y me preocupaba el hecho de que ambas estuvieron demasiado cerca del avión; nos informaron que estaban inconscientes, pero que no había lesiones graves a la vista.

Quería que un médico revisara a Elaine, pero no teníamos tiempo, alguien me había traicionado y ahora ellas ni nosotros estábamos a salvo aquí.

Salgo de mi despacho y me encamino a donde se encuentran las «celdas», que no eran más que una habitación con paredes de concreto liso y una bombilla colgando del techo. Camillo me esperaba cerca de la habitación, estaba ansioso, quería ver a Alicia y la expectación de lo que sucedería al cruzar esa puerta nos tenía nerviosos.

No sabía cómo reaccionaría Elaine cuando le dijera toda la verdad; de que nosotros fuimos los causantes de los robos para así llamar la atención de sus padres y que entraran en nuestro territorio, o que nuestro plan inicial fue matarlas para así debilitar a los reyes de la mafia... Sí, de seguro se enojaría.

—No puedes decirle —le digo en cuanto llego a donde está, me dedica una mirada confundida.

—¿Qué cosa?

—Esto. —Señalo alrededor de nosotros—. No puedes decirle los cambios de planes, ni qué era exactamente lo que queríamos hacer en un principio.

—¿Por qué? —Se cruza de brazos—. Sé que Alicia se molestará, pero creo que lo superará con facilidad, después de todo, desde un principio le dejé en claro que tenía ganas de matarla en ocasiones.

—Pero Elaine no, creo que el saber que fui detrás de su familia es suficiente para que no quiera verme la cara nunca más, así que, por favor, no le digas nada a Alicia —le ruego, me aterraba perder a Elaine y sentía que estaba a nada de hacerlo.

—Está bien —suspira resignado—, pero si ella llega a esa conclusión sin ayuda, me lavaré las manos.

—Me parece bien. —Me acerco a la puerta, dispuesto a abrirla, pero antes de hacerlo me giro a verlo—. Recuerda, les haremos unas preguntas y después las llevaremos a donde Fiorella no pueda encontrarlas.

Asiente.

Abro la puerta, dejando a la vista la habitación, el aire estaba impregnado por la humedad y me sentía como una mierda por haberla dejado aquí casi media hora. Pero había necesitado tiempo, ya que ellas partieron antes que nosotros.

Necesitaba mantener las apariencias para así poder saber algunas cosas.

Alicia no pierde tiempo mirándome a mí, sus ojos se van de inmediato a mi hermano. Por otro lado, yo me voy directo hacia Elaine. Trago duro al ver lo que le habían hecho los hombres de Fiorella: tenía algunos moretones en el rostro, de su sien salía un poco de sangre y había un corte en su hombro. Debí enviar a más hombres, tal vez así ella no hubiera resultado herida.

—Después de todo, henos aquí —dijo Alicia, rompiendo el incómodo silencio. La expresión de Elaine me estrujaba el corazón; su mirada estaba apagada, carente de ese brillo que siempre la acompañaba. No me gustaba que me mirara así, quería ese fervor envolviéndola cada vez que yo estaba cerca—. ¿Tienen algo que decir en su defensa? —continúa Alicia.

—Tu padre asesinó a nuestro padre —respondo como un maldito robot, ciertamente, el sí lo había hecho, o no, en realidad, me importaba un bledo. Lo único que quería era sacar a Elaine de aquí y poner un médico a su disposición.

—Mis padres no mataron a Sergei —dice Elaine mirándome fijo.

Niego con la cabeza.

—No Sergei, hablamos de Lucas Moretti.

Elaine abre y cierra la boca, queriendo decir algo, aunque no sale palabra alguna. Casi podía escuchar los engranajes de sus cabezas trabajando, buscando alguna relación entre nosotros. Nuestras similitudes físicas eran casi inexistentes, habíamos salido más que nada a Fiorella.

—No, eso no tiene sentido. Tu padre es Sergei Coppola, ambos tienen su apellido y nunca se les ha relacionado con ese «hombre» —dice Alicia, soltando con burla la última palabra.

Camillo dio un paso hacia ella.

—Vamos, querida Alicia, eres lista, puedes atar los cabos sueltos.

—Si él es su padre, Fiorella es tu madre, ¿no? —Elaine dice esas palabras sin perder de vista la expresión de mi rostro, había dado en el clavo. Ahora ella podía comprender mi reacción a la muerte de Beatrice y el cómo era mi hermana. Ella era una Coppola, pero Fiorella siempre encontraba la manera de no relacionarse con sus hijos, así que le puso de apellido Vitale a Beatrice, que era un apellido común en Italia. Y a nosotros el apellido Coppola.

—Lo es —le asegura Camillo.

Alicia miraba a Camillo como si hubiera dicho que el infierno se había congelado y que el cielo estaba en llamas. Elaine tenía una expresión serena y miraba a algún punto en mi espalda, apenas si parecía que estaba respirando. Me preocupaba su reacción y me ponía ansioso por no saber qué pensaba.

La risa estruendosa de Alicia me hace apartar la mirada de Elaine, se dobla sobre su estómago mientras ríe a carcajadas. Camillo la mira fascinado, como si de todas las reacciones que había estado esperando esta fuera la última en su lista.

—Un maldito año y no pudimos descubrir eso, Elaine, a la vida le encanta jodernos. —Intercambio una mirada con mi hermano al escucharla.

¿Qué demonios acaba de decir?

—¿Cómo que un año, Alicia? —pregunto, intercalando la mirada entre ambas hermanas, estaban espalda con espalda, por lo que no podían ver la reacción de la otra, mas yo sí.

—Creo que esta es la primera vez que me diriges la palabra. —Chasquea la lengua—. Lo que digo, querido «primo», es que hemos estado detrás de ustedes desde hace un año. —De todo lo que dijo, la palabra «primo» es lo único que resonaba en mi cabeza, no había pensado en ese hecho ni una sola vez y no comenzaría ahora—. No creíste que la primera vez que me viste en ese club fue una coincidencia, ¿o sí? —Esta vez, las palabras de Alicia están dirigidas a Camillo.

Intercepto la mirada de Elaine cuando esta se sale de sus pensamientos.

—Supimos los movimientos que se estaban llevando a cabo en Italia el año pasado, los robos eran insignificantes, tanto así que nuestro tío demoró en darse cuenta. Pero nosotras fuimos informadas e iniciamos nuestra investigación. —La miro sin poder creer lo que salía de su boca—. Llegamos a ustedes en cuestión de semanas y en menos de cuarenta y ocho horas sabíamos todo sobre ustedes; bueno, eso creíamos.

—Un segundo, bonita, ¿me estás diciendo que todo este tiempo supieron lo que estábamos haciendo contra tu familia? —Me acuclillo frente a ella, rogándole con la mirada que me dé una explicación de todo lo que había sucedido entre nosotros.

¿Se había acostado conmigo solo porque era necesario para todo su plan? ¿O existía otra razón? ¿Una en la que ella me necesitaba tanto como yo a ella?

Me regala una triste sonrisa.

—Siempre pensaron que tenían el juego a su favor, pero cada paso y decisión que tomaron fue porque nosotras quisimos que fuera así —responde.

¿Acaso Fiorella también se regía por sus reglas o éramos nosotros quienes jugábamos bajo las suyas y ninguno lo sabía?

—¿Por qué no hicieron nada? —pregunta Camillo, era la misma duda que tenía yo.

—Si vas a matar a una serpiente, tienes que cortarle la cabeza —responde Alicia sin más.

La situación se estaba saliendo de control y el hecho de que Elaine estuviera de nuevo perdida en sus pensamientos no me ayudaba a estar tranquilo, ¿qué hacía? ¿Procesar todo? O...

¿contando? ¿Por eso parecía mover los labios casi de forma imperceptible?

—Parece que te salió mal la jugada, porque quienes están secuestradas son ustedes. —Miro a Camillo, que parecía estarse divirtiendo con la situación.

—¿Estás seguro? —Alicia sonríe—. Marcello, por favor, recuérdame el nombre de esa *hacker*, ¿quieres?

Me pongo de pie y camino hacia ella.

—Olor Niger.

Era latín, significaba «cisne negro», ¿pero que tenía que ver eso con todo lo relacionado a esa hacker?

—¿Y qué significa esa palabra para ti? —Frunzo el ceño tratando de seguir la línea de sus pensamientos... Mis ojos se abren como platos cuando la realización se forma dentro de mí —. Días atrás fui la reina de los Cisnes Blancos, pero siempre fui la líder de los Cines Negros. La *hacker* siempre estuvo frente a ustedes, si no hubieran estado tan concentrados en follarnos, quizás se hubieran dado cuenta.

Alicia era la jodida *hacker*, era ella quien debió haber ido a esa reunión y Beatrice había trabajado para ambas hermanas...

Algo frío me oprimió el pecho.

—Investigamos todo sobre ustedes, sus gustos, los lugares a los que iban frecuentemente, todo. No se acercaron a nosotras porque pudieron, sino porque quisimos —dice Elaine.

—¿Tú enviaste a Beatrice ahí para hacer que la mataran? —le pregunta Camillo a Alicia, estaba molesto, al igual que yo.

¿Elaine había sido la causante de su muerte y, aun así, se había atrevido a consolarme?

Estaba por preguntarle por qué había hecho eso, de gritarle que solo era una niña, cuando su hermana responde:

—No, por si no te has dado cuenta, ustedes tienen diferentes apellidos, por lo que no hay nada que los relacione más que la loca de su madre, que, por cierto, ¿cuándo hará su entrada? Sé que está aquí en Ucrania —suspiro de alivio internamente al saber que no estaban involucradas con su muerte.

—Genial, porque por más que esta conversación está muy interesante, se les acaba el tiempo. —Regreso mi atención a Elaine, sí, estaba jodidamente contando.

Venían por ellas y no podía permitir que se fuera de aquí.

—Alguno de mis hombres la envió para hacerse pasar por mí —continúa explicando Alicia, distrayéndome de lo que hacía Elaine—, pero no sabía que ella trabajaba en la organización hasta que la mataron. De hecho, podría apostar todo lo que tengo a que tu madre fue la que arregló todo.

—Ella nunca nos haría eso —respondo antes de terminar de analizar sus palabras. Fiorella era una mala madre y sabía que nos mataría a nosotros si no cumplíamos nuestra promesa, pero Beatrice no sabía en lo que se metía, era una niña... ella no pudo haberla matado.

A pesar de ese pensamiento, la duda se arraigó en mi interior como una enfermedad.

—¿Qué les dijo de la muerte de su querido padre?

—Que estaba intentando arreglar las cosas con tus padres, pero que lo emboscaron cuando les pidió que se reunieran y lo mataron como unos cobardes —digo, citando en parte las palabras de Fiorella. Mi respuesta me gana una risa de Elaine, a quien se le une su hermana.

—Un ciego pudo haber visto esa mentira a menos de un kilómetro. Les mintieron en la cara, formaron una venganza a base de mentiras, pero por desgracia es tarde —dice Alicia en un susurro—. En otra vida quizás hubiéramos funcionado.

—Y hubiéramos sido felices —me susurra Elaine.

No reacciono a tiempo, en cuestión de segundos se lanza contra mi cuerpo, mi espalda impacta contra el suelo en un golpe seco. Ruedo sobre mi cuerpo para poder enderezarme, Elaine no me da tiempo y simplemente se aprovecha de mi desventaja para golpearme en el esternón con la rodilla. Gruño y la tomo de las piernas, derribándola, cuido que no se golpee la cabeza y aprieto la mano en su muñeca derecha, obligándola a soltar el puñal.

—No te irás de aquí —afirmo.

—Sí lo haré. —Me golpea con su puño izquierdo y me rodea con sus piernas.

—Maldita seas, mujer. —Me levanto con ella aún rodeándome y la pongo contra la pared—. No vas a irte, te encontraré sin importar qué tan lejos huyas —susurro mirándola a los ojos.

—¿Y qué pasa si no quiero estar contigo?

—Mentira... —Aprieta un punto en mi cuello que me obliga a retroceder, lo que la deja libre, mi vista se vuelve borrosa y caigo de rodillas—. ¿Qué... carajos? —Sacudo mi cabeza tratando de concentrarme—. Debí... agarrarte las... manos.

Jadeo por aire cuando todo se vuelve casi negro, creo verla con la intención de darme el golpe final, así que me lanzo sobre su cuerpo y la rodeo.

—No te irás..., bonita —digo con dificultad.

—Serás papá —susurra, esas simples palabras logran que no pierda la conciencia, mas ya era demasiado tarde, la punta de un cuchillo rasga la piel de mi costado, lo que me hace soltar una sarta de maldiciones en italiano—. Lo siento —continúa con voz rota.

Me quita de encima y de inmediato llevo la mano a donde me apuñaló.

—¿E... Elaine? —Fuerzo mi voz a salir—. ¿Tendré un hijo?

Asiente, tenía la vista borrosa, lo que sea que me hubiera hecho, estaba por dejarme fuera de juego.

—Sí, e... es tu hijo —solloza.

Profiero un quejido al intentar levantarme.

—Nunca podrás huir de mí, eres mía y yo tuyo —digo, jadeante, y siento como una lágrima recorre mi mejilla.

Creo escuchar la voz de Alicia diciéndole que tienen que irse, pero mi cuerpo me pedía un respiro y yo necesitaba dárselo o nunca saldría de aquí.

Ahora tenía una nueva razón para vivir.

El bebé que crecía dentro de la mujer que sería mi esposa.

CATORCE

Elaine Voronin Smirnova

Ucrania

Me dolía la cabeza como el infierno y mantener la consciencia era igual de difícil que respirar. Todo mi cuerpo pedía clemencia, me rogaba que me dejara ir, pero no podía. No ahora. Podía escuchar voces a mi alrededor, dos eran femeninas, una la conocía y a la otra no.

Creo soltar un gemido de dolor cuando tiran de la parte trasera de mi cabello, obligándome a levantar el rostro.

Abro los ojos como puedo, encontrándome con una mujer; era alta, de cabello negro y tenía los ojos grises oscuros, un color de ojos que yo conocía muy bien y que cada vez que se posaban en mí aceleraban mi corazón.

—Tus padres me quitaron lo más preciado que he tenido en la vida y yo haré lo mismo con ellos, para después ir tras su corona y todo su imperio —dice. Para ella, lo más importante era un hombre que nunca la quiso y no sus hijos.

Miro a la mujer, quien era la abuela de la cosita que crecía en mi vientre, no me importaría matarla y dejarla fuera de la vida de mi bebé.

—Si lo tuviera frente a mí, no dudaría ni un segundo en matarlo —digo forzando las palabras, tenía la garganta seca y me dolía.

Sentía como si me estuvieran exprimiendo la vida lentamente con cada segundo que pasaba.

El ardor en mi mejilla me obliga a abrir los ojos de nuevo, no había sido consciente de haberlos cerrado.

—Esa rata italiana no merecía menos, y qué fuiste tú, ¿su amante? ¿La mujer que conoció en un club y se follaba cada vez que le apetecía? —Miro a mi hermana con el orgullo hinchándome el pecho, yo podría ser la mayor, pero ella era la más valiente y tenaz—. Ni siquiera puedo insultarte diciéndote puta, porque al menos ellas no se regalan, sino que se venden y viven de ello para poder comer y tener un techo en el que vivir. ¿Tú por qué lo hiciste, Fiorella?

Fiorella estaba roja por la ira y sentía que en cualquier momento nos mataría, pero ya después nos podríamos preocupar por esas consecuencias. Ahora mismo estaba disfrutando demasiado ver a mi hermana provocar la ira en ella.

No teníamos instinto de supervivencia, al parecer, lo que era herencia de nuestra madre, debía decir.

—No sabes nada, niña estúpida. ¡Él me amaba! —grita. Cada músculo de mi cuerpo se tensa cuando saca un arma y le apunta a Alicia.

Tal vez sí debíamos preocuparnos por las consecuencias de provocarla.

—¿Y por qué nunca te reconoció como su esposa? —continúa Alicia—. Ah, sí, porque él siempre amó a Marizza, ¿si no porque crees que armó toda una venganza en su nombre y el de su bebé? No fuiste más que la mujer con la que pasaba el rato y que terminó embarazada de dos niños después.

—Esos niños estúpidos debieron matarlas en cuanto tuvieron la oportunidad. —La ira me recorre al oírla hablar así de Marcello. Era una víbora y no merecía ser madre—. Merecen pasar por el mismo infierno en el que vivió mi pobre Lucas.

Abren la puerta y dejan pasar a seis hombres, el órgano en mi pecho salta una y otra vez hasta ser un montón de latidos asustados, enojados y nerviosos. Me encuentro con la mirada de Alicia, quien ahora estaba mucho más pálida que hace unos segundos.

Ambas sabíamos lo que pasaría a continuación y me preocupaba no ser lo bastante fuerte para resistirlo.

—Lo preguntaré una sola vez, niñas, ¿dónde están sus padres? —Me hubiera reído de su estúpida pregunta si no me dolieran las costillas y el pecho, ¿de verdad creía que los entregaríamos? Habíamos hecho todo esto para protegerlos después de todo—. Bien, entonces será por las malas —dice para luego girar sobre su eje y mirar a los hombres detrás de ella—, consigan esa información, no importa de qué manera lo hagan. Solo no las maten, las necesito vivas —ordena.

La sangre se agolpa a mis pies cuando sale de la habitación. Estábamos condenadas.

—¡Juro que voy a matarte! —grita Alicia atrayendo mi atención. Quería luchar contra las ataduras, pero no tenía fuerza, me sentía impotente e inútil—. Los castraré con mis propias manos si se atreven a tocarnos.

—No podemos esperar a que ese momento llegue, princesa —dice uno de los hombres, soltando la última palabra con odio.

Me mantengo tranquila cuando desatan nuestras ataduras. Si intentaba luchar ahora, me retendrán con facilidad, en mi estado no podía contra seis hombres, pero tal vez podría con tres.

Había dos puertas, me guían a la de la derecha y a Alicia a la de la izquierda.

La veo luchar contra el hombre que la retiene y logra soltarse, dentro de mí le imploraba que luchara cuando estuviera rodeada por menos hombres. Al igual que yo, estaba débil y no soportaría ver cómo le harían daño frente a mis ojos.

Golpea a otro de los hombres y lo patea en la ingle. Intenta correr en mi dirección, pero se derrumba en el suelo, jadeando de dolor y cubriendo su cabeza con sus manos. Mi corazón se rompe en mil pedacitos al verla así. Estaba sufriendo y no podía hacer nada para ayudarla.

El último vistazo que obtengo de ella antes de ser arrastrada a la habitación es siendo levantada por dos hombres. Sus brazos y piernas estaban flácidos, no sabía qué nos habían hecho, pero nos estaban matando.

En cuanto escucho el clic de la puerta al cerrarse, me concentro en lo que hay a mi alrededor. Había una mesa de metal en una esquina, unas cadenas colgaban de la pared del fondo y suponía que me esposarían ahí cuando terminaran conmigo, o al menos lo intentarán. Lo último en obtener mi atención es el tanque con agua en el centro de la habitación.

—Van a privarme del aire hasta que hable —susurro para nadie en particular.

Antes de que puedan empujarme al interior del tanque, golpeo con el codo la nariz del hombre más cercano a mí. El agarre de su mano en mi brazo se afloja lo suficiente como para liberarme, desenfundo el cuchillo del otro hombre a mi lado y sin pensarlo dos veces lo apuñalo en el hombro.

Gruñe y levanta su brazo bueno para golpearme, pero saco

el cuchillo de su hombro y paso por debajo del brazo y me pongo a su espalda. Dejo así el cuchillo encima de su yugular.

—¡Un paso y lo mato! —digo con la respiración acelerada. Parecía como si mi cuerpo estuviera luchando por respirar, cada respiración que daba sonaba como un silbido agudo.

Los dos hombres frente a mí sonrieron y, segundos después, una fuerte punzada recorrió mi columna vertebral hasta llegar a mi cabeza. Como si hubiera sido empujada por una fuerza invisible, me voy hacia atrás, encontrando como soporte la lisa pared de concreto. El cuchillo tintinea sobre el suelo cuando lo suelto.

Jadeo por aire cuando el dolor aumenta, mi vista se vuelve borrosa por las lágrimas que luchaba por no derramar.

Me toman de los brazos para segundos después ser empujada en el tanque con agua. Tiro de mis brazos y lucho por liberarme, el agua era salada, por lo que me provocaba ardor en los ojos. Aspiro una gran bocanada de aire cuando me sacan.

—¿Dónde están tus padres? —pregunta uno de los hombres, no sabía de dónde me hablaban, toda la habitación daba vueltas y mi cabeza iba a estallar en cualquier momento.

—No... diré... na... nada... —Ríen y vuelven a zambullirme.

Cierro y abro los ojos, tratando de no perder la calma esta vez. Me concentro en aguantar el aire lo más posible, tenía que luchar por mí, mi familia y mi bebé.

Debía ser fuerte.

Vuelven a sacarme del tanque y de inmediato escupo el agua que había logrado entrar en mi boca. Sentía cómo pequeñas astillas se incrustaban en mis pulmones, haciéndome más difícil respirar.

—¿Dónde están? —Tiran de mi cabello para obligarme a mirar al hombre que hablaba—. Responde y todo esto terminará.

—Jódete. —Le escupo en el rostro, negándome a darle la satisfacción de saber que estaba asustada.

Una sonrisa grotesca estiró la comisura de sus labios.

—Sí, eso haré a continuación. —Me alejan del tanque y me lanzan contra la mesa.

Mi cabeza golpea el metal, lo que me desorienta aún más. Me levanto con dificultad, debía luchar o me iban a violar.

Una oleada de náuseas me recorre cuando lanzan un puñetazo que me da en la mejilla. Me tambaleo hacia atrás, mi vista se llena de puntitos negros, mas lucho contra la necesidad de desmayarme.

—Voy a matarlos, hijos de puta —afirmo y me lanzo contra la primera figura masculina que logro enfocar.

Golpeo costillas, nariz e ingle, no estaba coordinando mis golpes, solo estaba luchando con desesperación por sobrevivir.

Me toma del pelo y me arrastra por el suelo, unas fuertes manos me aprisionan las muñecas y otras me sujetan las piernas.

Mis ojos se abren con horror cuando me rasgan los pantalones y las bragas. Intento patalear y liberarme, pero ya no había nada en mi interior, solo un profundo cansancio y dolor.

Grito cuando unas asquerosas manos me golpean la entrepierna.

—¡No! ¡Por favor, no! —grito sollozando.

—¡Recuerda nuestro juego de niñas! —grita Alicia, siendo una vez mi salvavidas. Tiro de mis brazos cuando unos dedos entran en mí, rasgándome en el acto por lo seca que estaba—. ¡Somos dos hadas y podemos convertir los malos momentos en buenos! ¡Podemos desaparecer!, ¿recuerdas?

Lloro con fuerza cuando una lengua se pierde entre mis labios vaginales. Lame y muerde, causándome gritos de dolor.

Algo dentro de mí se rompe en mil pedazos al escuchar los gritos de mi hermana.

—¡Sí! —grito entre sollozos, queriendo ayudarla de alguna forma—. ¡Las hadas siempre pueden contra el mal!

Mi garganta arde en carne viva cuando sacan los dedos de mi interior. Ahora son sustituidos por el miembro de alguno de mis captores. Ladeo la cabeza cuando las náuseas me encuentran. Vomito dejando salir toda la repugnancia que me producía lo que me hacían.

Queriendo huir de ahí, cierro los ojos y me voy tan lejos que ninguno de ellos podría terminar de romper mi alma o mi corazón...

...Entonces entro al escenario con una sonrisa en el rostro, la tela de mi vestido se deslizaba suavemente sobre mi cuerpo, acentuando mi figura. Le hago una reverencia al público y me siento en la banca frente al piano.

—¿Lista? —pregunta Alicia a través del intercomunicador.

—Sí —respondo en un suspiro.

Sin titubear, le doy inicio a la pieza. Mis dedos se deslizan con facilidad sobre el piano y una tranquilidad me embarga.

Por unos segundos, olvido la razón de hacer esta presentación. Solo me concentro en la melodía, olvidando la multitud, a mi hermana y a él.

Cierro los ojos e inclino la cabeza hacia atrás, dejándome llevar. Cuando tocaba, el piano y la música eran parte de mi cuerpo, eran mi refugio, mi lugar seguro. Podría el mundo, o incluso yo, estarse haciendo pedazos, pero mientras la música siguiera en mi vida, estaría bien.

Un escalofrío me recorre al sentir una mirada sobre mí.

Tenía miles de ojos fijos en mí, pero este se sentía diferente. Abro los ojos y de inmediato me encuentro con su mirada.

El gris de sus ojos me hipnotizó, eran profundos e intimidantes. Tomándome mi tiempo, lo estudié, una suave barba adornaba su rostro, su cabello tenía un corte elegante y estaba perfectamente peinado. Usaba un traje con una camisa de vestir blanca. No podía decir qué tan bien le quedaba el traje desde esta distancia, pero sabía que le quedaba perfecto y estaba hecho a su medida. Lo había visto infinidad de veces en fotografías como para saberlo.

Era Marcello Coppola, el hombre que quería asesinar a mi familia y mi objetivo.

Sin poder evitarlo, una pequeña sonrisa tiró de la comisura de mis labios. Estaba inclinado en mi dirección y podía sentir que bebía cada parte de mí con su abrasadora mirada.

—Lo tengo —dije entre dientes cuando logré apartar la mirada—. Tengo su atención.

—Bien —responde Alicia—, en cuanto termines la pieza, sal de ahí, puedo asegurarte de que irá detrás de ti.

No respondí, sabía que ella me estaba viendo a través de las cámaras. Así que asentí levemente, haciéndolo pasar como un movimiento de que seguía la melodía.

Algo se había inquietado en mi interior al verlo en persona. Era apuesto, como muy bien sabía, pero había algo que me hizo poner las manos sudorosas y provocó que mi corazón latiera desbocadamente.

Era atracción lo que sentía, un sentimiento con el que estaba familiarizada. Y estaba mal, era incorrecto, era traición hacia mi familia.

Queriendo alejarme de su atenta mirada, me concentré en terminar la pieza, y en cuanto lo hice, me puse de pie, saludé al público con una reverencia y hui de ahí, hui de él.

Corrí hasta llegar a la salida trasera y bajé las escaleras, queriendo llegar al *parking* lo más rápido posible. Mi corazón latía con un fuerte bum con tan solo recordar sus ojos sobre mí, había un cosquilleo en mi espina dorsal y un fuerte calor se arremolinaba en mi pecho.

El sonido de los tacones reverberó por todo el aparcamiento, Alicia me tenía cubierta con las cámaras. Así, si quería ver las grabaciones, no encontraría nada.

Arribé al interior de la camioneta, sintiéndome a punto de una crisis nerviosa. El chofer aceleró y en segundos estábamos fuera del aparcamiento. Estaba lejos de él.

—Alicia —dije con la respiración entrecortada, la miré a los ojos y puse toda la seriedad posible en mis palabras—, prepárate para ver a Camillo, porque si es igual que su hermano, entonces estarás jodida.

—¿Qué pasó?

Niego sin saber cómo explicarlo. Solo sabía que esto iba a ser mucho más difícil de lo que planeamos y que ese italiano sería más que la destrucción de mi familia, sería mi ruina.

QUINCE
Narrador

Ucrania

El caos se desató en la superficie, una batalla dio inicio. Pero varios metros por debajo de la casa, en un sótano frío y silencioso, las princesas de la mafia luchaban por sus vidas, aferrándose a ellas.

Alicia luchó contra la inconsciencia tanto como pudo, tratando de mantener sus sentidos en alerta a pesar del chip que se les había incrustado en el cuello para matarlas a ella y a su hermana poco a poco desde adentro, como una enfermedad.

Los gritos de ambas no habían sido más que una exquisita para Fiorella Vitale, que había estado observando todo a través de un ordenador en la comodidad de sus aposentos.

A veces, hasta la persona de mejor corazón, puede volverse cruel. Malvada. Y Fiorella había pasado por lo suficiente como para odiar al mundo entero. A sus hijos. Al hombre que nunca llegó a amarla como ella a él.

La historia de amor entre Lucas Moretti y Fiorella siempre estuvo destinada a fracasar. Ambos tenían demasiadas cuentas pendientes con el destino, pero solo uno tenía una cuenta pendiente con el diablo.

El amor podía hacerte enloquecer de felicidad o tristeza. Podía hacerte débil o fuerte. Y ese amor era el que impulsaba a Alicia a luchar, que Camillo y Marcello se enfrentaran a los hombres de Fiorella para llegar a lo único que les había importado en toda su vida: ellas.

Alicia fingió estar inconsciente, mientras los hombres que la habían golpeado y abusado entraban a su improvisada celda, y en cuanto liberaron sus manos de las cadenas, se lanzó sobre ellos.

Logró desarmar a uno y sin dudarlo les disparó a los otros dos hombres restantes en el pecho. Tal vez había sido un acto de suerte el que había permitido que lograra tal hazaña en su estado físico, o tal vez era ese amor y preocupación que sentía por su hermana lo que la mantenía en pie.

Sabiendo que tenía solo minutos hasta que llegaran más hombres a buscarlas, fue a la celda de su hermana y lo que encontró ahí le rompió el corazón. Elaine estaba desmayada en el suelo, helada y con una mano protectora en su vientre, tratando de alguna manera de proteger al pequeño que crecía dentro de ella. Sangre salía de su nariz, boca y ojos.

Ella no quería decirlo en voz alta, pero lo sabía: su hermana se estaba muriendo y con ella, su sobrino.

Con cuidado la apoyó contra su cuerpo y se puso de pie, sosteniendo todo su peso, la arrastró con la poca fuerza que le quedaba. Necesitaba sacarla de ahí.

Cruzó la puerta y se encaminó por uno de dos pasillos que había tenido frente a ella; uno era su salvación y otro su muerte. Cuando le llegó el sonido de disparos a lo lejos decidió no alejarse del sonido, sino seguirlo.

Minutos después, el sonido de un par de pisadas la obligó a

levantar el arma que había traído consigo y apuntó, pero disparar no llegó a ser necesario.

Eran sus abuelos quienes habían venido por ellas.

—Alicia... —Dimitri tomó a Elaine entre sus brazos, sintiendo lo fría y débil que estaba—. Dios santo, Elaine. Tenemos que salir de aquí. Ahora.

Lucios rodeó a Alicia, para luego encaminarse hacia la salida de la mansión. La guerra estaba en pleno apogeo cuando salieron, era una guerra que definiría el futuro de las siguientes generaciones en la mafia.

El sonido de las balas los recibió, pero solo dos disparos resonaron con fuerza en los oídos de todos los presentes. O al menos así lo sintieron los reyes de la mafia y los Coppola.

Alicia cayó de rodillas, pensando en que era afortunada de haber visto a los que ama una última vez.

Elaine cayó de los brazos de su abuelo cuando este se desplomó, pero aun así, encontró la fuerza para abrazarla mientras la vida los abandonaba lentamente.

DIECISÉIS

Marcello Coppola

Ucrania. El rescate de las princesas de la mafia

M i mundo se detuvo al ver a Dimitri caer al suelo con Elaine en brazos, corro hacia ellos y me dejo caer de rodillas frente al cuerpo inconsciente de mi Elaine. Tomo su rostro entre mis manos, estaba manchado de sangre, tenía varios moretones y estaba pálida. Demasiado pálida.

—Bonita, abre los ojos. Estoy aquí. —Acaricio su rostro con manos temblorosas, ignorando a todos a mi alrededor—. Perdóname por llegar tarde —susurro con un nudo en mi garganta—, vine tan rápido como pude.

Dejo caer una lágrima cuando no obtengo ninguna reacción de su parte, miro a Dimitri, que había recibido la bala que estaba destinada a matarla. El hombre se veía pálido y la vida abandonaba lentamente sus ojos. Me da una ligera sonrisa y una lágrima desciende por su mejilla; Alexei trataba de contener el sangrado de la herida de bala.

—Cu... cuídala —susurra, asiento con un nudo cada vez más fuerte en mi garganta.

Tomo a Elaine en mis brazos cuando Anastasia ordena que tenemos que ir a un hospital. Somos rodeados por un gran grupo de hombres y mujeres que hacen de escudo humano, a nuestro alrededor la batalla seguía, pero ya nada de eso importaba, solo quería que Elaine despertara.

Entramos a una camioneta y Alexei toma asiento frente al volante, en segundos nos alejamos de la mansión que años atrás fue mi hogar en Ucrania y donde había tantos buenos como malos recuerdos.

Acaricio el pulso de Elaine y me acerco a su oído para que nadie más pueda escucharnos.

—Seremos padres, mi Elaine. Tal vez esto sea egoísta, pero lucha, bonita, no te rindas ahora. —Dejo salir un suspiro tembloroso. Me iba a venir abajo en cualquier momento—. Si quieres, no por mí, pero lucha por ese pequeño en tu vientre.

Mi corazón encuentra un nuevo ritmo cuando una lágrima recorre su mejilla. Me estaba escuchando.

—Ya falta poco... Solo resiste, *mio cuore*.

Anastasia se acerca a nosotros después de armar un torniquete para Alicia y toma su pulso. Reacio a alejarla de mis brazos, revisa su estado entre ellos. Pasa las manos por sus costillas, muslos y piernas, luego, con cuidado, examina su cabeza.

—Su pulso está débil, pero resistirá, tiene una o dos costillas rotas —dice con voz entrecortada—. No puedo asegurar que no haya otras fracturas sin un examen más a fondo o...

—¡Anastasia! —El grito de mi hermano detiene sus palabras.

El color abandona su rostro cuando toma el pulso de Alicia, y cuando no lo encuentra, inicia la RCP. Murmura algo sobre el rostro de su hija, y al igual que todos, parecía al borde de las lágrimas. Frente a mí se encontraba Lucios, sosteniendo el cuerpo de Dimitri, no sabía si estaba vivo, pero esperaba que sí.

—¡Alexei, más rápido! —grita Anastasia al cabo de unos minutos.

Apoyo el rostro de Elaine contra mi pecho cuando Alexei acelera, de cierto modo, me alegraba que ella no pudiera ver esto. No soportaría ver el dolor que le causaría la escena frente a mí, no podría con la culpa cuando me mirara a los ojos de nuevo.

Segundos, minutos u horas, no lo sabría decir, pero cuando llegamos al hospital, abandono el bucle eterno en el que se había convertido mi cabeza. Escenas de ella y mi hijo muertos en mis brazos eran los protagonistas.

Bajamos de la camioneta y, en cuanto entramos a emergencia, varias enfermeras se nos acercan con tres camillas.

Beso la frente de Elaine antes de depositarla en una de estas.

—¡Sala uno y dos están libres! —grita alguien.

Veo como se llevan a la mujer que era dueña de mi corazón desde que la vi en ese teatro, pero que solo después de haber sido apuñalado por su mano pude darme cuenta de lo que sentía.

Me desplomo en el suelo con la fuerza vital reducida a nada y los sucesos de las últimas horas son los protagonistas de mis sueños.

～

«SERÁS PAPÁ».

«Sí, es tu hijo».

«Entonces, ¿la amas o no?».

«Lo hago y ni muerto dejaré que ese bebé pase lo mismo que nosotros, él tendrá a un padre y ella un esposo».

«Y hubiéramos sido felices».

~

Marcelo Coppola

Dos días después del rescate: Hospital American Medical Centers, Kiev, Ucrania

El olor a antiséptico inunda mis sentidos, frunzo el ceño ante el constante sonido del monitor de signos vitales. La luz me encandila por unos minutos cuando abro los ojos, todo a mi alrededor era blanco, lo que hacía que la habitación brillara como un maldito faro de luz.

Intento levantarme, pero una mano me detiene, mi mirada se encuentra con el ceño fruncido de Alexei, quien no parecía muy contento por alguna razón.

—Marcello, si te levantas, vas a descoser los puntos —afirma con el ceño fruncido aún.

Ignoro sus palabras para molestarlo y me siento, recostándome contra las almohadas. Reprimo una mueca de dolor porque no quiero que vea mi molestia.

—Bien, como quieras —suspira y vuelve a tomar asiento en la silla a mi lado.

Miro la mesita de noche y tomo el vaso con agua sobre ella, sentía que se me desgarraría la garganta si hablaba. Pasan varios minutos hasta que soy capaz de emitir sonido.

—¿Estabas... esperando a que despertara? —digo con voz ronca.

—Sí, tengo que hablar de algo contigo. —Aguardo en

silencio esperando a que continúe, no iba a pedirle que hablara
—. Embarazaste a mi hija.

Mantengo mi rostro libre de expresión, supuse que sería cuestión de tiempo para que lo supiera.

—Lo hice —confirmo a pesar de que sus palabras anteriores no eran una pregunta—. ¿Dónde está Elaine? ¿Está bien? —El miedo toma posesión de mí ante la última pregunta.

Vuelve a suspirar, pero en esta ocasión es de cansancio. Lo observo de nuevo, dándome cuenta de las ojeras bajo sus ojos, del desorden de su camisa y cabello, además de que se veía más viejo.

—Está en coma. —Mi corazón se acelera al escucharlo—. Le implantaron un chip que casi la mata, a Alicia también. Tiene dos costillas rotas y una leve contusión en la cabeza.

Mi boca se seca al saber que todo esto era culpa de mi hermano y mía. Si hubiéramos investigado más, si tan solo hubiera dejado mi maldita sed de venganza a un lado, nada de esto hubiera pasado.

—¿Y mi hijo?

Su expresión se ablanda al escuchar el miedo en mi voz.

—Está bien —dice y sonríe—, es un bebé muy fuerte.

—Igual que su madre.

Suspiro y cierro los ojos mientras me froto el puente de la nariz. Ambos estaban bien, y me aseguraría de que estuvieran a salvo a partir de ahora.

—¿Alicia y mi hermano? —pregunto sin abrir los ojos.

—Están bien, tu hermano despertó hace una hora. —Asiento un poco más relajado—. Mi padre... no lo logró.

Abro los ojos y me encuentro con la mirada de Alexei, podía ver el dolor en ella, un dolor con el que aún estaba muy familiarizado. Además, porque acababa de enterrar a mi hermana pequeña.

—Lo lamento —digo con mis palabras rebozando sinceridad.

Asiente, pero no hay más respuesta. El silencio entre ambos era incómodo, había cosas que se necesitaban decir, pero que no sabíamos cómo abordar, así que me decido por ser directo y sincero.

—Me voy a casar con Elaine —suelto, no era una pregunta ni una petición, era un jodido hecho.

Enarca una ceja y me estudia unos segundos en silencio.

—¿La amas? —pregunta descolocándome por completo—. ¿Quieres pasar una vida a su lado? ¿Vas a hacerla feliz, llorar a su lado de ser necesario y apoyarla a lo largo de su vida? ¿Estás dispuesto a recibir una bala por ella?

—Sí a todo eso. No pienso dejar a mi hijo sin un padre y no la dejaré sola, no porque sea mi deber tomar la responsabilidad de mis acciones, sino porque no me imagino un día más lejos de ella. Con un año, me fue suficiente.

Mi respuesta parece ser adecuada para él, porque se pone de pie y se acerca a la puerta.

—Le rompes el corazón y te rompo el cuello.

Sale de la habitación, dejándome en compañía de mis pensamientos. Haría lo que fuera por hacerla feliz a ella y a nuestro hijo, lucharía siempre por Elaine. No sería fácil, demonios, había muchas cosas que no conocíamos del otro, pero si algo tenía claro es que quería pasar el resto de mi vida a su lado. Una semana fue suficiente para saberlo.

DIECISIETE

Marcello Coppola

Hospital American Medical Centers, Kiev, Ucrania

S oltando una sarta de insultos en italiano, me deslizo en la silla de ruedas. Me dolía todo el cuerpo, por no hablar de los malditos puntos, pero nada de eso me impediría verla. Habían pasado varias horas desde que hablé con Alexei, esperé pacientemente hasta que cayó la noche, y aguardé a que las enfermeras me revisaran por última vez.

Ahora iba a colarme en la habitación de Elaine y me importaba muy poco las consecuencias que me traería el hacerlo.

Odiaba la silla de ruedas, pero aunque quisiera, no podía solo ordenarle a mi cuerpo que se sostuviera sobre mis piernas y caminara. Así no funcionaban las cosas.

Los pasillos estaban desolados, no se escuchaba más que mi respiración. Podía apostar todo lo que tenía a que Alexei había asegurado este piso solo para sus hijas.

Le había preguntado al doctor Havryil sobre el estado de Elaine cuando pasó a revisarme. Dijo que, al llegar, su situación era muy delicada y que su corazón apenas había resistido la cirugía. Había sido golpeada incontables veces, por no hablar del abuso al que fue sometida... De todo, eso me había roto el corazón en mil pedazos.

Elaine era una luz en todo este mundo manchado por sangre y oscuridad. Ella sonreía y bromeaba a pesar de toda la podredumbre por la que era envuelta, y ese hecho había sido lo que me atrajo como un insecto a la luz, donde sin duda alguna se quemaría.

Si ella dejaba de brillar, sonreír y bromear, yo me encargaría de atraer la luz y felicidad de nuevo a su vida. Si era necesario, construiría un nuevo mundo para Elaine, uno en el que nunca más tuviera que sufrir y en el que solo se preocupara por su música y los que amaba.

Cuando llego a la puerta de su habitación, los latidos de mi corazón no son más que una sinfonía compuesta únicamente para Elaine. Solo ella tenía el poder de alterarme y destrozar los perfectos esquemas que tenía en mi vida.

Abro la puerta, y con cuidado de no hacer ruido, entro y la cierro. Me había asegurado de preguntarle a una de las enfermeras qué número era la habitación de Elaine para así no perder el tiempo dando vueltas por toda la planta hasta encontrarla.

El sonido del respirador y el monitor de signos vitales es lo primero que captan mis oídos. Las cortinas estaban cerradas, la habitación era espaciosa y demasiado blanca. Ella prefería el color, solo se necesitaba observarla dos segundos para percatarse de aquello.

Con un nudo en el pecho, me acerco hasta quedar a la altura de su cabeza. El aire abandona mi cuerpo al ver su rostro, había varios moretones que estaban entre un morado y verde oscuro. Permanecía intubada y su piel carecía del brillo que siempre la acompañaba.

Tomo su mano con cuidado y beso el dorso de esta. Estaba fría, pero seguía aquí y muy pronto abriría esos hermosos ojos de bambi que no hacían más que desestabilizar todo en mi interior.

Pongo la otra mano sobre su vientre plano y lo acaricio, adorando esa parte de su cuerpo en el acto. En su interior crecía mi hijo, nuestro bebé, y esperaba que cuando naciera pudiera perdonarme el haberlo hecho pasar por algo tan horrible como poner en peligro su vida y la de su madre.

—Perdóname, pequeño —susurro con la voz rota por las lágrimas no derramadas—. Te prometo que seré un buen padre para ti y un buen esposo para tu madre, porque no se merecen menos.

Dejo que el silencio inunde la habitación por varios minutos, necesitaba ordenar mis pensamientos.

—No sé qué me espera cuando abras los ojos —continúo—, tal vez me odies por lo que tuviste que pasar o quieras hacerme a un lado. Pero tengo que decirte que no puedo irme. —Miro su vientre—. Si te dejara ir, ya no solo te estaría perdiendo a ti, sino también una parte de mí, una creación nuestra, y no podría perdonarme quedarme fuera de tu vida y la de nuestro hijo.

Beso cada uno de sus nudillos y me centro en lo serena que se ve. Era como si estuviera dormida, lejos de aquí, donde nada podía dañarla.

—Le he dicho a tu padre que me casaré contigo, tal vez tú no quieras hacerlo, pero si tengo que esperar mil vidas para ser tu esposo, entonces lo haré. Ahora tú eres mi familia, y yo protejo lo que es mío hasta la muerte.

»Camillo y tu padre me preguntaron si te amaba —añado y sonrío—, no se lo dije a él porque, de todos en este mundo, la única persona que me interesa que lo sepa eres tú. —Me inclino y rozo su mejilla con mis labios, y antes de alejarme, susurro—: Así que despierta, *mio cuore*, para que pueda decirte cuánto te amo.

En algún punto de la noche, me quedo dormido, y solo despierto cuando las enfermeras me sacan a la fuerza de su habitación.

Solo permito que me alejen de ella porque regresaría por la noche de nuevo. Lo haría hasta que abriera los ojos y me dijera cuánto me odiaba o cuánto me amaba.

∿

ESTABA de un jodido mal humor que mataría al siguiente que me dijera que no podía salir de mi habitación sin autorización. A mí nadie me decía qué hacer, y no comenzaría a seguir órdenes de alguien más cuando ni a mi propia madre había obedecido.

Después de que me trajeron de regreso a mi habitación, me devolvieron mi teléfono, por lo que pude ponerme al día con todo lo que había sucedido después de que nos fuimos de la mansión de Fiorella.

Las bajas por parte de ambos bandos habían sido demasiadas. Tenía que encargarme de hacerles llegar el pago a las familias que habían perdido a un padre o un hermano, era parte del contrato cuando se trabajaba para mí. Se aseguraban de protegerme a mí y a mi familia y yo me encargaría de que sus familias vivieran cómodamente si morían.

También me informaron que Fiorella había escapado, al igual que los sujetos que participaron en la tortura y el abuso de Elaine y Alicia. Mis hombres habían encontrado las grabaciones de todo lo sucedido en las cámaras que Fiorella instaló en el sótano, que era donde las habían retenido. Se tenía que estar muy jodido de la cabeza como para grabar algo así.

Iba a destruir cada una de las grabaciones, no iba a permitir que ni Elaine o Alicia las vieran. Ya habían pasado por suficiente.

Ignoré los correos que mi secretaria, Rossetta, necesitaba que respondiera, ya lidiaría con la empresa cuando regresara a Rusia. Tenía a gente muy capaz bajo mis órdenes y sabía que podían sobrevivir sin mí un par de días.

Había contactado con todo aquel que tuviera sangre asesina corriendo por sus venas y ofrecido cincuenta millones de dólares por Fiorella muerta, y un billón si es que entregaban a mi madre viva. Esta oferta también incluía a los hombres que habían lastimado a Elaine y Alicia. Sabía que el rumor se correría y en cuestión de unas horas, si no es que menos, todo el mundo los estaría cazando como las víboras que eran.

Estoy por ignorar una notificación de mensaje, pero leo el contenido.

Desconocido: *Tengo la información que me pediste sobre la muerte de Sergei Coppola. Si la quieres, conoces el precio.*

No demoro más de dos segundos en darme cuenta de quién es, además de Alicia, había otro *hacker* que la superaba en habilidad y letalidad a la hora de acabar con las vidas de las personas a través de una pantalla. Muchos lo conocían como «el hijo de la Comadreja», y era el heredero de un gran título, «el mejor *hacker* del mundo», título que parecía quedarle pequeño. Apodado «H», diminutivo de «hurón», hacer negocios con él era como vender tu alma al diablo.

Al igual que su padre, nadie sabía quién era ni dónde vivía. Sus precios no eran ni remotamente cercanos al dinero, él pedía favores; y no importaba qué pidiera o qué tan sórdido fuera, había que hacerlo o las consecuencias serían desastrosas.

Conocía a unos cuantos que se negaron a cumplir el favor solicitado y habían terminado en la ruina, muertos o en una cárcel de máxima seguridad en algún recóndito lugar del mundo.

Yo: *Estoy dispuesto a pagar el precio, dame la información.*

No me hace esperar más de dos minutos su respuesta.

Desconocido: *Un placer hacer negocios con usted, Sr. Coppola.*

Con su mensaje iba adjunto un video. Sin embargo, dudo antes de abrirlo porque sabía que lo que fuera que hubiera conseguido no me gustaría.

La pantalla de mi teléfono se vuelve negra cuando le doy reproducir el archivo, segundos después, aparece un hombre sentado en una silla. Estaba golpeado, y por la palidez enfermiza de su rostro, parecía herido de gravedad o se estaba muriendo.

Trago duro al ver que es Sergei, el hombre que para mí siempre será mi padre. Frente a él se encontraba Fiorella, ataviada con un vestido negro y una Glock en la mano.

—No debiste meterte donde no te llamaban —dice Fiorella recorriendo el cañón del arma con una uña rojo sangre—. Si te hubieras mantenido alejado, no tendríamos que haber llegado a esto.

—Son mis hijos —dice Sergei y me reprimo ante la necesidad de cerrar los ojos, tenía que ver cada segundo—, no permitiré que los uses para tu estúpida venganza. Haces esto por un hombre que nunca te amó, cuando conmigo pudiste tenerlo todo. Yo... te amé con el corazón, Fiorella.

La risa de mi madre me pone los vellos de punta cuando vibra a través de las bocinas del teléfono.

—Él sí me amó, solo que a su manera. Y tú, querido Sergei. —Cada músculo de mi cuerpo se tensa cuando levanta el arma y le apunta, quería detener lo inevitable—. No fuiste más que un escalón para llegar a mi objetivo. Ahora tengo lo que necesito para deshacerme de la familia Voronin Smirnov y tomar lo que me corresponde.

Mi padre sonríe y se prepara para recibir la muerte con la frente en alto.

—Y según tú, ¿qué es lo que te corresponde? —le pregunta.

—La corona de la mafia. El poder. Todo.

Cierro los ojos cuando el sonido del arma inunda mis oídos, pongo el teléfono contra mi oreja y escucho el disparo una y otra vez hasta asegurarme de memorizarlo. Con la rabia y la sed de venganza recorriéndome, arrojo el teléfono, estrellándolo contra la pared y haciéndolo añicos.

Mis ojos se encuentran con los de Camillo cuando se detiene frente a mi habitación. Tendría que decírselo muy pronto, después de todo, ambos vengaríamos al hombre que sí lo merecía y no a la escoria que nos había engendrado.

DIECIOCHO

Elaine Voronin Smirnova

Hospital American Medical Centers, Kiev, Ucrania

«Perdóname, pequeño».

«Le he dicho a tu padre que me casaré contigo».

«Así que despierta, *mio cuore*, para que pueda decirte cuanto te amo».

Las voces y los recuerdos iban y venían, me dolía el cuerpo y la cabeza, pero quería abrir los ojos, «necesitaba» hacerlo.

Podía sentir a las personas a mi alrededor, observándome; en especial percibía como una cálida mano me acariciaba la mejilla, mientras que otra mantenía mi mano prisionera. Era un calor que conocía muy bien, uno por el que había sido tentada y seducida hasta caer en las garras del amor y la lujuria. Quería verlo y preguntarle si esas palabras que se repetían en mi mente eran reales o producto de mi imaginación.

Y esperaba en el fondo de mi alma que fueran reales. No podría sola después de todo lo que había pasado, ya me había cansado de enfrentar todo yo sola.

Repitiéndome eso una vez más, abro los ojos, encontrándome de inmediato con una fuerte luz blanca. Intento quejarme, pero algo en mi garganta me detiene. Miro a mi alrededor, encontrándome con la mirada brillosa de mis padres y los ojos gris oscuros de Marcello.

—Bienvenida, bonita —susurra.

Parpadeo, sintiendo como mis ojos se empañan por las lágrimas; creí que nunca más lo vería después de que lo apuñalé y le dije que sería padre. Estaba feliz porque estuviera bien, tal vez, después de todo, nuestra historia no estaba destinada a terminar en una catástrofe.

—Elaine. —Aparto la mirada de Marcello para posarla en un señor mayor con cabellera blanca y cubierto por una bata—, soy el Dr. Havryil y estás en el Hospital American Medical Centers de Kiev, en Ucrania. Necesitaré que te relajes mientras sacamos el tubo endotraqueal de tu garganta, ¿puedes hacerlo?

—Asiento, apretando la mano de Marcello en el proceso.

Veo como se acercan varias enfermeras y me rodean, cierro los ojos cuando inician el proceso y una arcada me encuentra al sentir el primer tirón. Sin poder evitarlo, las lágrimas se me escapan debido a la incómoda y dolorosa sensación. Jadeo cuando terminan de sacar el tubo y de inmediato me ofrecen un vaso con agua. Me lo bebo sin pensarlo dos veces, me ardía la garganta y no me creía capaz de hablar sin atreverme a sonar como un animal herido.

—¿Mejor? —pregunta Marcello a mi lado y asiento—. ¿Te duele algo?

Niego mirando de nuevo a mi alrededor, mi escrutinio se detiene cuando veo a mi hermana acostada en una camilla a mi lado, ella seguía dormida e intubada.

—¿Cuándo... va a despertar? —pregunto con la voz ronca. A su lado se encontraba Camillo, sosteniendo su mano.

—Les quitamos el medicamento a ambas al mismo tiempo hace un par de horas, ya es decisión de su mente cuándo despertar —responde el doctor.

Asiento y vuelvo la atención a mis padres. Papá se veía cansado, tenía unas grandes y profundas ojeras bajo los ojos; mamá se veía igual, parecía que no habían dormido en los últimos días...

—¿Qué pasó? ¿Cuánto estuve dormida?

Mamá se acerca a paso lento y se sienta a mi lado.

—Estuviste cuatro días en coma, mi niña. —Acaricia mi mejilla—. Estabas muy delicada cuando llegaste.

—¿Mi bebé está bien? —susurro con el miedo oprimiéndome las entrañas.

—Sí, cariño. Está bien, es un bebé muy fuerte.

Suspiro de alivio y me acaricio el vientre, mi pequeña cosita estaba bien y me aseguraría de que crezca en un ambiente de tranquilidad.

—¿Ustedes están bien? —pregunto, mirando entre mi padre y ella.

—Lo estamos, princesa. —Me sonríe papá.

—¿Y tú? —le pregunto a Marcello, quien no había parado de acariciarme la mano—. ¿Te duele mucho la... herida?

Ahora que todo había pasado, me sentía culpable por haberlo lastimado. Sonríe y niega con la cabeza.

—He tenido peores puñaladas, bonita. —Me sonrojo ante su forma de mirarme, había algo nuevo ahí que no había visto durante toda la semana que me involucré con él.

—Les daremos algo de privacidad —dice mamá tirando de mi padre, quien tenía el ceño fruncido. Debía hablar con él pronto.

—Señorita Voronin —me dice el doctor—, le haré unas revisiones más tarde, ya que por lo que veo su última tomografía salió bien —explica mientras lo observo—. Pero si llega a presentar aunque sea el más leve dolor de cabeza o mareo, llame a una enfermera de inmediato.

—Gracias, doctor.

Nos da un asentimiento de cabeza y corre la cortina que me separa de mi hermana para darnos privacidad. Sale de la habitación.

—¿Estuvimos todo el tiempo juntas? —pregunto, refiriéndome al hecho de que compartía habitación con Alicia. Me gustaba tenerla cerca, así sabía que estaba a salvo.

—No, tu madre pidió que estuvieran juntas cuando las sacaran del coma. Así estarían tranquilas.

Asiento. Mi madre, como siempre, había dado en el clavo.

—¿Segura que te sientes bien? —Miro el gris oscuro de los ojos de Marcello, estaban más claros de lo normal, tal vez era la luz la que le daba ese nuevo brillo.

Estiro la mano para acariciar su barbilla, la incipiente barba me pincha la mano, pero solo me hace sonreír. Él y nuestro bebé habían sido los protagonistas de mis sueños mientras estaba dormida.

—Estoy bien —digo acariciando la curva de su nariz—. Perdón por apuñalarte y no decirte que estaba embarazada antes de partir —susurro.

Detiene los movimientos de mi mano y la toma entre las suyas para después darle un suave beso.

—Comprendo por qué lo hiciste. Ambas cosas. —Se pone de pie y se sienta en el borde de la cama—. Estaba aterrado, no quería perderte. Ni a ti ni al bebé.

Una lágrima corre por su mejilla y luego otra, lo atraigo hacia mi pecho y dejo que me abrace mientras deja fluir sus emociones. Marcello era un hombre fuerte, siempre parecía mantener el control, pero cuando era demasiado, se venía abajo, y me alegraba ser yo quien estuviera para sostenerlo.

Ahora comprendía a lo que mi madre se refería cuando decía que mi padre era su ancla. Para mi padre, mi madre era la suya.

—Estoy bien. Ambos lo estamos —contesto a la vez que acaricio su cabello.

Su respiración se había tranquilizado y ahora su mano acariciaba mi cintura por encima de la tela de la bata.

—*Ti amo, mio cuore.* —Se me detiene la respiración al escucharle—. Sé que las acciones y decisiones que nos llevaron a esto no fueron las mejores, y si pudiera cambiar lo que pasaron tú y tu hermana, lo haría sin dudarlo. —Sale del agarre de mis brazos y se inclina sobre mí, obligándome a sostenerle la mirada —. Pero no cambiaría las decisiones que me llevaron a conocerte, ni a escuchar la pasión que le pones a la música. —Besa mi nariz—. No cambiaría la decisión de perseguirte ese día en el teatro de Venecia y encontrar tu fotografía, ni de entrar al estudio de música el primer día que llegaste a Italia y verte tocar. —Besa mis mejillas—. No cambiaría el haberte tocado y marcado como mía, y sobre todo, no me arrepiento de haberte embarazado, porque tú y este bebé son lo mejor que me pudo haber pasado —dice y termina besando mis labios.

Mis lágrimas desaparecen cuando sus dedos me acarician las mejillas, su lengua toca mi labio inferior para luego perderse en mi boca y encontrarse con la mía. Llevo las manos a su cabello y lo acerco tanto como la posición nos lo permite. No hay prisa en el beso, se toma su tiempo y yo también lo hago. Estaba aquí conmigo, en mis brazos, y aunque sonara ridículo debido al poco tiempo que nos llevábamos conociendo, teníamos la oportunidad de ser felices y de formar una familia. Y me aferraría a este nuevo halo de esperanza con todo lo que tenía.

—Yo también te amo, Marcello —susurro cuando se aleja de mis labios.

Esas palabras me ganan una hermosa sonrisa, la más grande que le he visto hasta ahora. Me pierdo en sus brazos cuando los envuelve a mi alrededor y me acomoda sobre su pecho. Cierro los ojos, sabiendo que este era el inicio de nuestro «felices para siempre».

DIECINUEVE

Elaine Voronin Smirnova

L as voces a mi alrededor me despiertan, me remuevo entre las sábanas sintiendo el brazo adormecido. Cuando abro los ojos, lo primero que veo es la mirada de Marcello. Sus ojos brillaban con preocupación, así que sonrío tratando de tranquilizarlo.

—¿Qué está pasando? ¿Cuánto dormí? —pregunto mientras me siento en la cama, me dolía la espalda de estar tanto tiempo acostada.

—Solo un par de horas, bonita. Tu hermana está despertando. —Me da un apretón en la mano y señala en dirección a la cama de Alicia.

A su alrededor se encontraban nuestros padres, Camillo, el doctor y varias enfermeras. Podía ver como movía los ojos a pesar de que tenía los párpados cerrados; no parpadeo hasta que los abre, y cuando lo hace, dejo salir un suspiro de alivio.

Se lleva la mano a la cabeza y un gemido se escapa de sus labios, debía tener la garganta seca tal como yo la tuve cuando desperté.

—Hola, Alicia, soy el Dr. Havryil, estás en el Hospital

American Medical Centers de Kiev, en Ucrania. Necesito que te relajes mientras sacamos el tubo endotraqueal de tu garganta, ¿sí? —dice el doctor, tratando de calmarla cuando los latidos de su corazón se aceleran.

Intento salir de la cama y acercarme para ayudarla, pero la mano de Marcello, sujetando la mía, me detiene.

—No puedes ponerte de pie. —Su mirada se suaviza cuando ve la impotencia en la mía. Quería ayudarla, así como ella lo hizo mientras estábamos en el infierno—. Deja que el doctor se encargue, ¿sí, por favor? —me suplica, pero, dudando, vuelvo a mirar hacia mi hermana, encontrando a Camillo sosteniendo su mano. Segundos después, el sonido del monitor de los signos vitales se ralentiza.

Asiento, regresando la mirada a Marcello, quien se relaja cuando vuelvo a acomodarme en la cama. Veo como le sacan a Alicia el tubo endotraqueal y luego beber agua como yo lo hice antes. Estaba pálida y había varios moretones en su rostro: esos monstruos le habían hecho eso. Habían maltratado y golpeado a mi hermanita y yo no pude hacer nada para protegerla. En cambio, todo este tiempo, ella fue la que cuidó de mí.

—¿Qué... ha pasado? —pregunta, tenía la voz ronca por no haberla usado por tantos días.

—Estuvimos en coma, hermana —le aclaro, decidida a darle una pequeña parte de lo que había sucedido. De igual forma, yo no había sido informada del todo de cómo habíamos salido de ese sótano y de cómo había terminado todo. Solo había estado despierta por unos minutos antes de que el sueño y el cansancio me encontraran.

Supongo que ya era hora de que me pusieran al día.

—Mamá... Papá —dice Alicia entre sollozos y los abraza cuando la rodean—. Están bien —susurra.

Sonrío, sabiendo que los cuatro estábamos juntos de nuevo

y que la familia pronto tendría dos nuevos integrantes. Ya quería decirles a mis abuelos que serían bisabuelos. Seguramente, el abuelo Dimitri le daría un discurso a Marcello sobre lo que pasaría si me hacía daño.

—Eso deberíamos decirlo nosotros —contesta mamá también sollozando—. ¿Por qué no nos dijiste? Se supone que nuestro trabajo es protegerlas a ustedes. —Nos mira a ambas y yo solo me encojo de hombros.

—Pero yo tenía un plan, uno que se suponía que no iba a fallar. —Se me apretuja el corazón al notar la tristeza en la voz de mi hermana.

—Los planes siempre fallan, princesa —dice mamá y se sienta en una silla a su lado. Papá lo hace en el borde de la cama —. Estás castigada por el resto de tu vida. —Papá me mira—. Ambas lo están.

Asiento, sintiéndome al borde de las lágrimas.

—Yo también tengo mis castigos para ti, *cuore*. —Me estremezco ante el susurro de Marcello en mi oído, llevo la mano a mi vientre y lo acaricio—. Y este implica casarte conmigo.

—¿Es una propuesta, Marcello? —le contesto, dejando que la tensión entre nosotros cree una burbuja.

—Todavía no, bonita. —Sonrío ante la promesa impresa en sus palabras.

—¿Qué pasó después de que me dispararon? —La burbuja explota cuando escucho la pregunta de Alicia.

—Nuestros hombres terminaron de encargarse de la situación mientras las sacábamos de ahí —comienza mamá—, tu corazón se detuvo mientras íbamos camino al hospital y Elaine se encontraba inconsciente. Estos dos —añade mamá y señala a los hermanos Coppola— se encontraban al borde del colapso debido a la pérdida de sangre. Ambos se desmayaron en cuanto se las llevaron a cirugía.

»Estuvieron cinco horas en cirugía, sacaron la bala de tu cuerpo y luego un chip que les incrustaron en la columna vertebral. En eso se fue la mayor parte de la cirugía, ya que el dispositivo se aferraba a una gran parte de los nervios espinales. Luego de eso, estuvieron cuatro días en coma debido a la hinchazón en la membrana que recubre el cerebro.

Llevo la mano a la parte trasera de mi cuello, sintiendo la venda, ¿ese chip era lo que me había estado matando? ¿Por eso había sentido como si me exprimieran la vida?

—Mi abuelo Dimitri... ¿Está bien? —Aparto la mano de mi cuello y miro a Alicia, para luego mirar a mis padres.

—¿Papá? —digo al notar como los hombros de mi padre caen.

—Lo siento mucho, princesas, pero... era demasiado tarde.

Me niego a aceptar lo que había dicho. Marcello me rodea con sus brazos, mas yo me alejo todo lo que puedo. No era cierto.

—No... no, él está bien, el abuelo es fuerte. Tú lo dijiste, papá, ¿recuerdas? —Escucho sollozar a mi hermana, pero no podía más que pensar en el hecho de que no lo vi una última vez—. Él está bien, tiene que estarlo.

—Lo siento, mi niña —susurra mamá, su voz se escuchaba lejos, como si estuviera a miles de kilómetros de distancia.

—¿Cómo murió? —me escucho preguntar.

Había un nudo en mi garganta y sentía que el corazón se me saldría del pecho en cualquier momento, pero tenía que saberlo.

—Princesa, no... —Miro a papá cuando intenta disuadirme de que me entere de lo que, él sabía, me haría daño.

—¿Cómo murió, papá?

La tristeza inunda su expresión, pero no me iba a negar la verdad. Él y mamá prometieron que nunca lo harían.

—Recibió la bala que iba destinada a matarte.

Eso es suficiente para desatar el nudo en mi garganta, Marcello me atrae a su pecho y me deja llorar y hacerme pedazos contra él. Me aferro a su bata de hospital como si, de alguna manera, me estuviera aferrando a una última esperanza de vida por parte de mi abuelo.

Escucho como corren la cortina y los pasos se alejan hasta perderse por los pasillos.

Yo había sido la más cercana a él de las dos, siempre dijo que veía mucho de mi padre en mí y que, sobre todo, tenía su terquedad. Él estuvo conmigo en varias de mis clases de piano y también cuando subí al escenario por primera vez, con miedo de salir por los nervios.

—*Ded*[1]... —trato de decir y ahogo un sollozo contra el pecho de Marcello.

Había dado su vida por la mía, no dudó en recibir esa bala por mí y yo no lo había visto.

—No pude des... despedirme. —Suelto a Marcello y llevo mis puños contra su pecho—. No lo vi. No luché. —Lo golpeo sin fuerza alguna, sintiéndome cansada—. Murió por mí... y no lo supe hasta ahora. ¿Qué clase de nieta me hace? ¿En qué clase de persona me convierte?

Toma mi rostro entre sus manos y me hace mirarlo entre lágrimas.

—Bonita, no te martirices de este modo. Tu abuelo era un gran hombre, siempre lo dio todo por su familia, no tuve que conocerlo demasiado para saber eso. —Acaricia mis mejillas, llevándose las lágrimas que habían caído y seguían cayendo—. Él te amaba, lo vi en el instante en que se interpuso entre tú y esa bala, y sé, sin duda alguna, que lo haría de nuevo sin pensarlo.

—¿Lo viste todo? —susurro.

—Desde el momento que salió contigo en brazos hasta que me pidió que te cuidara. —Sus palabras solo desatan otra ola de lágrimas y dolor.

Lloro hasta que mis párpados duelen, lloro hasta que el sentimiento de la pérdida desaparece, lloro hasta que llego al único lugar donde mi abuelo permanecería siempre. Mis recuerdos.

≈

TAMBORILEO LOS DEDOS contra mi pierna, estaba nerviosa, había practicado toda la semana para esta audición y me aterraba la idea de equivocarme. Mis padres estaban sentados entre el público junto a mi hermana y los abuelos. La tía Roxanne y el tío Lorenzo verían todo a través de una videollamada, ya que no habían podido viajar.

Comprendía por qué no habían podido venir; papá me explicó que nuestro estilo de vida y sus profesiones, en ocasiones, ponían nuestras vidas en riesgos, y que en esos momentos era necesario ser muy cuidadoso.

Me pongo de pie y me acerco al telón para ver una vez más al público, había muchas personas que no conocía y que serían testigos de si triunfaba o no en esta audición. Mamá había tratado de tranquilizarme diciendo que no estaba mal perder en ocasiones, y que si no salía como esperaba, ya vendrían nuevas oportunidades. Pero yo quería ganar el papel, yo quería tocar en el teatro más prestigioso de Rusia.

—¿Elaine? —Me volteo al escuchar la voz de mi abuelo Dimitri—. ¿Qué haces aquí, zvezda[2]?

Me toma en brazos y me abraza.

—Tengo miedo —susurro y me aferro a su cuello—. ¿Qué pasa si no les gusta lo que toco?

—Entonces, nos iremos a casa con la frente en alto. —Me pincha la mejilla y sonrío—. Eres la niña de diez años más talentosa que conozco, además de tu hermana, claro. —Río—. Está bien tener miedo en ocasiones, zvezda. Pero ya depende de nosotros qué hacer con ese miedo.

Levanta el telón, dejándome ver el público, ya todas las personas estaban en sus asientos.

—¿Dejarás que el miedo te haga huir y esconderte? ¿O tomarías ese miedo y lo usarás para impulsarte y conseguir todo lo que te propongas?

—Los Voronin Smirnov no son cobardes —repito las palabras que a veces me repetía el abuelo Lucios.

—Exacto, no lo somos. —Sonríe y me baja hasta dejarme sobre mis pies—. Pero más importante aún, tú no eres una cobarde, moya malenkaya zvezda³. Así que, cada vez que tengas miedo, utilízalo a tu favor y no dejes que él te controle.

Me acaricia el cabello y se va, dándome una última sonrisa.

Cuando me llaman al escenario, me repito las palabras que mi abuelo dijo, y toco con el corazón, como siempre me decía que lo hiciera. Toco para mí, porque no importaba nadie más. Solo éramos la música y yo.

Y cuando me nombran la ganadora en la audición, encuentro la mirada orgullosa y segura de mi abuelo. Al igual que todos, él siempre creía en mí.

VEINTE

Elaine Voronin Smirnova

Rusia

S eis días.

Eso era lo que había trascurrido desde lo sucedido en Ucrania, pero a mí me parecía como si
hubiera sido ayer. Aún podía sentir el dolor desgarrador en
mi cabeza, podía sentir como esos hombres me hacían pedazos... Aún podía sentir como la vida me abandonaba con
lentitud.

Me había mudado con Marcello desde entonces, me había
parecido bien la idea, ya que así sabríamos cómo sería convivir
como una pareja y no como dos personas que tenían planeado
usarse mutuamente. El cambio no había sido tan drástico como
esperaba. Todas las mañanas salía del piso e iba a trabajar; yo,
por mi parte, me quedaba en casa tocando el piano hasta que
los músculos de mis brazos se adormecían y podía conciliar el
sueño.

Él había insistido en quedarse conmigo, pero lo cierto era
que no quería que cambiara su rutina por mí. Sí, íbamos a criar

a un bebé juntos y nos casaríamos, pero no deseaba alterar su vida más de lo que ya lo había hecho.

Mi carrera como pianista estuvo en pausa desde que el plan que teníamos Alicia y yo inició, pero ahora deseaba regresar al escenario. De esa manera, tal vez podría ahuyentar a las pesadillas que me encontraban cada noche en la oscuridad de nuestra habitación. Marcello me había rogado que se las contara, me suplicó dejarlo que me ayude, pero temía que, si les daba voz a esas pesadillas, se hicieran realidad.

Mañana por la mañana iríamos a casa de mis padres para despedir a Alicia, quien se tomaría un tiempo, libre de todo y de todos... Bueno, ese «todos», estaba segura de que no incluía a Camillo a pesar de lo que ella pensaba. La conocía demasiado bien como para saber que creería que estando sola el proceso de sanación sería más rápido. Pero Camillo era de cierta forma su contraparte, era un juguetón y relajado por naturaleza, pero también era atento y cariñoso al igual que su hermano, y era exactamente eso lo que ella necesitaba en este momento de su vida.

Por eso no me sentía culpable al haber ayudado a Camillo a obtener su destino de viaje. Claro, esto era algo que ella nunca sabría. Era un trato de mutuo acuerdo, yo lo ayudaba en algo y él me ayudaría con respecto a su hermano cuando fuera que lo necesitara.

Por otro lado, haría sufrir a los monstruos que me violaron. Lástima que uno había muerto en el rescate, pero me aseguraría de que lo que no sufrió él, lo sufrieran sus dos compañeros.

Marcello había salido temprano a terminar de concretar los detalles, sabía que Fiorella estaba cerca de ser atrapada, lo que lo tenía algo inquieto. No quería que se le escapara.

Detengo mis manos sobre las teclas del piano, sabiendo que si seguía tocando como venía practicando hace más de dos horas, alguien subiría y golpearía la puerta del piso para quejarse. Este era un *penthouse*, y eso debería explicar por sí solo lo fatal que sonaba mi música.

Me levanto del banquillo y dejo vagar la mirada; era la primera vez que me pasaba esto con la música. Esta siempre era mi refugio, mi método de escape, pero ahora la sentía como si fuera una parte externa a mí, como si ya no fuéramos una sola.

Suspiro y me levanto, decidiéndome a ir por algo de comer. Podría echarle la culpa a la cosita creciendo en mi vientre y decir que por ella o él ahora tengo un apetito insaciable, pero lo cierto era que desde muy pequeña comía más que la mayoría de los niños a mi edad. Y al parecer, ese apetito se había triplicado al estar embarazada.

Me preparo un sándwich con mermelada y jamón, y lo devoro... Sí, era una combinación un tanto cuestionable, pero era la sexta maravilla del mundo. Cuando estoy por prepararme mi segundo sándwich, mi teléfono suena con una notificación de mensaje. Por un momento dudo en revisarlo, desde que llegué, los padres de Ivan habían estado tratando de contactarse conmigo, exigiendo una explicación de por qué su hijo había salido en tan malos términos con mi familia.

No sabía muy bien cómo explicarles todo lo sucedido y que no quisieran ponerle una bala en la cabeza a su propio hijo.

Voy a la sala y tomo el teléfono, ya los había evitado lo suficiente. Tal vez podría hablar con ellos y simplemente decirles que las cosas no funcionaron.

Mas, cuando reviso la notificación, no es ninguno de los señores Magomedov, sino Marcello:

«Ya está todo listo, bonita. Voy por ti».

Sonrío con la anticipación recorriéndome, por fin bañaría mis manos con la sangre de esos monstruos. Me voy a nuestra habitación y me cambio, los haría sufrir por todo lo que me hicieron.

～

MARCELLO SOLO DEMORÓ treinta minutos en llegar. Me saludó con un efusivo beso que me dejó con ganas de más y después se dirigió a uno de los almacenes que mi padre le prestó.

Lo observo de reojo mientras conduce, llevaba un traje, chaqueta y pantalón de vestir negros y una camisa blanca. Iba impecable, su cabello también estaba arreglado a la perfección, sin un mechón fuera de lugar. El piso cuando llegué era igual, todos los platos y cubiertos tenían la misma distancia de separación, ni un milímetro más o menos que pudiera alterar su esquema.

Sospechaba que tenía algún trastorno compulsivo con respecto al orden: él había acomodado mi ropa en su armario, que era mucho más grande que el que yo tenía en casa. También se había encargado de mis cremas, maquillaje e incluso mi cepillo de dientes. Todo lo que tocaba y no estaba como él lo había dejado, lo acomodaba.

No me molestaba su exagerado orden, de cierta forma, creaba un pequeño balance entre nosotros.

—No puedo concentrarme en no estrellarnos si me miras así —dice, rompiendo el silencio en el coche.

Éramos escoltados por dos camionetas. Nunca había usado guardaespaldas, no me gustaba la idea de alguien observándome y siguiendo cada uno de mis pasos.

—No te miro de ninguna manera —digo, pero la sonrisa divertida en mis labios me delata.

Lo cierto era que me gustaba verlo conducir, había algo

seductor en la tarea que alborotaba mis hormonas. Todo en él me alborotaba.

—Estoy seguro de que la imagen de yo follándote en el asiento trasero ya ha pasado por tu mente al menos dos veces.

Río.

—No lo había pensado hasta ahora —le respondo mientras recorro uno de sus bíceps con la punta de la uña de mi dedo índice—. Es una imagen muy interesante.

—¿Interesante? —Enarca una ceja y me mira—. Supongo que tendré que recordarte qué tan «interesante» soy cuando lleguemos a casa. —Me guiña un ojo antes de volver la atención al camino.

Me gustaba el término de «casa» para nosotros, y aunque todo era nuevo, se sentía más que correcto entre nosotros.

BAJAMOS del coche y de inmediato somos rodeados por los guardaespaldas; no le veía sentido a tenerlos aquí. Este almacén estaba fuertemente protegido, al igual que todos los demás que tenía mi padre. Ya había aprendido una vez la lección de no descuidarlos.

Abren la puerta del almacén y me encuentro con un sonriente Camillo.

—Hola, cuñada. —Sonrío y me acerco para darle un abrazo.

Era increíble lo bien que nos llevábamos. Suponía que el que nos gustara sacar de quicio a Marcello tenía mucho que ver con ello.

—Hola, cuñadito —contesto y me alejo cuando una mano tira de mi cintura—. Creí que no estarías por aquí.

Se encoge de hombros y se hace a un lado para que Marcello y yo podamos entrar.

—Quiero darle un regalo a tu hermana —explica mientras comenzamos a caminar entre los empleados que se encargaban de mover la mercancía de mi padre. Había mucho ajetreo, a decir verdad—, pero para eso necesito que tú hagas una parte.

—¿Qué parte? —pregunto frunciendo el ceño cuando nos detenemos frente a una puerta de metal.

—Esta —dice y abre la puerta, dejando a la vista a cuatro hombres colgando de los brazos—. Quiero dárselo como regalo de bienvenida.

—Falta uno —digo.

Su sonrisa se ensancha y su mirada se oscurece.

—Ese es la otra parte del regalo.

Asiento, comprendiendo lo que dice.

—Va a torturarlo.

—Correcto. Quiero que se divierta un poco.

—Y lo va a hacer —añado, sabiendo lo creativa que se ponía mi hermana en ocasiones.

Me adentro en la habitación y rodeo a los cuatro hombres hasta detenerme entre dos de mis violadores.

Ladeo la cabeza, regodeándome del miedo en sus ojos.

—Supongo que no les gusta demasiado estar en desventaja en esta ocasión —reflexiono. Mis pensamientos iban a toda velocidad con las distintas formas en que podría hacerlos llorar de dolor.

—Eso es todo, ven cuando toque tu turno —escucho que dice Marcello a mi espalda.

—Cavernícola —susurra Camillo.

La puerta se cierra con un clic y solo quedamos nosotros seis, y próximamente seríamos dos menos.

—Quiero mis cuchillos —pido.

Me volteo, encontrándome con dos cuchillos en la palma de Marcello, extendidos hacia mí.

—Los tomé de tu colección esta mañana —dice encogiéndose de hombros.

Sin poder evitarlo, me acerco, rodeo su cuello y lo beso. Su lengua va al encuentro de la mía sin dudarlo cuando llevo la mía a su boca. Gimo cuando una de sus manos me aprieta la cintura para luego presionarme contra su semidura erección.

Me alejo antes de perder la cabeza y pedirle que me lleve al coche, quería que me folle hasta que sea incapaz de formular palabra alguna.

—Continuaremos esto en cuanto lleguemos al piso. —Jadeo y tomo los cuchillos de su mano para luego darme la vuelta—. ¿Cuál de los dos será el primero?

Ambos hombres niegan y tiran de las cadenas que los mantenían con los pies suspendidos. A su lado, los otros dos hombres intercambian miradas entre ellos y se fijan en mi espalda, donde se encontraba Marcello bebiendo cada segundo de la situación.

—Oh, ustedes no se preocupen. —Señalo a los dos nuevos juguetes de Camillo—. Mi cuñadito se encargará de ustedes.

Pongo mi atención al hombre más cerca de mí—: Tú serás el primero.

A continuación, lo apuñalo en el muslo izquierdo y bajo con fuerza, abriendo la piel y desencadenando un chorro carmesí que me ensucia la ropa y los zapatos.

Los gritos de dolor inundan la habitación, haciéndome sonreír. Este moriría rápido, pero el otro no.

Tomo su camisa por el cuello y le paso la punta del cuchillo hasta rasgarla y dejar su pecho descubierto.

Enarco una ceja al ver sus tatuajes. Eran espirales, que iban desde su pectoral izquierdo hasta la parte baja de su estómago.

—Tu tatuador debió invertir mucho tiempo en este tatuaje. —Lo toco con la punta del cuchillo, indecisa—. ¿Desde abajo o desde arriba? —susurro. Tenía pocos minutos antes de que muriera desangrado, y quería hacerlo sufrir.

—Desde arriba, bonita. Le dolerá más. —Me volteo y le guiño un ojo a mi hombre antes de hacer exactamente lo que me sugirió.

El proceso es lento, doloroso y satisfactorio. Rasgo la piel centímetro a centímetro con sus gritos de dolor de fondo, y cuando termino, su pecho y estómago no son más que una obra de arte carmesí con sus intestinos luchando para mantenerse dentro del cuerpo inerte.

Retrocedo, admirando el resultado. Me sentía mejor ahora, pero conseguiría la plenitud de mi alma cuando terminara.

—Ahora. —Miro al otro, que temblaba como una hoja al ver lo que le había hecho a su compañero—. ¿A qué mano le tienes más cariño? —pregunto con una sonrisa sugerente en el rostro, y antes de que pueda preverlo, un cuchillo atraviesa su mano derecha.

Suspiro, llenando mis pulmones con el olor a sangre, que rápidamente me provoca retorcijones en el estómago... Al parecer, la cosita inocente en mi vientre no disfrutaba de esto tanto como yo, pero lo siguiente que haría también sería por él, porque por culpa de estos hombres pude haber abortado y perderlo.

«Nadie nunca te volverá a hacer daño», pienso antes de darle rienda suelta a toda la ira en mi interior.

Y cuando salgo de esta habitación, bañada en sangre y con la venganza saciada en mis entrañas, consigo respirar de nuevo. Puedo silenciar y encerrar esos recuerdos que solo me hacían daño, pero lo único que no desaparece es la fría y espesa culpa.

Culpa por la muerte de mi abuelo.

VEINTIUNO

Elaine Voronin Smirnova

Pasado, hace seis meses

Habíamos despedido a Alicia hoy por la mañana, se iría tres semanas a Canadá y luego regresaría. Estaba un poco triste, ya que no estaría aquí para el ultrasonido, cuando podría por fin conocer a mi bebé. Aunque también me hacía feliz que se tomara un tiempo para ella y sobre todo me tranquilizaba que Camillo estaría ahí para cuidarla.

Anoche, después de llegar a casa, me di una larga ducha para eliminar cualquier rastro de sangre que pudiera tener en el cuerpo. Luego me fui a la cama, donde Marcello me esperaba para cerrar el día con broche de oro. Perdí la cuenta de las horas que nos pasamos explorando el cuerpo del otro y de los orgasmos que me dio.

Creí que después de lo sucedido tendría alguna aversión al contacto físico, pero mientras se tratara del hombre que amaba, no tendría problemas en ser tocada. No cuando sus manos prometían una exquisita forma de perder la cabeza y cualquier noción con respecto a la vida.

Un apretón en el muslo me saca de mis pensamientos, íbamos camino al Hospital Clínico Central de Moscú, que era donde mi madre trabajaba y donde se encontraba la Dra. Natascha, ella había llevado el control del primer embarazo de mi madre y llevaría el mío.

—¿Estás bien? —me pregunta Marcello—. Has estado muy callada desde esta mañana.

Sonrío y pongo mi mano sobre la suya.

—Estoy bien, solo algo nerviosa. —Me muerdo el labio inferior—. Me gustaría que fueran gemelos —añado, ese era mi deseo desde que tenía uso de razón.

—¿Así como tú y Alicia?

Asiento.

—O como tú y Camillo. Solo no quiero que sea hijo único, quiero que tenga una relación así de unida como nosotros con nuestros hermanos.

—Entonces, te prometo que trabajaré duro para que tenga un hermano o hermana. —Río, lo que me gana una de sus sonrisas completas. Era de ese tipo de sonrisa que hacía latir mi corazón como una colegiala.

—He pensado en el nombre si llega a ser niña —susurro.

Se detiene cuando la luz del semáforo cambia a roja y me mira.

—Quiero escucharlo.

Vuelvo a morderme el labio un tanto indecisa, el nombre era especial para mí.

—Mi abuelo Dimitri solía llamarme estrella. —Sonrío ante los recuerdos que me llegan a la mente—. Este bebé —continúo y me acaricio el vientre—, está vivo porque él dio su vida por la mía, y me gustaría que cuando creciera supiera quién fue su héroe.

Aleja la mano que tiene en el volante y me acaricia la mejilla con ternura.

—El nombre, *mio cuore*.

—Aster. Significa estrella.

Asiente lentamente sin dejar de mirarme, luego se inclina y une nuestros labios en un beso lento.

Cuando se aleja, su mirada brilla; brillaba por el amor que sentía por mí y nuestro bebé.

—Y si es niño, te volveré a embarazar hasta que tengamos a nuestra pequeña Aster. La estrella de nuestras vidas.

Se me nubla la vista ante sus palabras, era una de las cosas más hermosas que había oído jamás.

—¿Qué pasa si es niño? ¿Qué nombre te gustaría? —pregunto, ignorando las bocinas detrás de nosotros.

—Tengo un sueño recurrente desde que supe que estás embarazada, y en ese sueño susurras un nombre. —Hace una pausa dramática y río, porque me estaba poniendo de los nervios—. Nico. Siempre dices «mi dulce Nico», y al momento sales con un pequeño bebé en brazos.

—Así que tendremos a nuestra estrella y una pequeña parte de Sergei con nosotros.

—¿Lo investigaste? —pregunta aturdido y su mirada se nubla.

—Siempre investigo a todo aquel con el que me rodeo, pero en especial cuando se trata de ti.

—¿No hay nada que no sepas de mí?

Asiento, ya que sí lo había, y era una larga lista.

—Solo sé lo superficial, pero tus secretos o las cosas que ocultaste de los *hackers*, como mi hermana o «H», no las sé.

—No tengo secretos que tenga que ocultarte, bonita.

Me suelto de su mano y le acaricio la mejilla antes de dejar un casto beso en sus labios.

—Todos tenemos secretos, *moya lyubov*[1].

TOMO la mano que Marcello me extiende y bajo del coche. Sus dedos se entrelazan con los míos y nos encaminamos al interior del hospital.

No me gustaban las clínicas, ni ningún centro médico, había demasiado blanco y todo era frío. Era el lugar perfecto para que la muerte siempre se paseara.

Pasamos entre varios doctores y enfermeras hasta llegar al elevador. Las puntas de mis zapatillas sonaban con un suave tac cada vez que la golpeaba contra las baldosas blancas, una clara señal de que estaba ansiosa.

Las puertas se abren y tiro de Marcello para que entre.

—¿Qué pasaría si algo está mal? —digo en cuanto las puertas se cierran y nos quedamos solos—. ¿Qué pasaría si mi cuerpo no es lo bastante fuerte para llevarlo nueve meses? ¿O si no estoy lo bastante sana como para que tenga un desarrollo seguro? ¿Qué pasaría si...? —Me detengo cuando me empuja contra el frío metal de las paredes del elevador y toma mi rostro entre sus manos.

—Nada de eso va a pasar, ¿me entiendes? —Me acaricia las mejillas y deja caer su frente sobre la mía—. También estoy asustado, bonita, pero si me pongo a pensar en todas las cosas que podrían salir mal, me volvería loco. —Acaricia su nariz con la mía—. Solo quiero que tú y nuestro bebé estén bien, no hay nada más que desee.

Sonrío a la vez que los músculos de mi cuerpo se relajan. Este era uno de los efectos que tenía sobre mí: tomaba todos mis miedos y preocupaciones y los hacía polvo hasta que lo único que quedara en mi mente fuera él.

—¿Lista para hacer esto? —susurra.

—Solo si permaneces conmigo. Siempre.

Sonríe.

—Entonces debo sentirme orgulloso de mí mismo, ya que siempre cumplo mis promesas.

Y para sellar sus palabras, me besa hasta dejarme sin aliento.

—ELAINE VORONIN —llama la recepcionista y me pongo de pie con las manos sudando, pero sin soltarme de la poderosa mano de Marcello.

La mujer de cabellera blanca y una dulce mirada me sonríe:

—Ya puedes pasar, la doctora Natascha los espera.

Asiento, y en esta ocasión es Marcello quien tira de mí.

El consultorio era igual que el resto del hospital, paredes blancas y una decoración que dejaba mucho que desear. Tal vez deberían llamar al decorador de interiores de mi padre, él sí que tenía un gusto impecable.

—¿Elaine Voronin? —pregunta una mujer con gafas rojas, de baja estatura y cabellera negra—. ¿Eres la hija de Anastasia? —dice con evidente sorpresa.

Asiento y le doy una pequeña sonrisa.

—Es un gusto conocerla, mi madre me ha hablado de usted. —Estrecha la mano que le tiendo y me hago a un lado para que vea a Marcello, aunque no es como si pudiera pasar desapercibido—. Él es... —digo, pero me quedo en blanco al darme cuenta de que no habíamos hablado exactamente «de qué» éramos.

Dios santo, vivimos juntos y tendremos un bebé, además

de que nos casaríamos, pero no habíamos hablado del ahora, de en qué posición estábamos.

—Su futuro esposo —responde Marcello con jovialidad al ver que me quedo en blanco—. Marcello Coppola, es un gusto.

La mujer asiente y le estrecha la mano con las mejillas ligeramente sonrojadas.

—Tienes buen gusto, igual que tu madre —me susurra cuando nos acercamos a su escritorio, lo que me hace sonreír.

No toma asiento, como creí que haría, sino que pasamos junto a su escritorio y me guía a una puerta que suponía que daba al baño.

—Adentro hay una bata, cámbiate, y cuando estés lista, sal, ¿sí? —Asiento ante su cálida sonrisa y hago lo que me pide.

Me quito el pantalón de vestir azul claro y la camisa de seda blanca que se sujetaba a mi cuello con un delicado nudo. Me pongo la bata de hospital y salgo del baño, encontrando a Marcello, esperándome.

—Te haremos un ultrasonido transvaginal, ya que, como tal, tu bebé... —Duda antes de continuar—. A los ojos de la ciencia, en esta etapa del embarazo, específicamente la tercera semana, lo que está en tu vientre se denomina mórula —explica y, por acto reflejo, llevo las manos a mi vientre, como si de alguna manera pudiera protegerlo de escuchar lo que decía—. No me malentiendas, solo trato de explicarte por qué no se hará un ultrasonido convencional, ¿sí?

Asiento, ahora queriendo terminar lo más rápido que se pueda con esto y así poder cambiar de ginecóloga.

—La mórula se ahueca y cuando se llena de líquido, pasa a llamarse blastocisto. Al final de esta semana, el blastocisto se adherirá al endometrio, que es en realidad la pared del útero. Con un ultrasonido convencional no podremos ver nada, ya que es... un conjunto de células en este momento.

—¿Cuándo podremos hacer un ultrasonido convencional? —pregunto.

—A partir de las doce semanas. El tamaño que tiene ahora es minúsculo y la ginecóloga en Ucrania recomendó un ultrasonido transvaginal lo más pronto posible para asegurarnos de que el proceso de implantación se esté realizando de forma correcta.

Miro a Marcello, quien parecía estar igual de tenso que yo. No me gustaba que se refiera a mi bebé como un «conjunto de células», pero así se explicaba el proceso del embarazo ante los ojos de la biología.

Asiento, no ganaría nada con enojarme. Esta mujer solo intentaba hacer su trabajo y yo no vine a hacérselo más difícil.

—Está bien. —Suspiro y acaricio la mano de Marcello antes de acostarme en la camilla, dejando las piernas abiertas como la doctora me lo indica.

Toma una sonda que parecía estar conectada a un ordenador y luego le pone un protector.

—Esto tal vez te incomode un poco —advierte antes de llevar la sonda entre mis piernas.

La molestia es mínima, pero busco la mano de Marcello por reflejo, y cuando la encuentro, entrelazo nuestros dedos.

—Todo parece estar muy bien —dice la doctora con la mirada fija en la pantalla, que mostraba una imagen entre blanco, negro y gris.

Ciertamente, yo no podía ver casi nada, pero suponía que para ella era como ver la luna en una noche despejada.

—Aquí. —Señala un punto en la pantalla—. Es muy pequeño, pero si miran bien, ahí está. —Sonríe—. En doce semanas podrán escuchar el latido y, con suerte, tal vez sepamos si será un solo bebé o dos. O tal vez tres, quién sabe.

—¿Trillizos? —pregunta Marcello con pánico.

—Anastasia tuvo gemelas, Sr. Coppola, así que existe la posibilidad de que esos genes hayan sido heredados por una de las hijas o ambas. —Siento cuando saca la sonda de mi interior—. ¿Hay antecedentes de embarazos gemelares en su familia? —pregunta mirando a Marcello, quien se veía un poco pálido.

—Tengo un hermano gemelo.

La doctora Natascha sonríe.

—Entonces, existe un gran porcentaje de posibilidades de que tengan gemelos, o como dije antes, trillizos.

Nos vamos del consultorio con una cita agendada para dentro de nueve semanas.

No hablamos de regreso a casa, y cuando llegamos, caigo muerta en la cama por el sueño. Creo sentir y escuchar a mitad de la noche un susurro que enternece mi corazón y me hace amar más a este hombre.

—Si son trillizos, me dará un puto infarto, *mio cuore*, pero tomaré todo lo que la vida quiera darme porque viene contigo.

VEINTIDÓS

Marcello Coppola

Un día después de la despedida de Alicia

El sonido estridente de mi teléfono me saca del profundo sueño en el que me encontraba. Con cuidado de no despertar a Elaine, quien se encontraba medio encima de mi cuerpo con sus piernas entrelazadas entre las mías, me estiro y tomo el aparato de la mesa de noche.

Descuelgo la llamada al ver que era Cristiano, el hombre encargado de la captura de Fiorella.

—¿Qué sucede? —pregunto con voz soñolienta, consiguiendo que Elaine se remueva entre mis brazos. Queriendo que siga durmiendo, comienzo a acariciar su cabello como hacía cada vez que tenía una pesadilla y ella no conseguía dormirse.

—La tenemos, Sr. Coppola, estamos de camino al almacén.

—¿Dónde la encontraron?

—Unos hombres le siguieron el rastro hasta acorralarla en la frontera de Ucrania, nos contactaron para realizar el intercambio hace un par de horas.

—¿Está viva?

—Demasiado, diría yo —escupe con ira—. Me golpeó las bolas cuando intenté subirla a la camioneta. —Niego con la cabeza sin perder de vista la expresión serena de mi Elaine—. Llegaremos al almacén en al menos una hora, señor.

—Bien, ¿quiénes la capturaron quieren el billón en transferencia o en efectivo?

—Efectivo, señor. ¿Quiere que haga la entrega?

—Sí, te veré en el almacén y mandaré a que alguien traiga el dinero. —Cuelgo la llamada, sintiéndome más ligero.

Estaba preocupado porque existía la posibilidad de que se escapara, pero ahora podría dejarla en el pasado y enfocarme en mi futuro, en el cual solo estaban Elaine y la familia que formaríamos.

ANTES DE IRME del piso le dejé una nota a Elaine en la mesa de noche, diciéndole a dónde iba y lo que estaba pasando. No me gustaba irme sin que ella estuviera despierta, pero cuanto más rápido terminara con esto, más rápido podría enfocarme en mi propuesta de matrimonio y de mudarnos a Italia temporalmente, si eso era lo que ella deseaba.

El trayecto del piso al almacén que me había prestado Alexei era de treinta minutos, lo que me dio tiempo de organizar mis pensamientos. Había cosas que quería preguntarle a la mujer que era mi madre, preguntas que siempre me hice, mas siempre me obligué a no preguntar. En ocasiones, la ignorancia causa menos daño que la verdad.

Marco el número de mi hermano cuando me detengo frente al almacén. Por lo que sabía, estaba en Canadá con

Alicia, pero no tenía claro si pasaría estas tres semanas a su lado o vigilándola desde lejos como todo un acosador.

Cuando creo que no va a contestar, lo hace.

—Maldición, ¿tienes idea de qué horas son aquí? —responde con voz soñolienta.

Miro mi reloj y río.

—Son las seis de la tarde, Camillo. ¿Qué pudiste estar haciendo como para estar tan cansado?

Bufa.

—No he estado haciendo nada, solo es la diferencia horaria. —Pongo los ojos en blanco—. ¿Qué pasa? No me llamarías si no hubiera una buena razón.

—Ya la tengo, está en el almacén.

—¿Viva?

—Sí, muy viva, o eso me han dicho.

—¿Aún no la ves?

—De hecho, salí de la cama temprano solo para eso. —Tamborileo los dedos sobre el volante—. Solo te llamé para avisarte, no haré nada hasta que estés aquí.

Suspira.

—Bien, aún no decido si acercarme a Alicia o dejarla sola. Aunque si las circunstancias lo requieren así, me acercaré.

—Y esas circunstancias son si un hombre se acerca a ella, ¿no? —Lo molesto, pero lo cierto era que yo haría lo mismo si otro hombre se acercaba a mi mujer.

Habíamos caído, y muy duro.

—O si alguien llega a intentar lastimarla o algo.

—¿Le gustó tu regalo? —pregunto. Tenía curiosidad por saber si se había divertido tanto como lo había hecho Elaine.

—Me atrevo a decir que le encantó, cada segundo fue mejor que el anterior.

—¿Necesitas ayuda para sacar los cuerpos?

Dura unos segundos en silencio antes de responder.

—Si tienes hombres aquí, envíalos, Alexei mandó a un par de hombres también, así que tengo todo resuelto.

—Hecho, te veo en un par de días, hermano.

Cuelga en cuanto la última palabra sale de mis labios, quizás para seguir durmiendo como el niño que era cuando le quitaban sus preciadas horas de sueño.

Bajo del coche y me dirijo al almacén, cuando entro, todo está como hace dos días; las personas trabajaban aprisa para cumplir con los horarios de entrega y rotación de mercancía.

Cristiano me da un asentimiento de cabeza a modo de saludo cuando me detengo frente a él. Estaba al lado de la puerta de metal que dos días atrás había retenido a cuatro hombres, y que ahora retenía a mi madre.

—El dinero ya viene en camino. Está contado y empaquetado. Lo dejan en el punto de encuentro que hayan acordado y regresan de inmediato, ¿entendido?

—Sí, señor.

—Anda. —Lo despido con un movimiento de la mano antes de abrir la puerta y dejar a mi madre a la vista.

Con un suspiro, entro a la habitación y cierro la puerta detrás de mí.

LLEVABA QUIZÁS ALREDEDOR de diez minutos sentado en una silla frente a ella en completo silencio. Al parecer, todo el recorrido hacia acá no me había bastado para organizar mis pensamientos. Solo había dolor e ira en mi interior, y supongo que eso es lo que me lleva a hacer la siguiente patética pregunta.

—¿Por qué lo hiciste? ¿Por qué carajo no pudiste dejarlo ir y ser una madre para nosotros? Simplemente, «¿por qué?». — Mi voz se rompe con lo último y me odio por ello, pero me dolía, porque después de años, por primera vez podía permitirme ser débil por esto.

Una parte pequeña y patética de mí esperó ver la culpa en su mirada, o que tal vez se disculpara al verse atrapada. Esperé que lo hiciera aunque fuera solo una mentira, pero la mentira nunca llegó, en cambio, la jodida verdad sí.

—Porque lo amo, esa es la única razón. —No había emoción en su voz, ni expresión en su rostro..., pero sus ojos estaban inundados de dolor, el mismo que yo sentiría si perdía a Elaine.

—Nunca fuimos suficientes para que pudieras dejarlo —concluyo, ser consciente de que tu madre no te quiere es una cosa, pero escucharla decirlo, aunque fuera de manera indirecta, era una mierda—. ¿Por qué matar a Paolo y a Sergei...? No, sé por qué mataste al único hombre que siempre veré como mi padre, pero hasta dónde llegó para que tuvieras que recurrir a esos extremos.

Alza los hombros y me acribilla con la mirada, ahora más que nunca podía ver el odio a través de ella.

—Lo descubrió todo y no podía permitir que los desenfocara a ti y a tu hermano del plan, aunque de igual forma lo hicieron.

—¿Y Paolo? —pregunto, había sido su esposo antes de Sergei. No recuerdo mucho del hombre, pero me compadecía de él.

—Era una simple pieza en mi plan, y cuando dejó de tener utilidad, lo deseché —afirmo, supongo que eso hubiera hecho con nosotros después de que terminara todo su plan.

Me reclino en la silla, preparándome para la siguiente pregunta.

—¿Qué hizo Beatrice para que la mataras? —El nudo invisible en mi cuello se aprieta al recordar cómo cayó al suelo sin vida y la sangre saliendo a borbotones de su frente.

—Me traicionó al trabajar para esa zorra.

—Cuidado de cómo hablas de mi cuñada, que Camillo no está aquí para decirte tus mierdas a la cara.

Me escupe a los pies, pareciendo un animal furioso y enjaulado.

—«Tu padre» —comienza, resaltando ambas palabras— no merece tal desprecio y falta de respeto por parte de sus propios hijos.

—Beatrice tuvo la suerte de que un mejor hombre le diera la vida.

Todo en mi interior se enfría cuando comienza a reírse. Las pocas veces que recuerdo haberla visto solo lo hacía cuando Lucas estaba vivo y pretendía que éramos una hermosa familia feliz.

—Ella es hija de tu padre tanto como tú y Camillo. —Frunzo el ceño.

—No, tuviste una aventura con Sergei después de la muerte de Paolo y después fue que regresó Lucas. Hiciste pasar a Beatrice como su hija.

Niega.

—Niño tonto, ¿aún no has entendido que todo lo que hice después de conocer a tu padre ha sido un plan? —Aparta los mechones de cabello de su rostro con un movimiento de cabeza —. Conocí a Sergei en el funeral de Paolo, tuvimos una aventura unas semanas después, y juró que estaba enamorado de mí y que quería tener una familia conmigo. Yo hubiera aceptado de no ser porque tu padre regresó, prometiéndome la familia que siempre quise. —Sonríe con nostalgia—. Dos meses después, salí embarazada. Estuvimos juntos por un año y fue lo mejor de mi vida..., hasta que lo mataron. —Su expresión se agria—. Caí en los brazos de Sergei como una mujer desconsolada. Como era un hombre débil, no le tomó mucho tragarse el cuento de que lo amaba...

—No era un hombre débil —la interrumpo—, solo estaba ciegamente enamorado de la persona equivocada.

Pone los ojos en blanco.

—Sí, como sea, él los aceptó a los tres como si fueran suyos y fuimos una familia; la que él siempre anheló..., hasta que la curiosidad lo mató —termina y se encoge de hombros.

Suspiro de forma repentina, agotado, todo esto sucedió cuando tenía entre casi seis y siete años, pero la mitad del tiempo Camillo y yo la pasamos encerrados en nuestras habitaciones. La otra mitad éramos golpeados por nuestra madre, y un cuarto de esa parte éramos agredidos verbalmente por Lucas cuando sus planes no salían como él quería. Los recuerdos de mi niñez eran borrosos, solo recordaba con claridad los que incluían a Beatrice o a Sergei.

—¿Te arrepientes de todo lo que nos hiciste? ¿De matar a tu propia hija?

No hay duda, no hay culpa, no hay nada más que determinación.

—No me arrepiento de nada, lo haría todo de nuevo, pero en el proceso los hubiera matado a ustedes.

No me rompo como sé que le gustaría que lo hiciera, solo me pongo de pie y me encamino hacia la puerta.

—Si yo hubiera podido escoger quién sería mi madre, ni siquiera te habría tomado como última opción. —Me doy la vuelta—. A partir de ahora, para mí estás muerta, así que considera una bendición que tus propios hijos sean quienes acabarán con tu vida, porque a manos de otro —añado y sonrío—, la muerte habría sido un acto de benevolencia hacia alguien como tú.

Salgo de la habitación y, sin mirar atrás, me voy. Solo pondría un pie aquí de nuevo cuando Camillo le dijera lo que fuera que necesitaba, pero ella ya no era mi madre, nunca lo fue, solo era y sería la primera mujer que me rompió el corazón.

Entro al piso, encontrándolo en completo silencio. Las luces estaban apagadas y no se escuchaba el piano como cada vez que regresaba. Me apresuro a ir a la habitación, encontrándola vacía; las sábanas estaban tendidas, y cuando me acerco al colchón y lo toco, lo encuentro frío.

Reviso cada rincón del piso con el corazón golpeándome el pecho y el miedo oprimiéndome las entrañas. El miedo era un sentimiento al que no estaba acostumbrado, pero cada vez que aparecía un sabor amargo, me agriaba los sentidos. Odiaba ese sentimiento porque era una debilidad.

Elaine era mi debilidad, y si algo le ocurría, no solo mi mundo se haría pedazos, todo en mí lo haría.

Cuando llego a la cocina, me detengo bruscamente, su teléfono estaba en la encimera. Cierro los ojos, contando hasta tres para no cometer una estupidez. Saco mi teléfono del bolsillo trasero y marco el número de mi jefe de seguridad.

—Sr. Coppola —responde al segundo timbre.

—¿Dónde está Elaine?

—Salió a caminar, señor. ¿No se lo dijo?

—Si supiera dónde está, no te estaría preguntando. —Me paso las manos por el cabello—. ¿Salió con sus escoltas?

—No, pidió que nadie la siguiera.

La ira burbujea en mi interior como un volcán a punto de estallar.

—«¿Pidió?». Creí haber dejado claro que no la dejaran sola. ¡Está embarazada! Puede pasarle cualquier cosa y no lo sabría.

—Me disculpo, señor, pero la señorita Voronin prácticamente es mi jefa. Me atrevería a decir que su palabra tiene más peso que la suya. —Pongo los ojos como platos al escucharlo.

—¿Perdón?

—Ella es una princesa de la mafia, una futura reina; si pide algo, tengo que cumplirlo al pie de la letra, señor.

—Maldición —susurro—. Solo avísame cuando llegue y esté subiendo —le ordeno antes de colgar.

Suspiro sabiendo que tiene razón. La palabra de la «realeza» en la mafia era considerada algo bíblico. Si no se hacía lo que ellos decían, muy bien te podían meter un tiro en la cabeza, aunque sé que eso no lo haría Elaine, ella solo asesinaba cuando era estrictamente necesario, al igual que sus padres.

Aunque eso no elimina el hecho de que estaba molesto con ella, ¿acaso no podía avisar a dónde iba? ¿Un mensaje era pedir demasiado? Odiaba no saber dónde estaba, ni tener alguna forma de ubicarla, ¿y si estaba en peligro? ¿O le sucedía algo a ella o al bebé?

Obligo a todos esos miedos a regresar al lugar oscuro del que habían salido. Elaine sabía cuidarse sola, podría asesinar a un maldito ejército si quisiera, pero yo quería protegerla también, quería que dependiera de mí de alguna manera, tal como me pasaba con ella.

Regreso a la sala y me siento en el sofá, mirando cada cinco segundos la pantalla del teléfono, esperando a que un mensaje de Fabio llegue. Y cuando lo hace, una hora y cincuenta y cinco minutos después, siento que estoy por perder la puta cabeza.

Las puertas del elevador se abren y aparece Elaine, quien iba vestida con un sencillo conjunto deportivo más una de mis sudaderas. Su mirada cae en mí en cuanto da un paso fuera del elevador.

—Regresaste.

Asiento ante lo obvio.

—Y tú no estabas —la reclamo.

—Salí a caminar. —En esta ocasión, su tono no es suave, sino que sonaba a la defensiva.

—Sí, eso me dijo Fabio. También que pediste que nadie te escoltara, cuando sabes que no me gusta que estés sola cada vez que sales.

—Puedo cuidarme sola, Marcello.

Me pongo de pie y me acerco a ella.

—Eso lo tengo claro, Elaine, pero ya no eres solo tú. Tienes una vida creciendo dentro de ti, no puedes simplemente salir sin decirme a dónde vas o sin que ninguno de mis hombres te siga.

—Comprendo eso, pero no me gusta que me sigan, me pone de los nervios. —añade y suspira—. Lo intenté hace tiempo y, por cierto, fue una experiencia muy incómoda. Sin embargo, haré el esfuerzo de decirte a dónde voy, ¿eso te parece suficiente?

Balanceo la cabeza, indeciso.

—¿Ni siquiera un hombre?

Alza los hombros, exasperada.

—¡No, Marcello! Lo tomas o lo dejas, pero no tendré escoltas.

—Si acepto, tendrás que escribirme cada hora, así sabré que estás bien.

Se lleva las manos a las caderas y niega con la cabeza.

—Eso me parece excesivo.

—Es eso o pongo a cinco hombres para que sean tu sombra.

—¿Me estás chantajeando? —dice estrechando la mirada.

—Solo hago lo necesario para mantenerte a salvo —digo cruzándome de brazos sin intención de ceder.

—¡No necesito que me protejan! —grita, perdiendo la compostura—. Llevo toda la vida cuidando de mí misma, mi padre comprendió que no necesito un maldito escuadrón detrás de mí. ¿Por qué no puedes tú también entenderlo?

—Ya te hicieron daño una vez por mi culpa, casi te pierdo por mi culpa. —Tiro de las hebras de mi cabello—. Entiéndelo, no puedo vivir tranquilo cuando no sé si estás a salvo.

—¿Así que se trata de eso? ¿De expiar la culpa que sientes? —Da un paso, cerrando la distancia entre nosotros, y toma mis manos entre las suyas—. Mírame, Marcello. —Lo hago sintiéndome abatido—. Yo no te culpo de nada, todos cometemos errores, somos seres humanos y no nacimos perfectos. Nada en este mundo lo es. —Me da una tierna sonrisa que enfría la ira en mi interior—. Pero si esto es lo que necesitas escuchar, entonces lo diré. —Se estira para poder acariciar mi mejilla y agradezco de inmediato el calor de su piel—. Te perdono, Marcello. Sé que no todo comenzó con buenas intenciones, y lo digo por parte de ambos, pero lo que importa son las decisiones que tomamos después y las que nos llevaron al ahora.

Me inclino cuando tira de mi cuello para besarme y rodeo su pequeño cuerpo con mis brazos, sintiéndome completo y en completa calma.

—Te amo, Marcello. Trata de no olvidar eso cuando la culpa quiera hacerte pedazos.

Nos quedamos ahí de pie, sosteniéndonos entre ambos, y

me aferro a su cuerpo, porque ella era mi salvavidas, mi ancla. Y aunque no lo había dicho en voz alta, sí me sentía culpable por todo lo que tuvo que pasar.

Y tal vez esa culpa desaparecería con el tiempo, o tal vez la sentiría siempre.

VEINTITRÉS

Elaine Voronin Smirnova

Dos días después de la despedida de Alicia

Reviso el mensaje en el que mi madre me decía que el funeral del abuelo Dimitri sería el primero de junio. Lo había hecho la siguiente hora desde que llegó la notificación. La fecha del funeral había sido como un balde de agua fría, era como si con esto el hecho de que mi abuelo se había ido fuera más real... Cuando yo lo que más deseaba era volver a abrazarlo y poder decirle cuánto lo quería y extrañaba.

Pero el tiempo de nosotros en este mundo era tan efímero que en un abrir y cerrar de ojos podríamos estar rodeados de todos a los que amamos y al siguiente estar completamente solos, aguardando nuestro momento de partir.

El mensaje había provocado que me fuera en picada, pero no podía quedarme más tiempo en la soledad del piso o enloquecería. Por eso había decidido retomar las clases de piano. Aún había mucho que tenía que aprender de la música y aún había aspectos en los que debía mejorar para llegar a ser la mejor.

Tenía algunas invitaciones a eventos en los que se me pedía que tocara que necesitaban mi confirmación. Había puesto mi carrera en pausa y ya era tiempo que la retomara, debía reencontrar esa conexión con la música que mi mente tanto necesitaba.

—... así que démosles una cálida bienvenida a la señorita Voronin. —El sonido de varios aplausos me saca de mis pensamientos.

Sonrío ante los estudiantes, risueños y nerviosos, que se acercan a saludarme. El Teatro Bolshói era el más reconocido en todo Moscú. Los niños dotados en el arte de la música eran enviados aquí cuando un estudio común y corriente no podía enseñarles lo necesario para que fueran exitosos, o al menos eso era lo que siempre decía Pavel Grigorev, mi instructor de piano.

Miro por encima del hombro para encontrarme con el ceño fruncido de Marcello y los puños apretados; por la mañana habíamos discutido de nuevo sobre los guardaespaldas y no pudimos llegar a un acuerdo en el que ambos estuviéramos satisfechos. Comprendía su necesidad de protegerme, pero él debía entender que nunca había sido una damisela en apuros y que nunca lo sería. No importaba toda la mierda que había pasado, yo era fuerte, mis padres me habían enseñado a serlo.

Al final de la discusión, cuando le dije que llegaría tarde a mi clase, se subió al coche y se empecinó en llevarme. Después se encontraría con su hermano para así terminar todo con Fiorella. Estaba molesto, eso lo sabía, pero era otra cosa lo que lo molestaba ahora. Quita la mirada de algún punto a mi espalda y se encuentra con la mía... El gris oscuro de sus ojos era un caos, un caos que siempre me atrapaba y atraía, un caos del que no quería escapar.

Los latidos de mi corazón se aceleran cuando da un paso hacia mí y yo doy uno a donde él estaba: éramos como dos imanes que eran constantemente atraídos hacia su otra mitad... Pero como los orgullosos que éramos, retrocedemos, negándonos a ceder a ese anhelo y deseo. Sí, tal vez este sería el mayor obstáculo entre nosotros.

Lo veo irse con los hombros tensos y en ningún momento mira hacia atrás. Era posible que, cuando ambos nos hubiéramos calmado, las cosas se arreglaran.

Regreso la atención a los estudiantes y mi instructor; pasamos un rato hablando de cómo ha sido todo el proceso y la aventura de tocar en teatros y viajar por el mundo. Aliento a los estudiantes a que no se rindan, que si es de verdad lo que aman y quieren hacer toda la vida, entonces que luchen por ello con todo lo que tienen.

Todo va bien hasta que Pavel me pide que toque algo y les enseñe a los estudiantes un poco de lo que era ser una estrella.

Un nudo se formó en mi garganta al escucharlo llamarme así. Solo una persona lo había hecho en toda mi vida, y ahora ya no estaba para recordarme que yo podía brillar, sin importar cuántas personas trataran de apagarme.

—¿Qué les gustaría escuchar? —pregunto con una tensa sonrisa en los labios, queriendo postergar el momento de tocar lo más posible.

Una cosa era tocar en la soledad del estudio, en la casa de mis padres o en el piso o para Marcello, pero hacerlo de nuevo ante una multitud me daba miedo... y no sabía por qué.

Miro entre los estudiantes cuando varios saltan en un coro de voces, pidiendo la *Sonata Op.27 No.2 Moonlight* de Beethoven. Entonces, termino asintiendo con una sonrisa y ocupo el banquillo frente al piano.

Pavel se acerca y se sienta a mi lado para acomodar las partituras. Esta pieza había sido una de las primeras que aprendí, así que había algunas partes que no estaban tan frescas como diez años atrás.

—¿Lista? —me pregunta con una sonrisa.

Asiento y respiro hondo antes de comenzar; los músculos de mis hombros se tensan, al igual que mi espalda, cuando las primeras notas inundan el teatro... Cierro los ojos, tratando de evocar los buenos recuerdos que tengo de tocar en este escenario y en los muchos otros que he estado, pero estos se ven bloqueados por otros más fuertes que solo me provocaban dolor.

Mi abuelo a mi lado viéndome tocar...

Yo enseñando a mi abuelo y él tocando...

Nosotros en un teatro porque yo quería ver cómo eran por dentro...

Él acompañándome a las clases de piano y aplaudiendo cada vez que terminaba una pieza...

Observar el orgullo en su mirada mientras me veía tocar...

Una lágrima resbala por mi mejilla, luego otra; dejo de tocar cuando se me hace imposible respirar. Me pongo de pie antes de que mi cerebro sea capaz de dar la orden y corro sin ver nada en realidad. Creo escuchar a alguien gritando mi nombre, pero no miro hacia atrás, solo huyo, queriendo reprimir todos los recuerdos y los sentimientos.

Llego al baño y cierro la puerta, me desplazo a una esquina y llevo las piernas contra mi pecho mientras mi respiración sale en una clase de silbido. Mi corazón latía sin control alguno hasta el punto de comenzar a molestarme, me sentía débil y mareada, y ahora solo quería cerrar los ojos y olvidarme de todo.

Cierro los ojos e intento contar hasta tres, busco en el bolsillo de mi pantalón de vestir mi teléfono, y cuando lo encuentro, dejo salir una respiración temblorosa. Con la vista borrosa, marco el número de Marcello, pongo el aparato contra mi oreja y cuento cada segundo que demora en responder.

—¿Estás bien, *mio cuore*? —pregunta con tono preocupado.

—¿Pue.. puedes ve... venir? —tartamudeo al borde de otra ola de lágrimas.

—¿Qué ha pasado?

—Te necesito, por favor.

—¿Dónde estás? —Hay un sonido de fondo que no logro descifrar, pero su tono era apresurado.

—En el baño.

—Quédate ahí, bonita. Voy por ti. —Cuelga la llamada, dejándome sola con mis pensamientos.

Me pierdo en los dolorosos recuerdos hasta que creo desmayarme o quedarme dormida.

—¿Bonita? Despierta, por favor. —Frunzo el ceño ante una voz.

Me remuevo contra algo duro y cálido, y cuando inhalo, percibo su olor.

—*Mio cuore*, por favor. —Su suave súplica me acelera el corazón y tranquiliza mi mente.

La luz me ciega por unos segundos cuando abro los ojos, seguía en el baño, pero ya no estaba sentada en el suelo, sino en el regazo de Marcello, quien acariciaba mi pelo con suavidad.

—Marcello —susurro contra la curva de su cuello—, viniste —digo al borde de las lágrimas.

—Siempre vendré por ti, bonita. —Besa mi frente—. ¿Qué pasó? ¿Quieres decirme?

Asiento y me alejo, solo lo suficiente para verlo a los ojos.

—No pude tocar —digo, ahogando un sollozo—. Solo vi a mi abuelo mientras lo intentaba y no pude. —Lloro contra su pecho, sintiéndome débil—. Duele demasiado.

Me abraza y me mece suavemente hasta que mis sollozos y gimoteos disminuyen.

—Lo sé, *mio cuore*, pero puedes usar esos recuerdos para salir adelante. Puedes utilizar la música para sentirte cerca de él, no tiene por qué ser doloroso. —Aparta con ternura los mechones de mi frente—. ¿Crees que le gustaría ver a su pequeña estrella sin poder tocar? —Niego contra su palma cuando me acaricia la mejilla—. Entonces, sigue tocando por ti y por él, dale un nuevo significado a la música. No dejes que lo que pasó te arrebate más cosas —añade y besa mi nariz con delicadeza.

Medito un par de minutos en silencio, dándome cuenta de que tiene razón. La música era algo que siempre compartí con mi abuelo y podía usarla para sentirlo cerca, y no este dolor que sentía que me haría pedazos.

Debía tomar el miedo que sentía y el dolor para impulsarme y brillar, tal y como me dijo aquella vez hace diez años.

—Gracias —susurro—. Y lo siento por esta mañana.

Niega suavemente y me da una pequeña sonrisa.

—Sé que hay muchas cosas en las que no estaremos de acuerdo y que tenemos caracteres muy similares, pero prefiero discutir contigo todos los días y luego encontrar la manera de arreglarnos que tenerte lejos. —Sonrío—. Ambos estamos aprendiendo a cómo llevar lo que tenemos y sé que el tiempo volverá todo más fácil.

—Estoy de acuerdo. —Estiro la mano y acaricio su mejilla, cierra los ojos ante el contacto—. ¿Estás bien? ¿Ya está hecho lo de Fiorella?

Él asiente.

—Estoy seguro de que ahora mismo se encuentra en el infierno —dice—, que es el único lugar al que pertenece.

—Quisiera que las cosas pudieran ser de otra manera —

contesto, ya que, después de todo, él y Camillo habían matado a sangre fría a la mujer que era su madre.

—Yo no, ya había hecho suficiente daño. A todos nosotros. —Me pincha la mejilla—. Hay algo de lo que me gustaría hablar. —Alzo una ceja, instándole a continuar—. No me gusta cómo te mira tu instructor, estoy seguro de que le gustas.

No puedo evitar reír ante lo que dice.

—Dejaré esta discusión para mañana, estoy muy cansada y solo quiero ir a casa para poder dormir un rato contigo.

—Bien —dice, poniéndose de pie conmigo en brazos—, pero si llega a intentar algo... —Pongo un dedo sobre sus labios, evitando que continúe.

—Para mañana.

Lo beso con ternura, agradeciéndole en silencio por las palabras que me ha dicho y por haber venido por mí sin dudarlo a pesar de que habíamos peleado. Ahora tenía la certeza de que no importaba si las cosas se ponían mal entre nosotros en un futuro, él siempre vendría por mí.

Y así nunca necesitara protección, o incluso sin que fuera una damisela en apuros, él siempre sería mi héroe.

VEINTICUATRO

Elaine Voronin Smirnova

Horas después del funeral de Dimitri

E l almuerzo familiar era una tradición que tenía la gran mayoría de personas en el mundo, había algo reconfortante en comer con la familia después de enterrar a un ser querido. Las risas, las lágrimas, las anécdotas... incluso las bromas, todo eso era parte del duelo y era una forma de al fin aceptar que la persona que hemos perdido ya no regresará.

Personalmente, odiaba los funerales y estos almuerzos, no eran más que un claro recordatorio de que así como hoy sepulté a mi abuelo, en un futuro sepultaría a mis padres, a mi abuelo Lucios o, Dios no lo quisiera, a mi hermana.

Así que, después de regresar a las Siete Colinas, me fui de inmediato a mi antigua habitación. No tenía ánimos para socializar y mucho menos para escuchar más palabras como «lo lamento» o «siento tanto tu pérdida». Me sentía como una mala hija por solo centrarme en mi dolor, de seguro mi padre o mi abuelo Lucios lo estaban pasando peor, pero mi cuerpo y mente ya no daban para más.

Me desplomo sobre la cama, abrazando mi vientre. El frío dosel me eriza los vellos al hacer contacto con la piel desnuda de mis brazos. Cierro los ojos. tomando una profunda respiración. Había tenido una pequeña discusión con Marcello sobre mi instructor de música, me resultaba difícil creer que el hombre que me conocía desde pequeña tuviera algún interés amoroso o sexual en mí, pero a pesar de que no se lo había concedido, estaría alerta ante las atenciones de Pavel.

Estos últimos días habían sido una prueba para nosotros. Éramos la clara muestra de la formación de una pareja con una base hecha por la lujuria, pero adoraba los desafíos, y sin duda lucharía por el hombre que sería mi esposo. No solo porque lo amaba, sino porque él era padre de mi bebé, y no sería la responsable de que no tuviera a su padre presente.

Las relaciones amorosas no eran sencillas, eso me dijo mi padre una vez después de contarme la historia de él y mamá por enésima vez. Que el amor era una lucha constante, que había desafíos y una infinidad aterradora de pruebas, pero que lo más importante que había que tener para enfrentarlas y superarlas era un frente unido, y sobre todo amor. Eso era lo que los había salvado más de una vez a ellos a lo largo de su historia.

Y aunque existía la posibilidad de que en un futuro tuviéramos un gran problema y yo quisiera separarme, sabía que él no me dejaría ir jamás. Lo había dejado claro suficientes veces.

Me sobresalto al escuchar un golpe en la puerta, frunzo el ceño y me acerco con cuidado. El que estuviera en mi casa rodeada por el mejor sistema de seguridad del mundo y con un grupo de hombres y mujeres que no dudarían en dar su vida por mí, no eliminaba el hecho de que ahora mismo mi casa estaba llena de mafiosos, narcotraficantes y asesinos..., no quitaba el hecho de que siempre corría el riesgo de ser atacada, incluso por mi propia gente.

—¿Sí? —pregunto con vacilación, lista por si era atacada.

—Soy Alicia. —Me relajo de inmediato al escuchar la voz de mi hermana.

Le quito el seguro a la puerta y me hago a un lado para que pase.

—¿Estás bien? —pregunta en cuanto nos sentamos en la cama.

Su mirada estaba teñida de preocupación, al igual que su voz.

—Lo estoy, solo que no es fácil —susurro.

Me acaricia el brazo antes de pasar el suyo por encima de mis hombros y acercarme en un abrazo.

—Sé que nunca tuve la conexión que ustedes tuvieron, pero comprendo cómo te sientes. Él y el abuelo Lucios fueron como nuestros segundos padres. Cada vez que papá y mamá tenían que viajar y no podían llevarnos, ellos eran siempre los que nos cuidaban. —Sonrío ante los recuerdos que me llegan de esos tiempos—. Ellos siempre nos protegieron tanto como pudieron de este mundo, así como lo hicieron con sus propios hijos. Fuimos las niñas de sus ojos, las hijas que nunca tuvo el abuelo Dimitri, y por eso sé que él no se arrepentiría ni un segundo de lo que hizo. —Me limpia una lágrima que se había escapado—. Ahora mismo está en el cielo, en calma, y seguro queriendo reñirte por llorarlo. Sabes que no le gustaría eso.

Asiento, sabiendo que tiene razón, él no era muy sentimental y odiaba casi todo tipo de muestras de afecto.

—Me hubiera gustado que conociera a su nieto y me viera casarme.

—Lo sé, a mí también me hubiera gustado. Pero él nos

estará observando desde el cielo, cuidándonos y guiándonos como siempre hizo.

—Gracias —susurro antes de abrazarla—. Me hiciste mucha falta estos días.

—A mí también. ¿Cómo ha ido lo de vivir con Marcello?

—Bien —digo saliendo del abrazo—, estamos aprendiendo del otro y de lo similares que son nuestros caracteres.

—Déjame adivinar, al igual que tú, es un terco, orgulloso y, sobre todo, odia ceder.

Asiento.

—Pero también odiamos seguir órdenes, nos gusta estar al mando.

—Deben encontrar un equilibrio —dice sonriendo—, me pasa a veces lo mismo con Camillo, cedo en lo que puedo, y en lo que no, lo hablamos.

—¿Cómo van tus minivacaciones? ¿Todo bien con Camillo allá contigo?

Una sonrisa ilumina su rostro y un brillo peculiar posee sus ojos.

—Creo que Camillo siempre supo lo que necesitaría. Este tiempo que he compartido con él ha sido más que agradable. Hemos aprendido cosas del otro y, más que nada, me ha hecho olvidar y sanar. Me equivoqué al pensar que quería hacer esto sola, pero me alegra que me haya encontrado.

Sonrío al ver la felicidad de su rostro, estaba feliz de no haberme equivocado al ayudar a Camillo a adivinar su paradero.

—Después de todo, las cosas encajaron en su lugar —dice al cabo de unos minutos en silencio.

—Eso aún no lo sé, ya que mi historia acaba de empezar.

Asiente con comprensión, porque a diferencia de ella, aún había muchas cosas que aún estaban por verse.

~

Cumpleaños de Alicia y Elaine

Hoy era mi cumpleaños número veinte, pero en vez de estar feliz, estaba cansada y molesta con Marcello.

¿Por qué demonios tuvo que tener razón? Ahora tenía que encontrar a otro instructor de piano.

Ayer, antes de terminar la clase y regresar a casa, Pavel se me acercó a decirme que estaba muy distraída y que le preocupaba que mi relación con Marcello estuviera afectando mi carrera. Entonces, se «ofreció» a ayudarme a despejar la mente... luego de eso, intentó besarme y yo procedí a cortarle la garganta.

Salí del maldito teatro llena de sangre, muy bien pudieron confundirme con Carrie si alguien me veía. Explicarle lo que había sucedido a Marcello no fue divertido, porque eso también implicó decirle que me había escapado de los guardaespaldas que él decidió debían cuidarme, sin importar lo que yo dije al respecto. Por su puesto, omití el hecho de que lo había conseguido gracias a Camillo, quien me ayudó a cambio de que le dijera cuáles eran las flores favoritas de mi hermana, además de que me lo debía.

Estaba furioso por lo que había intentado Pavel, mas no pudo hacer nada, ya que yo me había adelantado. Así que solo llamó a un grupo de sus hombres y les ordenó que desaparecieran el cuerpo. Luego de eso, se empeñó en decirme que había tenido razón, y que si mis guardaespaldas hubieran estado ahí, tal vez eso no habría pasado.

Yo me molesté, primero, porque como le había dicho, sabía cuidarme sola; y segundo, por más estúpido e inmaduro que fuera, porque tenía razón. Y, como cereza del pastel, lo corrí de la habitación... Sí, eso había sido estúpido, ya que no llegué a dormir una mierda. Lo que quizás se debía a que él no estaba conmigo, pero también me preguntaba si él acaso estaba teniendo el mismo problema que yo.

Salgo de la cama de mal humor y me apresuro al baño para vaciar mi vejiga, intentando no dejar la mitad del estómago en el inodoro. Cuando no lo consigo, me desplomo sobre el suelo mientras vomito. Estoy tan concentrada en la tarea que paso por alto su presencia hasta que es demasiado tarde y tengo sus manos sosteniendo mi cabello.

—Tómalo con calma, bonita. —Su susurro me cala hasta los huesos. Recordándome así una vez más el poder que no solo tenía sobre mi cuerpo, sino también sobre mi corazón.

Suspiro de alivio cuando las arcadas y el vómito se detienen, con su ayuda me pongo de pie y me lavo la boca para quitarme el mal sabor.

—Gracias —digo, atreviéndome a mirarlo.

Tenía unas profundas ojeras bajo los ojos y su ceño estaba más marcado de lo normal. Al parecer, no solo yo tenía problemas para dormir si no estaba conmigo.

—¿Te sientes bien?

Asiento, no pudiendo pronunciar palabra. El gris de sus ojos me tenía hipnotizada.

—Feliz cumpleaños, *mio cuore* —susurra y sin dudarlo se acerca a abrazarme. Yo, como la necesitada de cariño que era, me lancé a sus brazos, habiéndolo extrañado toda la noche.

Enredo las piernas en su cintura y los brazos en su cuello para sostenerme, aunque no hacía falta, ya que me tenía bien asegurada contra su cuerpo.

—Gracias, *moya lyubov'* —susurro contra la curva de su cuello, negándome a soltarlo.

—Me gusta cuando me llamas así —me contesta, sentándome sobre la encimera del lavamanos—. Me recuerda que soy tuyo y que no deseo serlo de nadie más.

Acaricia mi cintura a la vez que sus labios comienzan a reconquistar la piel de mi cuello, luego la de mi mandíbula y por último la de mis labios. Lo recibo con ansias, y esas ansias se convierten en un deseo ferviente cuando su lengua encuentra el camino a la mía.

Gimo cuando tira de mi labio inferior y enreda las manos en mi cabello para profundizar el beso. Sin pensarlo dos veces, le saco la camisa sin dejar de besarlo y araño sus pectorales, regodeándome en el triunfo cuando gruñe por el leve escozor.

Rompo el beso cuando la necesidad de oxígeno se vuelve demasiada; nos miramos jadeantes y antes de pensar en lo que estábamos haciendo, lo tenía con la punta de su miembro acariciando tortuosamente mi clítoris.

—Marcello —gimo desesperada, incitándolo a que entre.

—Me gusta más cuando dices mi nombre así y no cuando lo gritas enojada —gruñe con la cara enterrada en mis pechos—. Extrañé tenerte así.

Mete la punta, lo que me hace curvar los dedos de los pies por la necesidad de tenerlo embistiendo y estirando mi interior.

—Por favor. Por favor —suplico, sintiéndome al borde. No había mejor juego previo que la ira de una pelea.

—Conmigo no tienes que suplicar, ¿recuerdas? —gimo cuando de un solo embate me penetra—. Ni siquiera cuando peleamos. —Comienza a moverse como él solo sabía hacerlo—. ¿Te dije lo *sexy* que eres cuando te molestas?

Niego, disfrutando de sus embestidas y del sonido de nuestros cuerpos chocando.

—Sigo molesta contigo —gimo, enterrando las uñas en sus hombros, eso enloquece su respiración y sus movimientos.

—Y tu hermana no llega hasta la tarde, así que tengo toda

la maldita mañana para que sientas qué tan molesto estoy porque te hayas escapado de tus guardaespaldas.

Me levanta de la encimera por el culo y nos lleva a la ducha; me empotra contra la pared y abre la llave, dejando que el agua nos moje.

—Te dije que no los quería. —Muerdo el lóbulo de su oreja, lo que me hace merecedora de un azote en el trasero.

—Y yo dije que necesitaba saber que estabas protegida.

Comienza a moverse salvajemente, haciéndome sentir lo molesto y excitado que está.

—Puedo... cuidarme sola —digo con dificultad, sintiéndome al borde del clímax—. Le corté la jodida garganta.

—Y eso debió ser tan *sexy* —gimo al saber que le gustaba cuando me tomaba en serio mi papel como ángel de la muerte.

Beso su cuello a la vez que tiro de las hebras de su cabello... Me deshago entre sus brazos cuando el orgasmo me toma, chamuscando todas mis terminaciones nerviosas.

—Seguiré huyendo de ellos —susurro con la cara contra su pecho mientras recuperaba la respiración.

—Lo sé. —Besa la curva de mi cuello—. Y yo los seguiré poniendo detrás de ti.

—Eres un necio —protesto con una sonrisa tonta en el rostro.

—Eso ya lo escuché antes. —Me toma del cuello y besa mi clavícula—. Iremos a Italia en dos días, ahí está tu regalo de cumpleaños. —Frunzo el ceño, pero antes de que pueda decir algo más, comienza a follarme de nuevo, robándome el aliento —. Ahora continuemos, bonita. Porque apenas acabo de empezar contigo.

VEINTICINCO

Elaine Voronin Smirnova

Roma, Italia

M iro por la ventanilla del coche, fascinada con la ciudad de Roma. Habíamos aterrizado hace media hora en Italia y ahora nos dirigíamos a la casa de Marcello. Por lo que me había dicho, tenía propiedades por casi todo el país.

Habían pasado tres días desde mi cumpleaños y desde entonces había estado un tanto ansiosa y nerviosa por el regalo de Marcello. ¿Qué tenía que darme que no podía hacerlo en Rusia? Miles de escenarios me venían a la mente estando aquí en Roma, pero no quería hacerme ilusiones.

Algo que también me tenía nerviosa era que Marcello lo estaba. Desde que estábamos juntos, nunca lo había visto así. Se pasaba las manos por el cabello cada tantos minutos y tamborileaba los dedos sobre su rodilla sin parar, ni siquiera cuando fui a hacerme el ultrasonido estuvo así.

Lo que fuera a pasar en este viaje tenía el poder de afectarlo.

LA PIAZZA DI Spagna era una zona conocida por sus lujos y hermosas casas y pisos, pero nunca había tenido la oportunidad de visitar la zona a pesar de que visitaba Italia con frecuencia. Las edificaciones en Rusia eran hermosas, pero no se comparaba con la belleza de las de aquí en Italia. Había algo hipnotizador en los detalles que le ponían a cada casa o piso; era simplemente único.

—¿Te gusta? —pregunta con su suave voz a mi espalda, segundos después, sus brazos me rodean, atrayéndome a su duro y cálido pecho.

Asiento, bebiendo con la mirada cada detalle frente a mí.

—Es preciosa —afirmo.

La casa de Marcello era de dos pisos y muy espaciosa, también era cálida y hogareña. Y sin siquiera intentarlo, pude vernos viviendo aquí, criando a nuestros hijos. Era perfecto para formar nuestra familia.

—Fue un regalo de Sergei —susurra contra la curva de mi cuello y lo siento aspirar mi aroma, le gustaba hacer eso—. Solo he puesto el pie en esta casa una vez, era demasiado grande para mí. Pero espero que eso pueda cambiar ahora que te tengo a ti.

Me volteo entre sus brazos con los latidos de mi corazón acelerándose. ¿Me estaba pidiendo lo que creía que hacía?

—¿Qué quieres decir? —Me muerdo el labio inferior al encontrarme con su mirada, en esta había todo tipo de emociones, y no sabría muy bien cómo clasificarlas.

Era como si estuviera sintiendo más de lo que podía procesar. Esperaba que fuera así porque así me sentía yo.

—Deseaba pedirte esto en nuestra primera cita como una pareja normal, pero el verte aquí, en lo que podría ser nuestro hogar, es demasiado. —Ríe, sosteniendo mi rostro entre sus manos—. Comprenderé si dices que no, bonita, así que no te preocupes por herir mis sentimientos o algo. Esto lo pensé por ti.

—Marcello, solo dilo —logro decir a pesar del nudo en mi garganta.

La emoción en su voz y su mirada me estaban abrumando, me creía capaz de echarme a llorar en este preciso momento si no terminaba de hablar.

—Quiero que nos mudemos aquí. —Se relame los labios —. Sé que eres muy apegada a tu familia y que tienes toda tu vida en Rusia, pero aquí podrías empezar de cero. Un lugar con nuevos recuerdos, un nuevo inicio para nosotros, bonita.

—Pero soy una princesa de la mafia, futura reina. No puedo abandonar a mi familia de esa manera.

—Eso lo tengo claro, *cuore*. —Me mira con ternura—. Pero podrías reinar desde aquí y Alicia desde Rusia, tendrían dos territorios bajo su poder.

—¿Pero mis tíos? Ellos son los líderes de la mafia italiana, si me mudo aquí, ellos ya no serían vistos como eso. Acudirán las personas a mí y esperarán que yo tome las decisiones con respecto a este país cuando por derecho y deber debo hacerlo en Rusia. —Se me estruja el corazón cuando veo que la emoción en sus ojos se apaga un poco—. No soy italiana, *moya lyubov'*, soy rusa y me verían como una clase de impostora si tomo el puesto de mis tíos aquí. Mi tío Lorenzo luchó mucho para estar donde está y no voy a quitarle todo lo que ha logrado.

—Pero eres una princesa de la mafia, podrías gobernar donde quisieras. —Esta vez soy yo quien lo mira con ternura.

—Sí, lo soy, pero por algo existen las leyes en este mundo, para mantener un equilibrio entre los poderes. Nosotros, la realeza, solo intervenimos cuando es necesario, llegamos a otro país sin permiso solo si la situación lo exige, pero del resto, nos limitamos a ayudar a quienes nos los piden y a mantener en orden nuestro territorio. Si me mudo aquí, las personas podrían verlo como que la familia Voronin Smirnov está tratando de tomar el poder de todas las familias y suprimirlos.

Asiente, comprendiendo mi punto.

—¿Y si es solo temporalmente? —La emoción regresa a su rostro—. Quiero decir, solo hasta que pueda mover por completo la empresa de Sergei a Rusia. Y aquí en Italia también hay muchos teatros que matarían por tenerte, verte y escucharte tocar. Sé que amas la música y que también te tomará un tiempo encontrar ese equilibrio dentro de ti, pero podemos hacerlo, ¿no?

Analizo la situación por unos minutos antes de responder. Si era solo por un tiempo, no habría problema, podía volar a Rusia cuando mis padres me necesitaran y me mantendría alejada de los asuntos de mis tíos. Solo acudiría si ellos me necesitaran. Además, aún faltaba para que a Alicia y a mí nos nombrarán reinas de la mafia, y por ende, a Camillo y a Marcello como reyes de esta. Así que no habría problema si dejaba Rusia de forma temporal.

—¿Cuánto tiempo te tomaría mover la empresa?

—Tal vez un año o un poco más; Camillo manejará la sucursal que se abrirá en Moscú y yo la principal, además de que tengo otro tipo de negocios aquí que debo cerrar por completo para que no me den problemas en un futuro.

—El narcotráfico, ¿no?

—Y el póker. —Sonríe con picardía—. ¿Entonces un año y medio te parece bien?

Asiento con una sonrisa en el rostro.

—En ese caso... —dice y se inclina, dejando un suave beso

en mis labios—, bienvenida a casa, *mio cuore* —susurra antes de volver a besarme.

~

EL VESTIDO ACENTUABA mis pechos y cintura; la tela era brillante, una combinación de azul con morado. Era precioso y había sido la elección de Marcello. Me gustaba lo que veía en el espejo, mi cabello caía en suaves ondas y el maquillaje era ligero y elegante. El vestido caía hasta terminar en una corta cola que le daba cierto glamur.

Me pongo de lado y observo mi vientre, ya tenía seis semanas y contaba cada segundo para que se cumplieran las doce. Aún no se notaba, pero esperaba ansiosa el día en el que me levantaría y vería mi vientre hinchado, prueba de que en mi interior crecía una cosita hermosa a la que moría por conocer.

—Te ves hermosa. —Me doy la vuelta al escucharlo, y cuando lo veo, me aletea el corazón en el pecho.

Estaba usando un traje de tres piezas totalmente negro, lo que le daba cierto aire peligroso. El gris de sus ojos se veía más oscuro de lo normal, lo que me cautivó de inmediato. Marcello era un hermoso demonio esculpido por los mismos dioses, lo que lo hacía la trampa perfecta para todas sus víctimas. Era lo que a mí me había hecho caer en primer lugar.

—Tú estás increíblemente guapo. —Mis mejillas se calientan al repasarlo con la mirada otra vez, el traje acentuaba sus músculos, músculos que yo había estado explorando solo un par de horas atrás—. ¿Es muy necesario salir? —pregunto, haciéndole ojitos, lo que lo hace reír.

Elimina la distancia entre nosotros en un par de zancadas y me rodea la cintura, atrayéndome a su pecho.

—Lo es —dice y besa mi mejilla—, pero te prometo compensar las horas que pasemos afuera.

—¿Cada segundo? —susurro mirando entre sus ojos y boca, solo nos separaban unos milímetros, y quería torturarlo.

—Y cada nanosegundo también. —Acaricia mi cuello para luego rodearlo y atraerme a su boca en un beso caliente y desenfrenado. Era alucinante como podíamos pasar horas en la cama y seguir deseando más del otro. No teníamos suficiente, y no creía que el tiempo cambiara eso.

Con su mano en mi cuello, me guía hacia atrás hasta que el frío espejo toca mi espalda a través de los delicados tirantes que ajustaban el vestido a mi espalda. Deja mis labios para besar mi cuello, levanto una pierna y la anclo a su cintura, deseando que las prendas desaparezcan entre nosotros. Siento su dura erección contra mi estómago cuando me presiona contra el espejo.

—Si no sales ahora mismo por esa puerta, haré mierda este vestido, al igual que tu maquillaje y cabello. —Gimo ante la excitación de su voz—. Así que sal de la habitación, Elaine —ordena.

Lo miro a los ojos con la respiración acelerada, quería que se olvidara de todo y me follara, pero también me había dado cuenta de que esta noche era importante para él. Por eso, de los dos, debía ser la voz de la razón. Me alejo de su cuerpo con todo en mi interior protestando y sin volver a mirarlo paso a su lado y salgo de la habitación.

—Buena chica —añade cuando me alcanza en las escaleras.

Y solo escucharlo envía una punzada a mi sexo: necesitaría todo el autocontrol que no tuve cuando lo vi en persona por primera vez.

~

EL TEATRO COSTANDO ERA CONOCIDO en Roma por ser el más famoso para escuchar ópera. Nunca había escuchado ópera, pero para esta noche Marcello había reservado el palco más cercano al escenario, para que así pudiera ver y escuchar a la perfección.

De todo lo que me había imaginado, esto era lo último, si se me hubiera pasado por la mente, claro estaba. El lugar era precioso, tenía un lujo que iba más allá del oro o los diamantes, era un lujo que solo lograba expresar la realeza, pero no como yo o mis padres, sino la verdadera ante los ojos del mundo y la ley.

Marcello me observó durante los segundos que admiré todo, esa era su forma de saber si algo me gustaba o no, demostraba lo bueno que se había vuelto leyéndome.

La intensidad de las luces disminuye hasta que lo único que sobresale es la mujer en el escenario, luciendo un vestido blanco de seda. Parecía casi un ángel, y cuando comenzó a cantar, me sentí en el cielo.

Observo fascinada las notas que lograba entonar, y cómo cada melodía que cantaba se expresaba en su rostro. Era hipnotizante ver cómo proyectaba lo que sentía a través de la música.

—Así te ves tú cuando tocas —me susurra Marcello al oído, sobresaltándome—. Le pones la misma pasión y amor que ella. Y sabrías lo hermosa y perfecta que eres tocando si tan solo pudieras verte a través de mis ojos.

Se me empaña la vista y aparto la mirada de la mujer para posarla en él, mas todo pensamiento se detiene cuando lo veo.

Estaba arrodillado frente a mí con una cajita de terciopelo negra en la mano, y dentro de ella había un anillo de compromiso.

—¡Oh, Marcello...! —exclamo al borde de las lágrimas.

—Pasé horas pensando en la mejor manera de pedírtelo,

pero lo cierto es que soy un desastre para ser romántico. —Ríe con la mirada brillosa—. Este tiempo que he pasado contigo no ha sido suficiente, Elaine, así que te pido que me permitas pasar una vida a tu lado. Te pido que me permitas secar tus lágrimas, poner una sonrisa en tus labios, que me permitas poder llamarte mi esposa... Que me permitas llamarnos familia. — Cubro mi boca con una mano mientras asiento sin parar, su sonrisa se ensancha y dos lágrimas corren por sus mejillas—. ¿Quieres casarte conmigo?

—¡Sí! —grito y me lanzo a sus brazos, ignorando por completo dónde nos encontrábamos.

Ambos caímos al suelo, pero eso no podría importarme menos, porque ahora lo único que quería era besar a mi prometido.

—Te amo tanto, *mio cuore* —susurra con la voz ronca por las lágrimas contenidas.

—Y yo a ti, *moya lyubov'*.

Lo beso con todo el amor que tenía para él, lo beso con cada fibra de mi ser latiendo solo y únicamente para el hombre que sería mi esposo.

Ignoramos el resto de la función. Solo nos quedamos sentados sobre la alfombra, abrazados el uno al otro y besándonos, disfrutando de este precioso momento.

—¿Por qué aquí? —le pregunto, observando cómo juega con mi mano izquierda, donde ahora había un anillo de oro con un hermoso diamante rosa, que gritaba ante los ojos de todo el mundo que pronto sería la señora Coppola.

—Quería que pudiéramos bautizar un lugar como nuestro, y me pareció correcto que fuera uno donde ninguno de los dos hubiera estado antes —contesta—. Así podríamos cerrar por completo el pasado y solo concentrarnos en el futuro.

—Un nuevo punto de inicio —digo, comprendiendo.

—Uno en el que ambos estamos igualados y no hay artimañas de por medio.

Río.

—Siempre habrá artimañas en su vida, Sr. Coppola. Me gusta jugar sucio para conseguir lo que quiero.

—¿Qué tan sucio? —pregunta, besando la curva de mi oreja con cariño.

—Así de sucio —susurro contra sus labios mientras llevo la mano a su miembro y lo aprieto, arrancándole un gemido—. Ahora vámonos a casa, me debes largas horas en la cama.

—Lo que la jefa diga.

Niego y vuelvo a besarlo, sintiéndome feliz. Sin importar como comenzó todo, amaba este nuevo punto de partida entre nosotros, significaba un mejor futuro que el pasado que tuvimos.

Sin planes, engaños o mentiras.

Solo nosotros.

VEINTISÉIS

Elaine Voronin Smirnova

Rusia, seis semanas después

Había un pitido ensordeciendo mi audición y empeorando mi dolor de cabeza. Me sentía mareada y muy cansada, como si no hubiera dormido en horas o días.

Estiro las piernas, sintiendo el frío del suelo contra mis piernas desnudas... Abro los ojos con el miedo atando una soga invisible en mi cuello y quitándome el oxígeno.

—No. No. Otra vez no —*sollozo y me voy contra la pared en un intento por despertar*—. Solo es una pesadilla. Solo es una pesadilla... —*Llevo las piernas a mi pecho y comienzo a mecerme hacia adelante y hacia atrás, una y otra vez, con la mirada desorbitada.*

Jadeo por aire cuando la soga invisible se aprieta y las sombras comienzan a acercarse. Acechándome y atormentándome... Me llevo las manos a la cabeza cuando el susurro incesante de las voces llega...

No pudiste salvar a tu abuelo...

Dejaste morir a tu hijo...

Sacrificaste a tu esposo...

Sollozo al ver el cuerpo de mi bebé en mis brazos y el cuerpo inerte de Marcello a mis pies...

Los acuno a ambos en mi pecho sin dejar de llorar.

—Por favor, no me dejen... Perdónenme, por favor. Pero no me dejen. —Miro el rostro sin vida de Marcello, el gris de sus ojos estaba muerto, no había esa chispa que siempre lo acompañaba —. No me dejes, por favor. Tú no, moya lyubov'.

Eres una cobarde...

No luchaste...

Los dejaste morir a todos...

—¡Ya cállate!

—¡Elaine! —El grito ahogado de Marcello me hace abrir los ojos de golpe.

Tan rápido como mi mente me lo permite, salgo de la cama con las piernas temblorosas..., todo en mí temblaba debido al miedo que esa pesadilla lograba provocarme. Cuando logro mirar más allá de mis manos, me encuentro con Marcello, quien me miraba preocupado.

—Bonita, necesito que me cuentes esa pesadilla. —El dolor en su mirada se filtra a través de su voz—. Por favor, Elaine, no puedo verte sufrir así y no hacer nada para ayudarte —susurra.

Ladeo la cabeza, tratando de mantener a raya mi propio dolor, pero no debía aparentar ser fuerte frente a él. Juntos éramos solo nosotros.

—Al parecer, sí necesito que alguien me proteja —le contesto antes de regresar a la cama y meterme entre sus brazos, que no dudan en envolverme y esconderme del mundo exterior.

—Por favor, *mio cuore.* —Me acaricia la mejilla, llevándose la humedad restante que habían dejado las lágrimas.

Tomo su mano y la entrelazo con la mía, en el proceso, la luz de la luna que se filtra por el ventanal hace brillar el diamante de mi anillo de compromiso. Era mi recordatorio de que ese sueño era una simple pesadilla, ya que ahí no tenía mi anillo, en la realidad sí.

—Siempre es el mismo lugar, es como una clase de sótano, y estoy encadenada a una de las paredes. También hace mucho frío..., es como si la muerte rondara cerca. —Me estremezco y Marcello me aprieta contra su pecho, recordándome que estaba aquí con él y que estaba a salvo—. El lugar se parece mucho a donde me tuvo Fiorella, pero ya no aparecen los hombres que me retuvieron, ahora escucho voces.

—¿Voces? —Asiento.

—Son las voces de mis padres, Alicia, Lucios y Camillo —susurro de nuevo al borde de las lágrimas. Las palabras que decían eran crueles, pero lo que lo hacía más doloroso era que lo dijera mi familia—. Repiten, en una clase de coro, que dejé morir a mi abuelo, a mi hijo y a mi esposo. Que soy una cobarde. Que no luché... Y lo que lo hace más horrible es que tienen razón.

Tenía claro que la muerte de mi abuelo sería algo que nunca podría dejar atrás, pero la culpa, esto que me oprimía el pecho y me impedía respirar en ocasiones, era algo a lo que tenía que hacerle frente o me consumiría hasta dejar una cáscara vacía, y mi bebé y Marcello no merecían eso. Yo no lo merecía.

—Bonita. —Lo miro a los ojos al escuchar lo rota que sonaba su voz—. No es tu culpa —susurra con la mirada anegada en lágrimas—. No sabes lo que me duele verte torturándote de esta manera, escuchar como gritas y lloras mientras tu propia consciencia te retiene en un lugar al que ni yo logro llegar a tiempo para salvarte del dolor. Daría hasta lo que no tengo para protegerte de toda la culpa que te carcome.

Le doy un apretón en la mano, preparándome para contarle la última parte del sueño.

—También te veo a ti y a nuestro bebé. Ambos están muertos y yo los abrazo, rogándoles que no me dejen. Que tú no me dejes.

Con delicadeza, me toma del mentón y me hace mirarlo.

—Estoy aquí contigo. —Pone la mano sobre mi vientre, ligeramente abultado, y lo acaricia—. Y nuestro bebé también lo está. No iremos a ningún lado, ¿y sabes por qué? —Asiento, mas eso no lo disuade de recordármelo—. Porque te amamos y nada hará que eso cambie.

Rodeo su cuello con los brazos y lo abrazo con fuerza, queriendo fundirme en su cuerpo para así nunca perderlo.

—Todo está bien, *mio cuore*. Nunca vas a perderme y yo nunca te dejaré ir, no importa qué pase. —Asiento sin querer soltarlo—. Creo que deberías hablar de lo que sientes con alguien que te ayude a procesarlo.

—¿Un psicólogo? —pregunto.

—Sí, tal vez eso haga desaparecer por completo las pesadillas.

Lo medito un momento en silencio, pero tenía razón, hablarlo con alguien me ayudaría a desahogarme. Tal vez eso era lo que necesitaba para poder continuar mi vida sin la culpa, siendo una piedra en mi zapato.

—Está bien. Lo haré.

—¿Quieres que vayamos mañana después de la consulta con la ginecóloga?

—No, cuando estemos en Italia.

—Elaine, eso será después de la boda, y para eso faltan dos meses.

—Si comienzo las sesiones aquí, después tendré que cambiar de psicólogo, y no quiero que mis padres lo sepan, no quiero que se preocupen.

—¿Y Alicia? ¿No se lo dirás?

Niego.

—Ella ya sabe que lo estoy pasando mal, no necesito preocuparla más.

—Elaine —dice en tono de advertencia, era claro que estaba en contra de lo que yo decía.

—Por favor, te prometo que en cuanto aterricemos en Italia tendré la primera sesión con el psicólogo.

—¿Lo juras? —pregunta en tono inseguro.

Salgo del escondite que me proporciona su cuello y lo miro a los ojos para que vea la determinación en los míos.

—Lo juro.

Aprieto la mano de Marcello mientras caminamos por el pasillo que nos llevaba al consultorio de la doctora Natascha. Tenía doce semanas exactas y estaba nerviosa, ansiosa y feliz, hoy podría escuchar los latidos de mi bebé y sabría si es uno solo, gemelos o trillizos.

Cuando llegamos a la recepción, estoy casi dando saltos de la emoción. Hoy solo había otra mujer aparte de mí, así que tomo asiento frente a ella a esperar a que me llamen, y cuando lo hacen, siento como mi corazón se acelera expectante por las noticias que recibiría en cualquier momento.

—Muy pronto tendrá que decir señora Coppola, «doc» —dice Marcello en cuanto entramos al consultorio.

Los ojos de Natascha se abren con sorpresa y busca de

inmediato mi mano izquierda. Una cálida sonrisa extiende sus labios al ver el anillo de compromiso.

—Muchas felicidades, querida. A usted también, Sr. Coppola. —Mi prometido asiente en reconocimiento—. Tu madre debe estar muy feliz —dice guiándome a la camilla.

—Lo está. —Sonrío al recordar lo feliz que se pusieron ella y Alicia al ver el anillo, ambas gritaron hasta que a todos en la habitación le comenzaron a doler los tímpanos. Mi tía Roxanne también se había puesto como loca, comenzó junto con mamá a iniciar los preparativos de todo.

Papá, por otro lado, me había abrazado y preguntado si esto era lo que quería. Cuando le dije que sí, me sonrío y me susurró que si quería huir el día de la boda, o antes, que solo se lo dijera y él se encargaría. No pude hacer más que reírme cuando vi el ceño fruncido de Marcello y la sonrisa divertida de papá.

—¿Están listos para escucharlo? —pregunta Natascha con una sonrisa en el rostro cuando tiene el ecógrafo preparado y el ordenador en donde podríamos ver al bebé.

—Listos —digo, apretando la mano de Marcello.

Los vellos de mi cuerpo se erizan cuando echa el gel para ultrasonido en mi vientre y pasa el ecógrafo. Miro la pantalla cuando aparece una imagen en blanco, negro y gris. Había una forma con tonalidades blancas y grises..., pero esta se veía un poco extraña.

—¿Ese... ese es mi bebé? —susurro conteniendo las lágrimas.

—Así es —responde Natascha, pero sin esa emoción de hace unos minutos—. Esta es la cabeza del bebé y el resto de su cuerpo, pero si miras aquí —añade y señala otra sombra detrás del bebé—, te darás cuenta de que hay algo más.

—¿Otro bebé? —pregunta Marcello con la voz pastosa.

—Eso ya lo veremos.

Y en segundos, dos hermosos latidos inundan la habitación.

—Oh, Dios —sollozo y pongo la mano por encima de mi vientre, fascinada por el sonido—. Tendremos dos bebés. —Lloro mirando a Marcello, quien tenía las mejillas húmedas y miraba la pantalla hipnotizado.

—Dos bebés —murmura—. Dos «mini» tú. —Sonríe y se arrodilla hasta quedar a la altura de mi rostro—. Dos personitas más que podrán recordarte lo increíble que eres.

Lloro con una sonrisa en el rostro y vuelvo a mirar la pantalla, no podía ver del todo a mi otro bebé, pero esperaba poder hacerlo en la próxima ecografía.

—¿Quieren una foto? —pregunta Natascha con la sonrisa de regreso en el rostro.

—Sí, por favor.

Tenía que enseñárselas a mi familia cuanto antes. Se pondrían muy felices de saber que no solo tendríamos otro nuevo miembro en la familia, además de mi futuro hermano, sino que tendríamos dos.

—Muchas felicidades a ambos —dice Natascha antes de salir de la habitación y dejarnos solos.

El beso de Marcello me toma desprevenida, pero no dudo en devolvérselo, ni de rodear su cuello con mis brazos para atraerlo hacia mí. El beso sabía a nuestras lágrimas y felicidad, seríamos una familia de cuatro. Tendría dos pequeños y hermosos bebés.

—Gracias, Marcello. Gracias por hacer uno de mis sueños realidad —susurro sobre sus labios cuando rompo el beso.

—Gracias a ti por darme la familia que siempre anhelé. —Besa mi nariz—. Te amo, mi bonita. Lo hago con mi vida entera.

—Y yo a ti. Con cada pedacito de mí.

No sé cuánto tiempo nos toma salir del consultorio, pero cuando lo hacemos, soy la persona más feliz del mundo.

VEINTISIETE

Elaine Voronin Smirnova

10 de septiembre
Rusia

L os últimos dos meses habían sido un completo sueño hecho realidad; si me hubieran dicho meses atrás que terminaría casándome y siendo madre de gemelos, no lo hubiera creído. Hace solo un par de días Marcello y yo supimos que esperábamos a dos hermosos niños: Nico y Maxim. Estaba feliz y había llorado cuando la doctora Natascha nos los dijo. Marcelo también me había prometido que lo seguiríamos intentando hasta tener a nuestra pequeña Aster, y sabía que sería así.

En cuanto a nuestra relación, aún seguíamos teniendo nuestros roces y discusiones. En más de una ocasión nos fuimos a dormir sin hablar, pero despertábamos uno sobre el otro. Era difícil estar mucho tiempo molesta con él, es como si me negara a hablar con una parte de mí misma. También aprendimos que en algunas cosas tenemos que ceder, como en ciertas peticiones que dejarían al otro tranquilo si aceptamos. Por eso accedí a tener guardaespaldas. Su preocupación por mí era constante y el que me enviara un mensaje cada media hora para saber cómo estaba era prueba de ello. Además, su instinto protector se volvió más intenso a medida que el embarazo avanzó, temía que alguien intentara algo contra mí y nuestros bebés.

No quería preocuparlo más de lo que ya lo hacía.

Por otro lado, mis clases de piano habían mejorado, podía tocar más de una pieza sin terminar llorando y temblando. Mi nueva instructora, Ekaterina Kusmina, era una señora de unos setenta años y de carácter fuerte, pero me gustaba. Me presionaba hasta que dejaba lo mejor de mí en cada pieza, me impulsaba a ser mejor que antes, y eso era justo lo que necesitaba. Y en cuanto a las pesadillas, estas no habían desaparecido, pero tampoco habían empeorado, lo cual era alentador. Más de una vez Marcello estuvo a punto de llevarme a la fuerza a un psicólogo, pero le aseguré que podía con ello, aunque las lágrimas y los gritos lo hacían dudar de dejar esta decisión en mis manos.

Pero así como yo cedí con lo de los guardaespaldas, él lo hizo con esto, necesitaba tener el control o perdería la cabeza.

Un toque en la puerta me saca de mis pensamientos y me hace regresar a la realidad, al día de hoy, a mi boda. Me casaría con Marcello y sería la señora Coppola. Solo de pensar en cómo sonaría «señora Coppola» saliendo de sus labios cuando estuviera dentro de mí me erizaba la piel. Las hormonas del embarazo me volvían más caliente de lo que ya era.

—¡Pase! —grito para que quien sea que esté afuera entre a mi habitación.

Me pongo de pie cuando veo a mi tía Roxanne, a Alicia y a mi madre entrar. Las tres estaban preciosas con sus vestidos de dama de honor rosa pastel. El vientre de mamá ya se notaba, tenía cuatro meses con dos semanas más que yo y tendría a un niño, Dima Voronin. Por primera vez en años había más hombres que mujeres en nuestra familia. Esperaba que cuando Alicia tuviera un hijo fuera niña, para así equilibrar la balanza.

—¿Cómo estás, mi niña? —Mamá me saluda con un beso en la frente para luego acariciar mi vientre hinchado. A pesar de que ella tenía más semanas que yo, la hinchazón en mi barriga era mayor a la suya. Suponía que se debía a que llevaba gemelos.

—Bien, solo con un poco de sueño.

—¿No descansaste bien anoche? —pregunta la tía Roxanne con una sonrisa en el rostro y Alicia contiene una risa.

Resulta que Marcello y yo no hicimos eso de pasar la noche separados, primero porque le preocupaba que tuviera una pesadilla, y segundo porque quería pasar la noche conmigo, haciendo algo más interesante que dormir.

Nadie protestó cuando les dije que pasaría la noche con mi futuro esposo, y por la mirada que intercambiaron mis padres al escucharme, tenía la sospecha de que ellos habían hecho exactamente lo que yo quería hacer.

—¿Quién necesita descansar cuando está a punto de casarse? —interviene Alicia cuando mamá está por hablar—. Vean, está radiante y no parece que fuera a quedarse dormida de camino al altar. —Se acerca y me abraza—. Además —continúa con una sonrisa en el rostro cuando se separa—, esta noche tampoco va a dormir.

Mamá suspira, conteniendo una risa, en cambio, la tía Roxanne no se resiste.

—Dios, es igualita a Alexei —logra decir entre risas.

—Sí, tiene el descaro de su padre —dice mamá.

—Sí, algo escuché por ahí de los problemas que tuvo con el abuelo Lucios cuando te estaba, ¿cortejando?

—Yo no diría cortejando, ¿o sí, mamá? —le pregunto, mirándola con una ceja enarcada.

Casi de inmediato sus mejillas se tornan rosadas y las tres

nos reímos de su reacción. La tía Roxanne nos había contado muchas historias de nuestros padres, que aunque ella no conoció a mamá hasta que se volvió reina de la mafia, estuvo presente en la boda y durante muchos momentos memorables de la relación de ambos. Además de que mamá también le había contado muchas cosas de cómo fue la relación entre ella y papá al principio.

A la tía Roxanne le gustaba chismear y a nosotras también.

—Muy bien, niñas, puede que ya sean todas unas señoritas, pero no van a burlarse así de mí —refunfuña mamá, lo que nos hace reír aún más—. Recuérdame nunca volver a contarte algo, Roxanne.

—Oh, cariño —dice y le pasa un brazo por los hombros, estrechándola en un medio abrazo—, sabes que siempre terminas contándome todo y yo molestándote con la información que me des. —Sonríe—. ¿Les conté que estuve a punto de terminar siendo su madrastra?

Abro los ojos de par en par al escucharla y Alicia también.

—¡Roxanne! —protesta mamá, riendo—. Eso es mentira. —Nos señala—. No le crean.

—Pero eso no quita el hecho de que a mí sí me llamó la atención.

—¿Y qué pasó entonces? —pregunto, intrigada.

Me siento en el borde de la cama y Alicia me sigue, esta información valía oro.

—Conocí a Lorenzo. —Su mirada se ilumina al mencionar a su esposo—. Estuvo en la boda de tu madre y algo de una noche se transformó en amor. Además de que el acento italiano es más caliente que el ruso. —Mira a mamá, que la miraba con la boca abierta—. ¿Qué? Recuerdas que lo dije la mañana de tu boda, ¿no?

Alicia y yo intercambiamos una mirada porque la tía

Roxanne tenía razón, los únicos hombres que pudieron atraparnos eran italianos, y sí, su acento era muy caliente, o al menos el de Marcello lo era.

—Bien. Bien. Basta de charla —dice mamá, mirando a la tía Roxanne—. Y tú deja de contar detalles de mi vida que no son aptos para mis hijas.

Casi me río de lo que dice. Si supiera lo que Alicia y yo hemos hecho, no podría mirarnos a los ojos de nuevo.

—Ana, podría escribir un libro con tu vida, y te aseguro que un cura querría bañarte en agua bendita si lo leyera.

—Te acuso con Lorenzo si continúas así —advierte mamá.

Era divertido ver cómo se molestaban la una a la otra, era inofensivo, pero entretenido a final de cuentas.

—Bien, hora de vestir a la novia —dice culminando la conversación.

Miro a Alicia, quien trataba de no reírse, al igual que yo. No teníamos que ser adivinas para saber lo que pasaría si continuaban y mamá la acusaba. Dios sabía que era una imagen que deseaba mantener fuera de mi mente. No quería terminar traumada de por vida.

—Elaine, ¿qué le darás a Marcello como regalo de bodas? —me pregunta Alicia al cabo de unos minutos en silencio. Era un tema de conversación sin duda más seguro y que no haría sonrojar a nadie.

Sonrío.

—Ya lo verán cuando lleguemos a la catedral.

No hablamos mucho luego de eso. Todas estábamos ansiosas y felices por este día, y como serían ellas quienes me arreglarían, se pusieron de inmediato a la tarea.

Conté cada minuto hasta que llegó la hora de poder desposar a mi hombre.

~

Marcello Coppola

La Catedral de Cristo Salvador es una de las edificaciones más complejas que he visto durante el tiempo que llevo aquí en Rusia. Parecía recién salida de alguna parte de Dubái. Cuando le pregunté a Elaine dónde quería casarse, no dudó en decir que la catedral era el lugar de sus sueños, y lo que sea que ella me pidiera, yo se lo daría.

Así que aquí estaba, esperando en el altar la entrada de la mujer que sería mi esposa, la preciosa madre de esos bebés que llevaba en el vientre.

Ahora podía comprender el hecho de que Sergei recibiera una bala por mí y Camillo. Él murió protegiéndonos, y sabía que yo haría lo mismo por mis hijos sin dudarlo. Podía comprender ese instinto protector, el que latía con fuerza cada vez que pensaba que algo podría pasarles.

Mi mundo ya no solo giraba en torno a Elaine, sino también de mis hijos. Era increíble cómo en tan poco tiempo alguien se podía apoderar de tu mundo.

Nunca me vi casándome y mucho menos con hijos, antes de ella lo único que deseaba era mi venganza y expandir la empresa que Sergei nos dejó a mí y a Camillo. No veía nada más que pudiera darme esa gratificación y excitación como lo hacían esas dos cosas. Pero a medida que fui aprendiendo más de Elaine a través de mis investigaciones y de observarla, me di cuenta de que ella y su familia eran mucho más de lo que Fiorella decía.

Y pude dar fe de ello cuando me involucré con Lorenzo, ellos no mataban sin una buena razón, no amenazaban a menos que alguien se mereciera una advertencia para encarrilarse. Y cuando por fin pude apreciarla en persona; esos ojos de bambi y esa sonrisa angelical que podían prometer horas de placer o tortura, dependiendo de la persona, me di cuenta de que quería conocerla más de lo que deseé matarla.

A medida que fui viendo dentro de ella, quitando las capas y aprendiendo lo que le molestaba o hacía sonreír, lo que le gustaba o no, o lo que la hacía gemir y gritar de placer, pude darme cuenta de que, aunque me apuntaran con un arma, no podría matarla.

El deseo y el amor solo están separados por una fina y delgada línea, y estoy seguro de que crucé esa línea desde el instante en que la vi tocar. Sin embargo, necesité de toda la mierda que hizo Fiorella para poder darme cuenta de que en verdad la amaba y que, sin importar razones, haría lo que fuera para tenerla y hacerla feliz.

Y todo esto se asienta con fuerza en mi mente y corazón cuando la música comienza a sonar y la veo entrar luciendo como la princesa que era y la reina que estaba destinada a ser.

Sonrío cuando mis ojos se encuentran con los suyos, iba del brazo de Alexei, quien parecía a punto de llorar. El vestido de Elaine era hermoso, caía en varias capas finas de tela, lo que acentuaba su vientre. La parte de arriba era semitransparente y tenía algo parecido a plumas cosidas, la piel de sus hombros y clavícula estaba al descubierto, pero al llegar al inicio de sus brazos había unas mangas abombadas de tela transparente que terminaban en sus muñecas.

En sus manos llevaba un ramo de rosas rojas y margaritas... Regreso la mirada a sus ojos marrón chocolate, los que ahora mismo brillaban como dos estrellas en medio de la noche. Algo era seguro, Dimitri no se equivocó al llamarla «estrella».

Una lágrima recorre su mejilla y ahí es cuando me percato de algo, de la melodía que sonaba mientras ella caminaba hacia el altar. Era una pieza que nunca había escuchado, pero que sí leí en una ocasión, la primera vez que dormí con ella abrazada a mi cuerpo.

Era *Catástrofe*, la historia cuyo final nunca supe. El pianista iba por lo que parecía ser la mitad de la pieza, que era hasta donde había sido escrita. Así que cuando llega a la parte que nunca leí, todo en mi interior se estremece.

La melodía continúa, suave y alegre, pero luego baja a una velocidad vertiginosamente lenta y triste. Mi corazón aporrea mi pecho cuando las tonalidades cambian, regresando a la principal, a la que era alegre y cálida, y cuando Elaine se detiene frente a mí, la música se acaba.

Un suspiro que no sabía que estaba conteniendo sale de mí.

—Estás preciosa, *mio cuore* —digo sin importarme que Alexei me oyera. Tenía que acostumbrarme al hecho de que era mi suegro y el abuelo de mis hijos. Estaba frente a mí con una cara de muy pocos amigos.

—También estás precioso, *moya lyubov'*.

Alexei carraspea, lo que ensancha la sonrisa de Elaine.

—Marcello Coppola, el día de hoy te entrego una de las cosas más preciadas para mí. Así que cuídala y protégela como yo siempre lo hice —dice con voz severa para que todos en la catedral lo escuchen—. Y recuerda, le rompes el corazón y te rompo el cuello.

—Me queda claro, Sr. Voronin. —Extiendo mi mano hacia Elaine y ella no duda en tomarla.

Su padre la despide con un beso en la frente y se aleja para tomar asiento al lado de Lorenzo, que estaba con sus hijos y Lucios. Mi padrino era Camillo, y una parte de mí esperaba que Sergei me estuviera viendo desde el cielo o alguna parte de la iglesia. Elaine había tomado a Alicia como su dama de honor principal, luego estaba su madre y por último Roxanne.

—Terminaste la pieza —le susurro al oído cuando nos detenemos frente al sacerdote, quien da inicio a la ceremonia.

—¿Pudiste descifrar cómo termina la historia? —replica.

—Terminaron felices —dice y asiente.

—Pero hubo un costo muy alto para conseguir esa felicidad. —La miro a los ojos, esperando a que continúe, no era una conversación que debíamos tener mientras nos casamos, pero deseaba saber cuál había sido ese costo—. El alma de ella fue consumida por la culpa que le generó no vengar a sus padres, pero fue feliz con su amado hasta que la muerte vino por ella.

Algo en mi pecho se removió al escucharla, pero decidí ignorarlo y concentrarme en las palabras del sacerdote. Cuando llegó la hora de decir nuestros votos, aquel malestar estaba olvidado.

—Yo, Marcello Sergeievich Coppola —empiezo a decir, deslizando la sortija por su dedo—, te tomo a ti, Elaine Voronin Smirnova, como mi esposa, para amarte y respetarte, en la salud y en la enfermedad. Prometo secar tus lágrimas y besar tus sonrisas, prometo alentar tus sueños y apoyar tus metas. —Sonrío—. Prometo serte fiel y protegerte a ti y a nuestros hijos. Pero más que nada, prometo amarte y adorarte, aun cuando esté en la oscuridad y no sepa cómo hacerlo. Prometo nunca dejarte ir, *mio cuore*. —Me inclino y me robo un suave beso de sus labios, para luego arrodillarme y besar su vientre.

—Yo, Elaine Voronin Smirnova, te tomo a ti, Marcello Sergeievich Coppola, como mi esposo. —Desliza la sortija de oro por mi dedo anular—. Para amarte y respetarte, en la salud y en la enfermedad. Prometo secar tus lágrimas y besar tus sonrisas, prometo alentar tus sueños y apoyar tus metas. Prometo serte fiel y protegerte a ti y a nuestros hijos. Pero más que nada, prometo amarte y adorarte. —Se detiene cuando su llanto parece descontrolarse, así que me acerco y la tomo de la nuca para juntar su frente a la mía.

—Estoy aquí, mi bonita. Continúa.

—Aun cuando esté en la oscuridad y no sepa cómo hacerlo, prometo no dejar de intentarlo. Prometo nunca dejarte ir, Marcello.

No me alejo de ella cuando el padre retoma la palabra, la miro a los ojos contando los segundos para que sea mi esposa.

—¿Aceptas a Elaine Voronin Smirnova como tu esposa, Marcello Coppola?

—Acepto.

—Y tú, Elaine Voronin, ¿aceptas a Marcello Sergeievich como tu esposo?

Se relame los labios y asiente.

—Lo acepto.

—Por el poder que me ha sido conferido por la Iglesia católica... —No lo dejo terminar, simplemente me abalanzo sobre los labios de Elaine y la beso con todo mi ser—. Los declaro marido y mujer.

La tomo de la cintura y la acerco a mí sin dejar de besarla, disfruto de la sensación de que ahora es mi esposa y que nada ni nadie la va a apartar de mí. Alejo la mano de su nuca y la dejo sobre su vientre, había algo muy excitante en saber que estaba llena de vida por mí y solo por mí.

No sé cuánto tiempo permanecemos besándonos, pero cuando nos separamos, tiene la respiración acelerada y las mejillas sonrojadas.

—Te amo —susurro, perdido en sus ojos.

—Te amo —susurra ella, perdida en los míos.

No había palabras para expresar mi felicidad, este era el inicio de nuestra historia, nuestro nuevo comienzo.

Parte Dos

EL PRESENTE

VEINTIOCHO

Elaine Coppola Voronin Smirnova

Italia

C amino por la Piazza Di Spagna como lo hacía todas las mañanas desde que me mudé a Italia con Marcello. Hace una semana había sido la boda de mi hermana, y dos días atrás habíamos pasado las fiestas navideñas en casa de mis tíos.

Ya no podía viajar en avión. Eso me había dicho Natascha cuando le envié las imágenes del ultrasonido que me hizo mi ginecóloga aquí. Era una colega que ella misma me recomendó. Entonces, o viajaba a Rusia o me quedaba hasta dar a luz; o no viajaba y me perdía las fiestas con mi familia. La única razón por la que acepté la petición de mis padres de no viajar fue porque prometieron que vendrían para celebrar las fiestas, pero esos planes se vieron cancelados debido a una tormenta de nieve.

Así que ahora solo me quedaba esperar que pudieran venir para Año Nuevo. No sabía si Alicia vendría, estaba de luna de miel, y sé por experiencia propia que querrá pasar cada segundo al lado de su esposo. Aunque debía advertirle que cuando las llamas de la pasión se apagaban, la realidad del matrimonio te golpeaba.

Me detengo frente a la fuente de la plaza y me siento en uno de los banquillos para descansar mis pies y rodillas. A pesar de que solo tenía seis meses de embarazo, mi vientre parecía de nueve. Estar embarazada de gemelos era un tanto agotador, me había advertido mamá cuando se enteró, pero que también era maravilloso. Pues sí lo era, pero también mi cuerpo rogaba clemencia en ocasiones, cuando las dos cositas en mi vientre se movían o pateaban.

—¿Se encuentra bien, Sra. Coppola? —me pregunta Pietro, mi jefe de escoltas.

Desde que acepté la petición de Marcello de llevar guardaespaldas, estos han estado ahí como mi sombra. Eran cinco hombres, y en ocasiones olvidaba que estaban detrás de mí. También había dejado de escapar de ellos porque al final del día sabía que seguirían ahí.

Lo cierto era que Pietro y Gustavo, su segundo al mando, se habían vuelto muy preciados para mí. Podía hablar con ellos por horas de cualquier cosa y me escuchaban siempre que despotricaba contra mi *sexy* esposo, quien solía sacarme de mis casillas mucho más que antes. Se habían vuelto mis amigos, y eso me fue de gran ayuda cuando llegué aquí.

—Sí, solo estoy cansada. —Me acaricio el vientre, observando como poco a poco la vida llena la plaza.

—¿Quiere agua? —En esta ocasión, quien pregunta es Gustavo, que ya me extendía una botella de agua. Él era el encargado de siempre estar preparado para cualquier cosa que necesitara.

La acepto y le doy un largo trago antes de volver a hablar.

—¿Marcello ya respondió a mi mensaje? —vuelvo a

preguntar, era la enésima vez desde que me levanté y salí de la casa.

Gustavo intercambia una mirada con Pietro antes de contestar, pero ya sabía la respuesta.

—No, señora. —La decepción llega primero, luego la ira.

Se estaba comportando como un idiota desde que lo acompañé a una de sus jugadas de póker hace un par de días, tenía curiosidad en saber cómo era esa parte de su mundo. Aunque, para mi sorpresa, me gustó mucho: era entretenido y estaba lleno de adrenalina. No sabía demasiado de póker, pero Marcello era increíblemente bueno, eso sí era claro.

Todo había ido bien hasta que entraron unos hombres con cara de asesinos seriales y se pusieron a jugar. Esos hombres eran muy diferentes a con quienes jugaba Marcello, eran peligrosos, y lo confirmé cuando vi que estaban armados. Quien parecía ser el jefe había puesto su atención en mí, incluso había intentado tocar mi vientre. Claro que fue detenido de inmediato por un Marcello extrañamente molesto.

Sí, no le gustaba que me tocaran, pero su reacción me hizo sospechar que había algo más. Como le había dicho una vez antes de casarnos, todos tenemos secretos.

No lo había visto jugar de nuevo desde ese día, y me había «prohibido» acercarme a esa sala de juegos de nuevo, ya que no quería a ese hombre cerca de mí o que estuviera relacionada con ese mundo... Había más ahí de lo que él parecía estar dispuesto a decirme, y solo me hacía preguntarme qué o a quién ocultaba.

—¿Desea llamarlo? —Medito unos segundos la pregunta de Matteo.

—¿Cuándo llega su vuelo? —respondo, poniéndome de pie y comenzando a caminar de regreso a la casa con mis cinco sombras escoltándome.

Tuvo que viajar de emergencia a Venecia hace dos días cuando el director de una de sus sucursales allá lo llamó, diciéndole que habían estado teniendo problemas con algunos socios y que lo necesitaban.

—En dos horas, señora.

Asiento.

—Bien, iremos a mi consulta con la psicóloga y luego a la empresa. Así le daré tiempo a que prepare la excusa de por qué no me responde desde ayer por la tarde.

LA OFICINA de la doctora Di Marco era acogedora, las paredes eran de un suave blanco perla y había una pecera de gran tamaño en una esquina, en ella nadaban tranquilamente varios peces. Era relajante, a decir verdad.

Tal y como había prometido, el día que llegué a Roma ya tenía una cita con la señorita Di Marco, y desde entonces ya llevaba tres meses viéndome con ella. Era buena en su trabajo, me escuchaba con atención y no ponía en tela de juicio nada de lo que decía, solo me aconsejaba y me ayudaba a saber qué era lo mejor para mí.

—¿Cómo has estado, Elaine? —me pregunta luego de terminar con las formalidades.

—Muy bien, no tuve ni una pesadilla estos dos últimos días. —Una orgullosa sonrisa tira de sus labios.

Al principio la veía tres veces a la semana, ya que mis pesadillas casi no me dejaban dormir. Ahora podía dormir sola sin despertar gritando en medio de la noche, y la veía solo una vez a la semana.

Esta era la razón por la que Marcello ahora sí se permitía viajar por trabajo, aunque sabía que no lo disfrutaba.

—¿Has estado haciendo todo lo que te recomendé? ¿Despejar la mente? ¿Pensar en los buenos recuerdos? ¿Hablar con tus bebés? —Asiento a cada de sus preguntas, lo había estado haciendo sin falta.

No mentiría diciendo que la razón principal por las que las pesadillas casi habían desaparecido era la terapia. La verdad, el cambio de ambiente había ayudado demasiado. Al igual que Marcello, porque no importaba cuán tensas estuvieran las cosas entre nosotros ahora mismo, le estaría agradecida siempre por ayudarme y haberme convencido de mudarme.

—Me alegra mucho que las pesadillas hayan disminuido. —Apunta algo en su libreta y vuelve su atención a mí—. En nuestra última sesión mencionaste que tu hermana se casaría y que toda tu familia vendría. ¿Cómo te hizo sentir tenerlos a todos aquí?

—Fue bueno verlos y ver que estaban bien —digo y acaricio mi vientre de forma distraída—. Papá estaba muy feliz, ya no tiene las mismas ojeras que cuando me fui de casa; y mamá estaba radiante, el embarazo le sienta de maravilla. Mi abuelo Lucios también estaba feliz, pero se sintió la ausencia de mi abuelo Dimitri. Todos sentimos que él faltaba.

—¿Y cómo te sientes respecto a eso?

Miro mi vientre por unos segundos, meditando mi respuesta.

—Creo que está bien, ¿sabe? Él estuvo luchando en este mundo por años, cargando el peso de una mafia, protegiendo a su familia... Por primera vez, desde que murió, me pregunté, ¿y si ya estaba cansado? ¿Y si para él fue una forma digna de irse después de todo lo que había hecho a lo largo de su vida? —Me encojo de hombros, sintiéndome extrañamente en calma—. Tal vez él no hubiera escogido irse de esa forma, pero ahora puedo decir que de seguro está allá arriba, sonriendo y disfrutando de una vida eterna llena de tranquilidad, y también sé que él nos sigue cuidando.

—¿Te sientes bien con todo? ¿Con que ya no está aquí? ¿Con que dio su vida por ti? —La razón por la que me gustaba mi psicóloga era porque ella no tenía miedo de usar mis puntos débiles contra mí. No, ella los presionaba, y cuando veía que no me rompía en mil pedazos, retrocedía, satisfecha.

—Lo único con lo que tal vez nunca me sienta bien es con que no pude despedirme, con que no pude darle un último abrazo y decirle que lo amaba. Pero ahora también sé que, así como él nos ve desde allá arriba, también puede saber todo esto. Y es más que consuelo suficiente para mí.

—¿Y la música? ¿Has podido continuar con ella sin asustarte?

Asiento.

—Me presentaré en dos días en el Teatro Goldoni, en Venecia, y me siento bien con ello. Mi instructora en Rusia sigue dándome clases de forma virtual, como ya sabe usted, y me ha presionado mucho estos tres meses para así regresar al escenario brillando por todo lo alto.

Me da una sonrisa completa y cierra la libreta.

—A muchos de mis pacientes les ha costado encontrar este camino, y como profesional, sé que muchos no lo encontrarán. Pero contigo me alegra decir que has encontrado tu camino, que has recogido todos tus pedazos y los has vuelto a unir. Y no solo eso, sino que aceptaste la ayuda que en todo momento te brindó tu esposo. Eso hizo la etapa de superación más corta. — Se pone de pie y acorta la distancia entre nosotras para sentarse a mi lado y darme un apretón en la mano—. Te vi crecer de nuevo estos tres meses y estoy muy orgullosa de ti, Elaine. Me alegra decir que ya no me necesitas.

Antes de poder pensarlo bien, la abrazo. Marcello había

tenido razón cuando dijo que debía hablar con alguien sobre lo que había pasado. Desde que puse un pie en esta oficina y hablé sobre cómo me sentía, fue más fácil respirar, se volvió sencillo vivir de nuevo.

—Muchas gracias, doctora Di Marco —le digo.

—Fue un honor haberte ayudado. —Me da un último apretón antes de soltarme—. Mi último consejo, no como profesional, sino como alguien que ha pasado por algo similar: cuéntales a tus padres cómo te sentiste después de la pérdida de tu abuelo. Ellos merecen saber lo que pasaste y cómo lo superaste.

—¿Usted se lo dijo a los suyos?

La tristeza en su mirada se filtra a través de sus palabras:

—No alcancé a hacerlo.

—Lo siento mucho —digo con pesar.

—Está bien, fue hace tiempo. —Se pone de pie—. Doy por concluida nuestra última sesión, y si alguna vez me necesitas, no dudes en llamarme.

Me voy del consultorio, sabiendo que había cerrado un ciclo y que ahora podía continuar con mi vida sin el peso de la culpa sobre mis hombros.

Espero que estés orgulloso de mí, abuelo.

VEINTINUEVE

Marcello Coppola

La siento antes de poder siquiera escucharla; era como si mi cuerpo hubiera estado estos dos últimos días en una constante necesidad por verla, escucharla y tocarla. La había extrañado y solo quería abrazarla y besarla, para luego irnos a casa y pasar el resto del día ahí.

En cambio, tenía que estar aquí en la oficina, haciendo mi trabajo como director ejecutivo de la compañía.

—Señor. —Un toque en la puerta, que ya esperaba, pone en alerta mis sentidos—. Su esposa está aquí.

—Rosetta, ya te he dicho mil veces que mi esposa no necesita que la presentes. Ella puede entrar y salir de aquí tanto como quiera —espeto, mirándola a los ojos, noto el momento exacto en que la molestia surca sus facciones, agriando su expresión como si hubiera probado un limón muy amargo.

—Sí, señor. —Lo acepta a regañadientes, hace girar su rubia melena y se da la vuelta, dejando a la vista a mi esposa.

Me reclino en la silla y la observo entrar en mi oficina, no hacía falta observar su rostro para saber que estaba furiosa conmigo. Todo su cuerpo estaba tenso, mas eso no era distracción suficiente para beber cada centímetro de él. El vestido blanco que llevaba se ajustaba a su cuerpo casi como una segunda piel, sus caderas estaban más anchas, al igual que su vientre, y sus pechos estaban más llenos que antes. Elaine embarazada era un afrodisiaco para mí.

—Sé que estás molesta —digo poniéndome de pie, el marrón de sus ojos era el reflejo de su ira, pero también había algo más ahí: amor y deseo—, pero necesito besar a mi esposa y saludar a mis pequeños, después puedes gritarme todo lo que quieras —termino y me detengo frente a ella.

No responde, pero la inclinación de su cuerpo hacia mí era respuesta suficiente.

No protesta cuando la tomo de la cintura y la atraigo a mi cuerpo, ni cuando con una mano la agarro de la nuca y acerco sus labios a los míos. El beso es lento en un principio, pero cuando recorre mi nuca con sus uñas, pierdo el control. Con cuidado de no lastimarla, la guío sin dejar de besarla hasta el escritorio, y la siento en el borde de este para luego abrir sus piernas y acercarme tanto como su vientre me lo permite.

Para este punto, ya ninguno de los dos tenía control sobre sí mismo, solo éramos la necesidad y el deseo por fundirnos en el otro. Odiaba pasar tiempo lejos de ella, no solo porque la necesitaba siempre cerca, sino porque me aterraba que alguien le hiciera daño.

Y por esa misma razón es que estaba molesto conmigo mismo, por llevarla a ese club y dejarla verme jugar y que Sandro pusiera sus repugnantes ojos sobre ella. Ahora sabía que había una forma de presionarme, y lo odiaba. Solo alguien podía joderme hasta el cansancio, y era mi esposa.

Queriendo olvidar por unos simples minutos a Sandro y a toda su asquerosa gente, me pierdo en la dulce piel de su cuello, amando la forma en la que suspira cada que mis dientes la raspan o la muerden. Quería fundirme en su calor y jamás salir, pero había cosas de las que necesitábamos hablar y no lo haría enterrado hasta las pelotas en ella. Así que, a regañadientes, alejo mi boca de su piel, pero no mis manos, que se encontraban acariciando su vientre hinchado.

—¿Cómo estás? ¿Cómo te has sentido? —pregunto, admirando lo brillante que parecían sus ojos ahora. Era aterrador cómo siempre podía doblegarme con solo mirarme, pero disfrutaba que ella tuviera el control en ocasiones.

—Bien, los bebés han estado un poco inquietos, pero supongo que es porque no te han sentido cerca. —Sonrío al escucharla.

Me arrodillo entre sus piernas y le doy dos besos a su vientre, uno para cada hijo.

—Papá se disculpa por haberse ido, pero no se irá de nuevo de viaje hasta que ustedes puedan venir conmigo.

—¿Y me van a dejar a mí sola? —pregunta mi esposa con una dulce sonrisa en los labios.

—Lo siento, bonita, pero son cosas de hombres.

—Por supuesto que sí —dice poniendo los ojos en blanco. Cierro los míos cuando pasa sus dedos por mi cabello en suaves caricias: me gustaba que hiciera eso—. No quiero preguntar, Marcello —susurra.

Sabía a lo que se refería y no quería otro motivo en la lista para que estuviera molesta conmigo.

—Uno de los socios no pudo asistir a la reunión, así que lo llamé y el muy imbécil no pudo hacerse cargo de sus acciones. Entonces, antes de que pudiera colgar, lancé el teléfono contra la pared.

—¿Fue él quien complicó las cosas en Venecia?

Asiento.

—Tomó un par de decisiones que no le correspondían y casi me cuesta uno de mis clientes más importantes.

—Lo dejaste fuera, ¿no?

—Mis abogados están en eso. —Me pongo de pie y rodeo su cuerpo con mis brazos, abrazándola—. Vi tus mensajes cuando encendí el teléfono de repuesto que tengo aquí —susurro contra la curva de su cuello.

—Tienes que dejar de lanzar tus teléfonos y comenzar mejor con los vasos, eso siempre hace mi papá. —Ríe—. No me gusta no saber dónde estás o si estás bien. No nos gustaría que algo te pasara. —Entrelaza nuestros dedos y los pone sobre su vientre—. Pero sigo molesta contigo por lo idiota que te comportaste después de que me llevaste a verte jugar.

Hago una mueca ante la mención de eso, tenía la esperanza de que lo olvidara, pero al parecer eso no pasaría.

Ella quería saber el motivo de mi comportamiento cuando Sandro entró al club y se acercó a ella. Iba más allá de celos y posesividad, y ella lo sabía muy bien. Me conocía como la palma de su mano en realidad.

Pero no quería decírselo todavía, era algo de lo que no me sentía orgulloso y que pertenecía a mi pasado de cuando era joven e ingenuo. Quería que supiera todo cuando lo resolviera, así no tendría de qué preocuparse.

—Sé que fue así, bonita, pero te prometo que hay una razón. Así que mantente alejada de ese club hasta que te diga lo contrario. —La vacilación baila en sus ojos, lo segundo que odiaba después de seguir órdenes eran los secretos, y ya había demasiados en el pasado como para comenzar ahora con otros.

—Un mes —dice rompiendo el tenso silencio entre los dos.

—¿Qué? —pregunto confundido.

—Si en un mes aún no puedo volver a ese club y verte jugar, investigaré por mi cuenta, Marcello.

Había determinación en ella y eso era algo que amaba de su personalidad, pero no ahora, no cuando eso podía ponerla en peligro.

—Elaine... —comienzo a decir sin saber cómo continuar para disuadirla de esa idea tan loca.

—Es eso o lo averiguaré en cuanto salga de aquí.

La observo en silencio, preguntándome cómo haría tal cosa. Había escondido muy bien esa parte de mi vida, de hecho, solo Camillo tenía conocimiento sobre ello, y sabía que no había nada que pudiera hacer Elaine para que él hablara.

Entonces, ¿a quién demonios acudiría?

La respuesta llega por sí sola; el día de su cumpleaños, ella y Alicia habían estado hablando con Dominik Albrecht. Se trataba de un magnate reconocido en Alemania y un muy importante empresario, pero sabía que él tenía relación con el hijo de un hombre apodado la Comadreja, que era el mejor *hacker* de toda Rusia. Si él quería, podía ayudar a Elaine a desenterrar todo mi pasado.

—Bien, si en un mes no lo he resuelto todavía, dejaré que tú misma lo descubras todo.

Asiente y se baja del escritorio con gracia.

—En dos días tenemos que ir a Venecia, tengo una presentación y hoy fue mi última consulta con la psicóloga —dice, cambiando de tema, mientras arregla el nudo de mi corbata.

—¿Cómo estuvo?

Una pequeña sonrisa tira de sus labios.

—Me ha dicho que ya no la necesito y que estoy lista para continuar con mi vida.

—¿Y tú te sientes lista? —pregunto.

—Lo estoy, ya no quiero vivir con la culpa, ahora solo quiero disfrutar de esta segunda oportunidad que me dio mi abuelo. Sé que eso es lo que él querría que hiciera.

Sonrío, sintiéndome orgulloso de ella. Estos últimos tres meses habían sido duros para Elaine: entre las pesadillas, las lecciones de piano y la culpa en sus hombros. Pero no se rindió, siguió luchando para llegar a este momento, en el cual sonríe como la primera vez que la vi.

Esta sería su primera presentación desde la muerte de su abuelo y estaba feliz por ello. Elaine conectaba con la música como nadie más y sabía que lo necesitaba. Necesitaba volver al escenario y brillar como la estrella que era.

—Estoy orgulloso de ti, *mio cuore,* y sé que tu abuelo también lo está.

Me abraza con fuerza y yo también lo hago. Tenía un mes completo para obtener más de estos abrazos, besos y caricias, porque en cuanto se lo dijera todo, querría cortarme las pelotas por mi estupidez y no habérselo dicho.

Pero el riesgo valía la pena mientras pudiera mantenerla a salvo.

TREINTA

Elaine Coppola Voronin Smirnova

Teatro Goldoni

Estaba nerviosa, pero me sentía más lista que nunca. Este día había sido por el cual trabajé tan duro estos meses. Hoy no solo regresaría al escenario, sino que también tocaría una de mis piezas, le daría a conocer al mundo que dentro de mí también había una compositora.

Podía escuchar el bullicio de la multitud con claridad a través del telón. Cuando leí la invitación del Teatro Goldoni, pidiéndome que viniera a tocar, me sentí eufórica, porque a pesar de que yo misma había sido quien arregló mi primera presentación aquí, la vida había querido que regresara a donde todo comenzó, aunque, en esta ocasión, para darle un nuevo significado.

Unas grandes manos me recorren la cintura para terminar rodeando mi vientre, dejo salir un suspiro de alivio ante la sensación y mi espalda sin duda lo agradece. Me recuesto contra el pecho de Marcello, impregnándome de su aroma varonil y de esa colonia que tanto me gustaba.

—¿Estás lista? —susurra contra mi cuello antes de comenzar a repartir besos por todo el área.

—Lo estoy —murmuro, perdida en su tacto.

Las cosas habían estado un poco más ligeras entre ambos; esa tregua de un mes que habíamos acordado nos había dado un poco más de tiempo para disfrutar juntos. Quería que él me dijera qué era lo que estaba pasando y qué había pasado con ese tal Sandro cuando era más joven. No quería desenterrar su pasado y echárselo en cara, pero si se acababa la tregua y no me decía nada, entonces tendría que hacerlo.

—¿Y cómo están mis pequeños? —Sonrío, enternecida por su pregunta.

Me encantaba siempre que su lado paternal salía a la luz, era tierno y *sexy*. ¿Y a qué mujer no le gustaba ver como un hombre era bueno con los niños? Sin duda, era una patada en los ovarios.

—Inquietos, creo que sienten mis nervios. —Pongo mis manos sobre las suyas y aguardamos unos segundos hasta que uno de ellos patea nuestras manos, haciendo saber que podía escucharnos.

—Es un niño fuerte —dice y yo asiento, sus patadas cada vez dolían un poco más, y estas solían dejarme sin aliento por unos largos segundos.

—Igual que su padre.

Me volteo entre sus brazos para encontrarme con su mirada; estaba brillosa y parecía haberse quedado sin palabras.

—Sé que estos meses han sido difíciles para ambos y que aún tenemos mucho que aprender del otro y del matrimonio, pero sigo reafirmando mis palabras antes de casarnos y las que dije durante la ceremonia: te amo, y no creo que eso cambie ni en un mes, dos meses o una eternidad. Fui hecha para ti y tú para mí.

Pasa saliva y se relame los labios antes de dejar caer su frente sobre la mía.

—Yo también te amo, *mio cuore,* lo hago con todo mi ser. Y también amo a nuestros hijos. Ustedes son mi todo.

Nos quedamos ahí en el medio del escenario hasta que uno de los técnicos nos informa que solo teníamos dos minutos antes de que comenzara la presentación. Reticente, lo dejé ir, no disfrutaba tenerlo lejos, pero cuando esto terminara, podría acurrucarme toda la noche en la cama a su lado.

Mi vestido de seda blanco se arremolinó a mis pies cuando tomé asiento frente al piano. El lugar estaba lleno a más no poder y sabía que entre todas esas personas se encontraban mis tíos y Marcello, apoyándome.

Acomodo el micrófono para que todos puedan escucharme bien.

—Le doy gracias a todos por venir el día de hoy. Sé que muchos vinieron aquí a escuchar mi interpretación de alguna pieza de un compositor famoso, pero hoy les traigo algo nuevo, algo mío. —Hago una pausa, dejando que mis palabras se asienten—. Narra la historia de una joven que se enamoró de la persona correcta, y aunque fue en el momento equivocado, luchó por él a pesar de la traición que supondría a sus seres queridos.

»La he titulado *Catástrofe*.

Cuando las primeras notas inundan el lugar, cierro los ojos, disfrutando de la sensación de haber regresado a lo que es mi lugar seguro. Me dejo llevar por las notas, por el sonido de estas reverberando por todo el lugar hasta llegar a lo más profundo de mi alma y volvernos una sola. Porque así era, la música y yo nos complementamos, nos movíamos como un solo ser y todo el tiempo que estuve lejos de ella me sentí vacía, como si me hubieran arrancado un pedazo.

Abro los ojos y, sin siquiera pensarlo, dejo que las notas vaguen hasta llegar a ese palco donde lo vi por primera vez, donde mi corazón lo reconoció, donde sin yo siquiera saberlo me volví suya.

Su mirada se encuentra de inmediato con la mía; mi corazón golpea mi pecho al ver la sonrisa que él solo me daba a mí. Tal vez lo sabía o no, pero esta era nuestra canción, era nuestra historia, y a diferencia de cómo había terminado la pieza, nuestra historia tendría un final feliz, no agridulce. Porque si algo me había quedado claro de mis sesiones con la psicóloga, era de que no había mayor arrepentimiento que pasarte la vida con un peso en los hombros que no te correspondía, o lamentándote por algo que no pudo ser.

Tampoco permitiría que nada que viniera en el futuro separara a mi familia y destruyera todo por lo que había luchado. Así como él me repetía que no me dejaría ir, yo nunca tampoco lo haría.

Y si mantenerlo a mi lado significaba enterrar todo su pasado de nuevo y matar a Sandro, entonces lo haría.

Dos días después

HABÍA LLEGADO a casa de mis tíos junto con Marcello alrededor de quince minutos antes, y cada que uno de los tres me repetía que tomara asiento y esperara con paciencia a mis padres, quería gritarles, pero lo cierto era que los extrañaba demasiado. No era suficiente verlos por videollamada casi a diario, necesitaba abrazarlos.

Nunca había pasado tanto tiempo alejada de ellos y nunca creí que ser tan apegada a ambos pudiera hacerme daño.

Porque, ¿qué haría el día que ellos dejaran este mundo? Debía aprender a estar lejos de ellos, y algún día también a aprender a vivir sin su presencia.

Sin embargo, ese pensamiento desaparece cuando escucho sus voces. Me pongo de pie, ignorando la petición de Marcello de quedarme sentada hasta que volviera de la cocina con un vaso con leche tibia. Abandono la sala de estar con paso lento, considerando que ya solo estaba a dos semanas de cumplir siete meses.

—¡Mi niña! —El grito de mamá al verme me hizo sonreír. Me rodea con sus brazos como puede y nos fundimos en un fuerte abrazo.

Me impregno de su olor y disfruto cada segundo de ese contacto. Después de todo, nunca sabría cuál sería el último. Cuando me alejo de ella, tengo la vista borrosa por las lágrimas.

—Te extrañé mucho, mamá —le digo, y ella me limpia las lágrimas y sonríe.

—Yo también, mi niña. Pero recuerda que siempre estoy contigo sin importar qué tan lejos estés.

—¿Y para papá no hay un abrazo también? —Las palabras de papá me hacen reír, me alejo de mamá y me apresuro a estrellarme en su abrazo.

—También te extrañé mucho, papá —susurro otra vez al borde de las lágrimas.

—Y yo a ti, princesa. Tú y tu hermana me hacen mucha falta en la casa. —Lo abrazo tan fuerte como puedo, mas mi gran vientre no lo dejaba acercarse demasiado—. ¿Y cómo están mis nietos? —pregunta antes de agacharse y acariciar mi vientre con la sonrisa en el rostro.

Puede que las cosas no se hubieran dado de buena manera en un principio, pero le emocionaba la idea de ser abuelo y conocer a sus nietos. Además de que con ellos podría hacer todas las cosas que no pudo hacer con sus hijas.

Jugarían al fútbol, irían a carreras de coches, incluso lo creía capaz de enseñarlos a defenderse, aunque para eso también me tenían a mí y a Marcello. Había muchas cosas que ambos experimentaríamos por primera vez. Yo sería madre y él un abuelo consentidor.

—Muy bien, han crecido mucho desde el último ultrasonido —digo sonriendo, me encantaba hablar de mis bebés.

—¡Elaine! —Cierro los ojos al oírlo y suspiro al notar el tono de protesta en su voz—. Te dije que no te levantaras hasta mi regreso, has estado caminando mucho.

Mi padre se levanta y me mira con una ceja enarcada antes de cruzarse de brazos.

Me doy la vuelta, ignorando de forma olímpica la mirada reprobatoria de mi padre.

—Estoy bien, *moya lyubov'*. —Elimino la distancia entre Marcello y yo y lo tomo por la cintura—. No pude evitar venir hacía ellos en cuanto llegaron. —Hago un puchero y lo observo a través de las pestañas.

Suspira derrotado y me envuelve en sus brazos.

—Por favor, bonita, evita que me dé un infarto de la preocupación y no hagas tanto esfuerzo físico, ¿sí?

—Lo mismo digo, no debes esforzarte tanto. —Miro por encima del hombro para encontrarme con los ojos de mi padre.

—Está bien, está bien. Prometo que no pestañearé a menos que sea muy necesario.

—Elaine —dice Marcello.

—Muy bien, viejito, haré solo lo necesario. —Me pongo de puntillas y dejo un beso en sus labios antes de girarme y enganchar mi brazo con el de mamá—. ¿Dónde está el abuelo Lucios? —pregunto, emocionada por verlo.

—Llegará más tarde. —Me da un apretón en la mano y nos encaminamos a la sala, donde ya estaba la tía Roxanne esperándonos—. Ahora, ¿cómo has estado?

Esa pregunta le dio paso a una conversación que no quise aplazar más. Y aunque después tendría que hablar con papá, se sintió bien dejarlo salir todo y contarle a ella y a mi tía sobre la terapia, las pesadillas y la culpa.

Mamá me abrazó en cuanto las primeras lágrimas cayeron por mi rostro y la tía se unió cuando les conté sobre las pesadillas y lo aterrada que me sentía de que algo les sucediera a Marcello o a mis bebés por mi culpa.

Ambas escucharon cada palabra que tenía por decir. Por dentro, me recriminé no haber hablado con ellas desde un principio, porque aquí, estando entre sus brazos, entendí que en ocasiones hay que dejar de temer a la idea de pedir ayuda. No importaba qué tan fuertes nos creamos en ocasiones, todos en algún punto de nuestras vidas necesitamos ayuda.

Me limpio las lágrimas restantes cuando rompemos el abrazo, mamá me toma de una mano y mi tía de la otra.

—Comprendo por qué decidiste enfrentar todo esto sola —comenta mamá—, pero en un futuro, ya no tienes por qué hacerlo. No importa qué tan fea sea la situación, nosotros —afirma y se señala a ella, a la tía y la puerta, ya que detrás de esta se encontraban mi esposo, mi tío Lorenzo y mi padre—, somos tu familia, y la familia se apoya en las buenas y en las malas, ¿sí? —Asiento al borde las lágrimas de nuevo—. Nunca has estado sola y nunca lo estarás, ahora tienes a tu esposo y muy pronto a dos niños que serán la luz de tu mundo. Busca refugio en ellos si lo necesitas, mi niña, pero nunca enfrentes tus batallas sola, no si puedes evitarlo.

—Lo sé, mamá, ahora lo sé —susurro—. Prometo que si necesito ayuda otra vez, la pediré sin dudar.

—Y recuerda que esta también es tu casa. —Miro a la tía Roxanne, que tenía una pequeña sonrisa en los labios—. Si en algún momento necesitas un refugio, sabes que aquí siempre te recibiremos —dice.

Asiento antes de volver a abrazarlas a ambas, me sentía más ligera, más como yo. No era una mentira el hecho de que dijeran que la familia era la mejor cura para un corazón roto... pero en mi caso, era un alma. Esta nunca sanaría del todo, siempre habría una grieta en ella y un vacío.

Pero ahora estaba bien, estaba al lado de mi familia y enfrentaría todo lo que vendría dentro de un mes.

TREINTA Y UNO

Narrador

19 de enero. Tres semanas después

Cuando se avecina una tormenta, los animales lo presienten. En el caso de las personas, lo hacen al oler la humedad en el aire.

Cuando dos personas están enamoradas, se nota en el intercambio de miradas o en una sonrisa provocada sin ninguna intención.

Cuando algo va a suceder, siempre hay una advertencia, un aviso, algo que te anuncia que ese día será diferente a los demás, que marcará tu vida y le dará un nuevo significado.

Pero no para este, porque, simplemente, hay eventos que no se pueden evitar o, en este caso, controlar.

Elaine había salido a caminar, como todas las mañanas, por la Piazza di Spagna con Pietro y Gustavo a tan solo dos pasos de ella. Marcello había salido temprano de casa para asistir a una reunión de trabajo, y antes de hacerlo, le había asegurado a su esposa que regresaría a la hora del almuerzo para que así pasaran el resto del día juntos.

Marcello había hecho este especial acuerdo para todas sus reuniones desde que él y Elaine acordaron que habría un mes de tregua entre ambos. Así podría pasar el mayor tiempo posible con ella antes de que todo se viniera abajo.

O al menos, ese era su miedo.

La relación entre ambos continuó como en un principio, pero eran conscientes de que el tiempo se les acababa y que en un mes muchas más cosas podrían cambiar.

Marcello había buscado por toda Italia a Sandro, pero era como si hubiera desaparecido. Algunos días, cuando sentía que todo su pasado le explotaría en la cara, se ponía a pensar si aquella noche, en la que entró a la sala de juegos, no había sido solo una de sus muchas pesadillas. Quizás su fantasma había venido a recordarle lo que había tenido que hacer para sobrevivir.

Pero sabía dentro de él, donde esa semilla de la culpa había echado raíces hasta arraigarse en lo más profundo de su corazón, que sí había vuelto y que no estaba muerto, como siempre espero.

Y lo que pasaba en ocasiones era que no se podía hacer como si el pasado nunca hubiera existido. En ocasiones había que mirarlo a los ojos y ponerle una bala en la cabeza.

Marcello estaba por terminar su segunda reunión de la mañana cuando Elaine sintió un dolor en la parte más baja de su vientre. Este le nubló la vista y la hizo doblarse sobre su estómago.

Su grito resonó por toda la plaza, lo que espantó a varias palomas e hizo que las personas se voltearan a verla. Abrió los ojos con pánico cuando vislumbró el líquido transparente que corría por sus piernas hasta llegar al suelo.

Había roto fuente de forma prematura, ese fue su primer pensamiento, que debía llamar a Marcello fue el segundo. Sin embargo, ambos pensamientos se vieron opacados cuando otra oleada de dolor recorrió su espalda y vientre.

—¡Sra. Coppola! —El grito preocupado de Pietro la trajo nuevamente en sí. Este se apresuró a tomarla por la cintura y apoyarla contra su cuerpo, para así evitar que se desplomara, como estuvo a punto de hacer.

—¡Al hospital! —dijo Elaine como pudo entre jadeos—. Mis hijos... —Comenzó a lloriquear cuando otra contracción llegó, sentía como si la estuvieran partiendo por la mitad—. Van a nacer y Marcello... Llámenlo.

—Enseguida, señora —afirmó Gustavo, quien comenzó a hablar por el intercomunicador, ordenando a uno de los guardaespaldas de Elaine que viniera de inmediato con una de las camionetas, que estaba a dos calles de ellos, y que llamaran al hospital para que comenzaran a prepararlo todo.

Elaine se dobló sobre sí misma, otra vez, a punto de desmayarse del dolor. Matteo, ignorando una de las cláusulas escritas en su contrato, la de no tocarla, tomó a Elaine en brazos y la llevó aprisa a la camioneta para luego llevarlos al hospital.

—Resista, señora —suplicó Gustavo, quien estaba llamando al señor Coppola para darle la noticia.

Mientras ellos esperaban, Marcello se encontraba una vez más enzarzado en una discusión con el grupo de hombres que había puesto en la búsqueda de Sandro y su gente, pero ellos, al igual que Camillo, no tenían nada. Habían buscado en todos los lugares en los que creyeron que podían encontrarlo, pero llevaban mucho tiempo sin ser habitados o los abandonaban antes de que ellos pudieran llegar.

Era como si anticiparan sus movimientos, o como si alguien los mantuviera al tanto de todo lo que sucedía.

—Es imposible que hayan desaparecido de nuevo. ¡No pueden esconderse para siempre! —gritó, lo que hizo que un escalofrío recorriera a Rosetta, quien se encontraba al otro lado de la puerta atendiendo llamadas—. Necesito que lo encuentren, no me importa a quién tengan que acudir o matar, quiero poner mis manos en su cabeza y arrancársela, ¿entendido?

—Sí, Sr. Coppola —respondió el hombre, sin inmutarse, al otro lado del teléfono.

Él y su gente eran los mejores rastreadores del bajo mundo, pero ni siquiera ellos podían encontrar a un fantasma que solo salía de la oscuridad cuando lo deseaba.

Marcello se dejó caer en la silla frente a su escritorio repentinamente agotado, le había estado dando caza a Sandro desde que lo vio en aquella sala de juegos. Él mismo había recorrido calles que se prometió nunca más volver a pisar, para encontrarlo y matarlo, y poder continuar su vida, pero sin resultados.

Agotado, observó con el ceño fruncido cuando la pantalla de su teléfono se iluminó con una llamada de Gustavo. El hombre nunca lo llamaba, ni siquiera en una emergencia, eso siempre lo hacía Matteo, ya que era el jefe de la seguridad de su esposa.

—¿Sí? —dijo en cuanto descolgó la llamada, con un creciente miedo arraigándose en sus entrañas.

—Señor, su esposa ha entrado en labor de parto. Vamos de camino al hospital. —La tranquilidad con la que soltó tal información lo asustó aún más.

No había muchas cosas que pudieran asustar a Marcello Coppola, pero sí cuando se trataba de su esposa o sus hijos... Volvía a ser un niño asustado de que algo malo le pasara a su hermano cuando lo dejaban encerrado en la oscuridad.

—Es... Es imposible —contestó sin poder creerlo—. Solo tiene ocho meses, aún no es tiempo... Aún... —No encontró las palabras para continuar, era como si su mundo hubiera dejado de girar en una dirección para comenzar a hacerlo hacia otra.

Una hacia donde se encontraban ahora mismo su esposa e hijos.

—¿A qué hospital van? —preguntó tras haberse recuperado.

Salió corriendo de su oficina sin tomarse la molestia de cancelar el resto de sus reuniones o informarle a Rosetta de lo que estaba pasando.

—Policlínico Universitario Fondazione Agostino Gemelli.

—Los hombros de Marcello se tensaron al escucharlo.

—Voy para allá, no permitas que nada le suceda a mi esposa, ¿me entendiste?

—Por supuesto, señor. Aquí lo espero.

En ocasiones, tu peor enemigo no era a quien habías tildado como tal, sino que lo era el destino o quienes lo forzaban.

Porque, sin ninguno de ellos saberlo, alguien más había sido atraído por las sombras y estaba ansioso por comenzar a jugar.

TREINTA Y DOS

Marcello Coppola

Atravieso las puertas del hospital con el corazón desbocado y las emociones a punto de explotar, había pasado todo el camino con el miedo y la felicidad oprimiéndome el pecho. Elaine aún no debería estar en labor de parto, mis hijos se habían adelantado por varias semanas a su llegada a este mundo.

Me detengo frente a recepción con la respiración acelerada.

—¿En qué habitación se encuentra Elaine Coppola?

Más que una pregunta, era una demanda. La mujer frente a mí apenas se inmutó ante la dureza de mi voz, de hecho, ni levantó la mirada del ordenador.

—La sala de espera está más adelante, espere ahí hasta que un doctor pregunte por los familiares de la paciente.

Niego a punto de perder la cabeza.

—Usted no entiende, puedo comprar este puto hospital y despedirla si me da la gana. —Eso parece llamar su atención, ya que me mira a los ojos—. Así que lo preguntaré solo una vez más, ¿en qué piso y habitación está mi esposa?

Había dejado el teléfono en el coche, por lo que no podía

llamar a Gustavo o a Pietro para preguntarles dónde estaban. Había visto a varios de mis hombres posicionados en las esquinas del hospital, pero harían falta más para asegurar todo este lugar, y los llamaría cuando me asegurara de que Elaine y mis hijos estaban bien.

—Último piso, *suite* B-2.

—Gracias.

Me apresuro al elevador tan rápido como mis piernas me lo permiten. Los minutos se vuelven eternos a medida que me acerco al último piso, y cuando las puertas se abren, dejo salir una bocanada de aire que no sabía que había estado conteniendo.

Me apresuro por el pasillo, pero a mitad de este, la escucho:

—¡Marcello! —Su grito de dolor me cala hasta los huesos, así que me apresuro a cruzar el pasillo, pero algo me detiene de dar un paso hacia adelante cuando llego a este.

El jodido cañón de un arma contra mi frente.

—¿Qué carajos...?

Los ojos de Gustavo se abren de par en par al ver a quién le estaba apuntando. Baja el brazo, pareciendo repentinamente tembloroso.

—Señor... —dice y carraspea—, creí que era un enemigo... yo...

—Ahora no me interesa, ¿dónde está mi esposa?

Señala la puerta detrás de él, así que lo hago a un lado, abro la puerta y me toma varios segundos procesar del todo la imagen frente a mí.

Elaine estaba con las piernas abiertas frente a la ginecóloga Edda Zito, que parecía pedirle que tomara largas respiraciones porque ya debía prepararse para pujar.

—No haré nada sin Marcello aquí —contesta Elaine entre lágrimas, lo que hizo que algo se removiera en mi pecho.

—Sra. Coppola...

—Ya estoy aquí. —Hago notar mi presencia antes de que Elaine intente irse sobre su ginecóloga. Me apresuro a acomodarme a su lado y la tomo de la mano. Estaba sudorosa y sonrojada, y su mirada estaba brillosa por las lágrimas que había y continuaba derramando—. Perdóname por demorar tanto, bonita. Pero ya estoy aquí. —Dejo un beso en su frente, sintiéndome más nervioso, asustado y emocionado que nunca.

—Sra. Coppola, necesito que comience a pujar —demanda la Dra. Zito—. El primer bebé ya viene, así que debe ser fuerte y resistir.

Elaine asiente, esta vez sin dudar, entonces, aprieta mi mano y en un segundo toda la habitación se llena con sus gritos de dolor. Todo dentro de mí se quiebra al escucharla gritar así, todo dentro de mí quería evitar que siguiera sufriendo. Quería quitarle el dolor, pero no podía hacerlo, solo podía quedarme a su lado y darle todas mis fuerzas.

—Eso es, bonita —le digo y me inclino a su lado, dejando que su mano suba por mi brazo hasta enterrar las uñas en mi bíceps—. Lo estás haciendo muy bien, *mio cuore*, hazlo una vez más y podremos ver a uno de nuestros hijos.

Miro a donde está Zito y ella asiente ante mis palabras. Siento el momento exacto en que Elaine se aferra a mí y decide pujar, entonces...

Un llanto.

El llanto de uno de mis hijos rompe los sollozos de mi esposa, que comienza a llorar con más fuerza cuando lo ve.

—Es... Es Nico —solloza. Se me nubla la mirada mientras observo a los doctores neonatales revisarlo para asegurarse de que está sano.

Regreso mi atención a Elaine para animarla una vez más.

—Nuestro pequeño Nico, bonita. Ahora vamos por Maxim, ¿sí?

—Sí, vamos por él.

Toma de nuevo mi mano y da largas respiraciones, y cuando se siente lista, puja una y otra, y otra vez, hasta que un nuevo llanto, más fuerte que el anterior, llena la habitación.

—¡Oh, Dios! —exclamo con una sonrisa y nuevas lágrimas corriendo por mi rostro—. Qué pulmones. —Río.

—Sí... ¡Ah! —Su grito me hace girarme y mirarla, se veía más roja que antes debido al esfuerzo, y una mueca de dolor surcaba sus labios—. Me duele. Dios, duele como el infierno.

Entierra las uñas en mi brazo, haciéndome sentir una pequeña parte de lo que ella estaba padeciendo ahora.

—¿Qué te duele, bonita? ¿Qué pasa? —pregunto lo último mirando a la doctora, quien estaba inclinada entre las piernas de Elaine.

—Hay otro bebé.

Sus palabras detienen todo pensamiento y enloquecen a mi corazón. Miro a Elaine, quien parecía haberse quedado en *shock* al igual que yo.

—Pero en las ecografías... Nunca vieron otro bebé —susurra observando su vientre—. Solo eran dos.

—Parece ser más pequeño que sus hermanos, posiblemente estaba en el medio de ambos y nunca pudimos verlo.

—Oh, Dios.

—Si es más pequeño, ¿está en peligro? —pregunto con el miedo creciendo en mi interior.

—No lo sabremos hasta que lo saquemos. —Se pone de pie—. Elaine, vamos a ponerla de lado. El bebé viene de nalgas, así que necesitamos darle la vuelta para sacarlo.

Sus palabras no hicieron más que asentar el miedo en mi estómago con fuerza. Me aterraba que algo le pasara a Elaine, ya estaba agotada, y volver a pujar significaba que podría desfallecer en cualquier momento. Y me preocupaba que el bebé corriera peligro y que pudiéramos perderlo.

No permití que ninguno de esos miedos se filtrara en mi expresión, me acomodé de nuevo al lado de Elaine y tomé su mano con fuerza. La obligo a mirarme, solo quería que se centrara en mí.

—Sé que estás cansada, *mio cuore*, pero te prometo que no volverás a pasar por esto, ¿sí? Solo deja que le den la vuelta, puja y en unas horas podremos estar en casa con nuestros hijos. —Acaricio su mejilla, llevándome en el proceso la humedad de sus lágrimas y sudor—. Tres estrellas en nuestras vidas, tres personitas que siempre te recordarán que eres increíble. Toma lo que necesitas de mí y hagámoslo.

Con una última respiración, mira a la doctora.

—Estoy lista.

Todo se mueve en un borrón después de esas dos palabras, aunque en ningún momento me aparto de Elaine, ni dejo de susurrarle palabras de aliento. Transcurre alrededor de media hora cuando escucho salir un suspiro de alivio de la doctora, con una pequeña sonrisa, me asiente.

—Puja una última vez, Elaine. Ya lo tengo.

Nada borraría de mi mente ese último grito y nadie cambiaría la opinión que tengo de mi Elaine desde el día en que la conocí: Era una mujer fuerte, la mujer más fuerte que hubiera conocido nunca.

La noche había caído, estaba fresca y el cielo se encontraba despejado, por lo que podía ver todas las estrellas en él. Con una sonrisa, miré al bebé que nos había tomado a todos por sorpresa y que había dejado a Elaine completamente agotada.

—Serás toda una guerrera como tu madre, ¿no, mi pequeña Aster?

Se removió entre mis brazos y su pequeña mano se aferró aún más a mi dedo índice. Era más pequeña que sus hermanos, sin duda, pero le había dado batalla a Elaine y a la doctora Zito hasta que pudieron sacarla. Mi mundo entero se tambaleó cuando dijeron que era una niña, y Elaine..., creí que se desmayaría de la felicidad.

No solo Dimitri había salvado a Nico y a Maxim, que ahora mismo se encontraban durmiendo al lado de Elaine en sus cunas, sino que había salvado a una dulce bebé que ninguno de nosotros esperaba. Dimitri se fue de este mundo no sin antes asegurarse que todos nosotros, incluso a los que lo creíamos un enemigo en su momento, lo recordáramos.

Después de que salimos del parto, le ordené a Gustavo que trajera más hombres para asegurar todo el lugar y le agradecí a Matteo, que se encontraba afuera vigilando los alrededores cuando llegué, por haber cuidado a Elaine. Luego busqué mi teléfono y les avisé a todos del nacimiento de mis tres hijos. Alicia y Camillo llegarían mañana junto con Lorenzo y Roxanne, además de sus hijos, ya que andaban visitando a Anastasia y a Alexei. Mis suegros se habían puesto felices por la noticia, y como Anastasia no podía viajar por lo avanzado de su embarazo, nosotros lo haríamos en cuanto Elaine se recuperara de las largas horas de parto.

Con cuidado y no queriendo despertarlos, acomodo a Aster en su cuna y los miro a todos, a mi familia, los nuevos ejes de mi oscuro y anteriormente solitario mundo.

Vuelvo a acercarme a la ventana y observo a las estrellas, sabiendo que mi padre estaba viéndonos desde ahí.

—Me gustaría que estuvieras aquí, Sergei. Habrías sido un abuelo increíble —pienso.

Sabía que podía escucharme y que cuidaría de sus nietos desde allá arriba. Ese era mi único consuelo cuando se trataba de no tenerlo presente en momentos como este.

La vibración de mi teléfono contra el bolsillo de mi pantalón me hace apartar la mirada de la ventana, frunzo el ceño al ver que es un número desconocido.

«Tu tiempo de ser feliz se ha acabado, me cobraré lo que me has debido por años».

Cada músculo de mi cuerpo se tensa al leer el mensaje, sabía muy bien quién era y que en esta ocasión no sería suficiente un «creo que está muerto». Esta vez debía asesinarlo si quería que mi familia estuviera a salvo.

TREINTA Y TRES

Elaine Coppola Voronin Smirnova

Mi cuerpo se sentía extraño y agotado a pesar de que habían pasado dos días desde que di a luz a mis tres bebés. Estaba como en una nebulosa debido a la felicidad, me habían dado de alta hoy por la mañana y ya me encontraba en casa. Marcello se pasó los últimos dos días pendiente de mí y sus hijos, era algo sencillamente hermoso verlo con uno de nuestros hijos en sus brazos, y sabía que Aster sería su debilidad. Tenía la sospecha de que no habría nada que pudiera negarle a esa pequeña.

Me encontraba amamantando a Nico tras haber terminado con Maxim hace quince minutos. Era agotador y un tanto doloroso hacerlo, pero me gustaba tener esa cercanía tan íntima con mis hijos. Alimentarlos de esta manera era algo que yo solo podía hacer, y era especial.

Como si el pequeño en mis brazos sintiera el flujo de mis pensamientos, se remueve, y en el proceso, tira con ligereza de mi pezón. Como se encontraba algo sensible tras haber alimentado a su hermano, y dos horas atrás a su hermana, un siseo de dolor se me escapa.

—¿Quedaste bien? —susurro, acariciando su pequeña nariz.

Me preocupaba que, debido a que tenía que alimentar a tres pequeños, mi cuerpo no produjera suficiente leche para todos. Aunque la doctora Zito y Natascha me habían sugerido tomar mucho líquido, así mi cuerpo estaría en constante producción de leche.

Beso su cabeza, impregnándome de su olor a bebé: había algo adictivo en su aroma.

—Ahora vamos a sacarte los gases para que puedas dormir junto con tus hermanos, ¿sí?

Hace un pequeño puchero y, en el proceso, expulsa un eructo que me hace sonreír. Lo acomodo sobre mi hombro, no sin antes poner un trapito sobre él para evitar ensuciarme. Comienzo con suaves golpecitos en la parte superior de su espalda y luego acaricio hacia abajo, lo hago hasta que estoy totalmente segura de que ya no tiene gases.

Me levanto de la mecedora que Marcello había comprado para mí y salgo de la sala a paso lento. Por seguridad, habíamos ubicado el cuarto de los niños en el primer piso, ya que era arriesgado que estuviera subiendo y bajando escaleras.

Cuando paso la cocina y me acerco al pasillo de las habitaciones, el suave murmullo de una voz llega a mis oídos. Queriendo que no se percate de mi presencia, camino de puntillas hasta detenerme al lado del marco de la puerta. Por la rendija de esta observo como Marcello tiene a Maxim y a Aster en sus brazos mientras se balancea en la mecedora.

Tenía la vista fija en ellos y una suave sonrisa permanecía en sus labios.

—Son igualitos a su madre —susurra—. Me pregunto si tendrán el mismo carácter que ella. —Ríe—. Tú, mi pequeña Aster, creo que serás igual de terca que ella.

Suspiro, conteniendo una risa.

Yo tampoco tenía dudas de que sería así.

—Y tú, mi hombrecito. —Besa la cabeza de Maxim, en la que había una fina capa de cabello negro. Nico tenía suaves mechones cobrizos y Aster había salido rubia como yo. Los tres habían sacado los ojos de su padre, un hermoso gris oscuro—. Prométeme que tú y tu hermano siempre cuidarán a su madre y a Aster si algo llega a pasarme.

Mi corazón duele al oírlo, y ahora solo quería entrar a la habitación y asegurarle que nada le pasaría, que todos estaríamos juntos hasta que la vejez trajera consigo a la muerte.

—Ustedes ahora son mi vida entera. —Mira a Aster y luego a Maxim—. Y nunca me perdonaría si algo les pasara. Y en cuanto a su madre —dice y suspira—, ella es el amor de mi vida y no sé qué haré para que no quiera cortarme las pe..., las canicas, en una semana. —Se reclina en la mecedora y cierra los ojos —. Solo espero que ustedes y su hermano puedan comprender por qué lo hice.

No entro en la habitación como se supone que debía hacer, retrocedo y me voy a nuestro dormitorio, donde acuesto a Nico entre varias almohadas para que no se caiga de la cama si llega a moverse demasiado.

Me acuesto a su lado y velo su sueño como muchas veces hizo Marcello conmigo. Sus palabras siguieron dando vueltas en mis pensamientos por horas. ¿Qué había tenido que hacer? ¿Por qué creía que no lo perdonaría? ¿Era incluso peor a lo que ya ambos nos habíamos hecho en un pasado?

Sabía que tenía que ver con Sandro, y el hecho de tener esta nueva información, solo me animaba aún más a querer sumergirme en los secretos de su pasado y desenterrarlos todos. Porque, fuera lo que fuera, lo tenía asustado.

Dos días después

Inhalo el aire frío que golpea mi rostro cuando abren la puerta a mi lado; habíamos aterrizado en Rusia hace quizás media hora. Estaba emocionada porque mis padres conocerían los niños. Mis tíos también habían viajado con nosotros para así tener una reunión familiar completa.

—¿Te sientes bien, bonita? —Mis ojos se apartan de la vista de la blanca nieve que cubría toda la zona alrededor de la casa de mis padres y se posan en Marcello. Tenía a Nico y a Maxim en un portabebés que los mantenía sujetos a su ancho pecho.

Era una imagen tanto tierna como *sexy*.

—Estoy bien. —Sostengo a Aster contra mi pecho y la cubro bien con su manta para que el frío del invierno no le haga daño. Marcello hizo lo mismo con mis pequeños antes de salir de la camioneta—. Solo que extrañé estar aquí.

Mi tía Roxanne se baja de la camioneta de enfrente con Emanuele en brazos, y mi tío Lorenzo lo hace con Angelo. Ambos me dedican una pequeña sonrisa antes de dirigirse a la casa. Por lo que sabía, ya Camillo y Alicia estaban aquí, habían partido después de que me dieron el alta.

Y a pesar de que había visto a mi hermana hace dos días, sentía que tenía años sin hablar con ella. Aún había muchas cosas con las cuales ponernos al día.

Estoy casi vibrando de la emoción y felicidad cuando entro a la casa, recorro el familiar pasillo de entrada hasta desembocar en el recibidor, donde mis padres, Alicia y Camillo ya estaban esperando. Mi vista se empaña cuando veo a mis padres, me obligo a no correr y me acerco a ellos lo más tranquila y controlada que puedo.

Me detengo frente a ambos y lo siguiente que hago es abrazarlos tan fuerte como el bebé en mis brazos y el vientre hinchado de mi madre me lo permiten.

—Los he extrañado tanto —susurro.

Los había visto en Año Nuevo, pero tres semanas se sentían como toda una vida.

—Nosotros a ti, princesa. —Papá besa mis mejillas antes de alejarse—. Ahora permíteme conocer a la otra princesa de mi vida —añade y extiende sus manos hacia Aster como un niño pequeño, lo que me hace sonreír.

La acomodo entre las mantas y la acerco a sus brazos. Aster se remueve y abre los ojos. A papá se le humedece la mirada al verla.

—Es hermosa, princesa. Tiene sus ojos —dice refiriéndose a Marcello.

—Lo sé, los tres sacaron eso de él.

Miro por encima de mi hombro para encontrar a Camillo con Maxim en sus brazos, le estaba haciendo caras para hacerlo reír. Mis tíos estaban con Alicia, y esta tenía a Angelo en sus brazos. Me acerco a Marcello y tomo a Nico, que observaba en todas direcciones al estar en un lugar desconocido con nuevas personas.

—Te lo doy en un rato, *moya lyubov'* —susurro y me pongo de puntillas para dejar un casto beso en sus labios.

Regreso a donde mis padres, que se encontraban fascinados por Aster, y ella parecía muy feliz por toda la atención que estaba recibiendo.

—Este es el pequeño Nico.

—Oh, pero que niño tan hermoso —dice mamá y lo toma en brazos con la mirada radiante—. Tiene cara de que será todo un rompecorazones. —Ríe—. Sería cuestión de familia, tu padre y tu abuelo también eran unos rompecorazones.

—Eh, *printsessa*, yo nunca te rompí el corazón. —Mamá se encoge de hombros sin siquiera mirarlo.

—Estuviste a punto al hacerme creer que te gustaba otra.

Me trago una risa al ver la expresión indignada de papá, mas no le da tiempo de responder, ya que se acerca a donde están mis tíos y se lleva a la tía Roxanne a la sala. Suponía que para consentir a Nico un rato.

Papá se va a la otra sala de estar y se lleva consigo al tío Lorenzo y a Emanuele.

—Preciosa, estaremos en la sala con tu padre, ¿sí? — anuncia Camillo y deja un tierno beso en la frente de Alicia. Se va junto a Marcello, quien ya tenía a Maxim en sus brazos.

Al final, solo quedamos Alicia y yo en el recibidor, lo que me da la perfecta oportunidad de hacerle la petición que al final decidí que era la correcta.

Y demostrando una vez más que me conocía mejor que nadie, se me acerca y me pasa un brazo por los hombros. Me lleva hacia la biblioteca.

—¿Qué es? —suelta en cuanto nos encontramos en la privacidad de esta.

—Necesito que me pongas en contacto con Dominik Albrecht. —No hay emoción alguna en su rostro al escucharme—. Necesito que investigue algo por mí.

—Bien. ¿Sabes que su coste por hacer tal cosa no es dinero, verdad?

Un escalofrío me recorre, sabía que ya no había vuelta atrás.

—Lo sé.

TREINTA Y CUATRO

Marcello Coppola

Dejé a Maxim en los brazos de Lucios en cuanto llegó a la casa de Alexei, ya había caído la noche y todos se estaban preparando para una gran cena. Pero antes de que eso pasara, necesitaba hablar a solas con mi hermano.

Todos estaban encantados con los nuevos tres integrantes de la familia, así que existía la posibilidad de que no notaran nuestra ausencia si nos íbamos unos minutos.

—¿Qué está pasando? —pregunta Camillo a mi espalda cuando nos alejamos por uno de los pasillos en dirección a la biblioteca.

—Aún no —respondo sin voltearme a mirarlo.

No podía correr el riesgo de que Elaine o alguien de su familia nos escuchara; lo había intentado todo durante este mes, y como el jodido orgulloso que era, me había negado a pedir ayuda. Ahora me daba cuenta de que había sido un maldito error. No solo había expuesto a Elaine, sino que ahora, con la llegada de mis hijos, era un blanco fácil. Como siempre, me di cuenta demasiado tarde.

Abro la puerta de la biblioteca y la cierro con seguro en cuanto Camillo entra, lo guío al otro extremo de la habitación.

—¿En serio, qué coño pasa, Marcello?

—Es Sandro —escupo sin pensarlo demasiado y sin considerar el efecto que mis palabras podrían tener en él.

—¿Qué? —Giro sobre mi eje para encontrarme con su expresión estupefacta—. ¿Me estás jodiendo? Porque si es así, le diré a Elaine que no te mienta al decirte que tus bromas son graciosas.

Niego con la cabeza.

—Ya quisiera que fuera una broma. —Me paso las manos por el cabello hasta dejarlo hecho un desastre—. Se apareció en la Sala de Juegos. —Cierra los ojos ya haciéndose una idea de lo que había pasado.

—Y te vio jugando de nuevo, ¿no? —Asiento—. Diablos, Marcello, habíamos acordado que nunca más volverías ahí.

Suspiro.

—Lo sé, pero quería enseñarle a Elaine esa parte de mi vida. No creí que siguiera vivo, y si era así, no creí posible que siguiera rondando esa parte de la ciudad.

—Sabes que él siempre supo encontrarnos, siempre sabe dónde están sus activos más valiosos.

—Lo creí muerto —repito—. Eso fue lo que ambos pensamos la última vez que lo vimos, que lo habíamos matado.

Su mirada se oscurece cuando llegan a él las imágenes de lo que pasó esa noche. Habíamos hecho cosas de las cuales no nos sentíamos orgullosos, pero éramos niños y pensábamos que hacíamos lo correcto, que estábamos con buenas personas que solo veían el mundo de una manera completamente diferente.

Pero no eran buenas personas y nos dimos cuenta de ello cuando ya estábamos forrados de mierda hasta el cuello.

—Éramos muy jóvenes e inexpertos, no teníamos ni puta

idea de cómo asesinar a alguien. —Se apoya contra uno de los estantes, pareciendo igual de cansado que yo—. ¿Qué te dijo cuando te vio? ¿Siquiera te reconoció? —La última pregunta tiene un toque de esperanza.

—Sí, lo hizo, tengo la ligera sospecha de que es como dijiste: siempre supo dónde estuvimos, y en cuanto vio que puse un pie en su territorio, decidió hacer su entrada. Y no dijo nada, al menos no a mí, caminó directo a Elaine e intentó tocar su vientre.

—¿Crees que sabía quién era ya?

Asiento, con la ira recorriendo mi torrente sanguíneo, la había cagado por completo al llevarla ahí.

—Él ya sabe quién es y lo que significa que esté casado con ella —aseguro—. Camillo, te estoy diciendo esto porque vamos a tener que terminar lo que no hicimos hace veinte años.

—Tienes que estar bromeando, Marcello. Fue un milagro que saliéramos vivos de ahí ese día, ¿crees que siquiera esperará a que hagamos un movimiento? Nos pondrá una bala en la cabeza antes de que nos demos cuenta.

—Entonces, ¿qué quieres hacer? —digo cruzándome de brazos—. Porque el que venga por mí no significa que no vaya a venir por ti. Ambos lo jodimos, ambos le quitamos lo que más quería y contra ambos será su venganza.

—Eso ya lo tengo claro, pero no pienso volver a ese lugar, es el maldito infierno sobre la Tierra, y ahora sí tengo mucho que perder.

—¿Y crees que yo no? —Me cuesta no gritar esas palabras —. Ahora tengo unos hijos por los que daría mi vida si es necesario. Diablos, tengo a una mujer a la que puedo perder, y aun así, estoy dispuesto a regresar ahí solo para asegurarme de que no les pase absolutamente nada. —Respiro hondo, tratando de calmarme—. ¿Acaso Alicia no es suficiente razón para regresar?

Mis palabras tienen la reacción que esperaba.

No lo detengo cuando me toma por el cuello de la camisa y me empuja contra uno de los estantes.

—Nunca vuelvas a decir algo como eso, ¿me entiendes? —replica.

—Entonces responde, Camillo. ¿Es o no suficiente razón para regresar y matarlo a él y a su gente?

—Es más que suficiente, pero yo no tengo ningún complejo de héroe que necesito llenar. En cambio, tú sí. Después que secuestraron a las chicas, quedaste con la idea de que tienes que proteger a Elaine de todo y de todos, pero es como si no te dieras cuenta de que ella es incluso más fuerte que tú y yo. Ninguna de las dos necesita que las protejamos, ellas necesitan que las veamos como nuestras iguales, Marcello.

Retrocede, soltándome la camisa.

—Tienes que comprender eso antes de que sea demasiado tarde, y con respecto a lo que haremos, tenemos que organizarnos y hablar con Alicia y Elaine. No vamos a hacerlo solos.

—¿Se lo dirás a Alicia?

—No tengo opción, y será lo mejor para todos al final del día. Ambas manejan una organización en la que muchos hombres les son leales hasta la muerte; necesitamos esa lealtad y a esos hombres.

Suspiro, derrotado, la mayoría de las veces en las que tenía ideas estúpidas, Camillo era quien evitaba que cometiera una estupidez más grande, como el llevarla a cabo.

—Bien, entonces haremos eso.

Me subo las mangas hasta los codos, deseando tener aire fresco. Esto se iría a la mierda.

Dejo que se aleje, y cuando llega a la puerta, lo detengo con mis siguientes palabras:

—Me envió un mensaje.

Detiene la mano sobre el pomo de la puerta, mas no se da la vuelta.

—¿Cuándo?

—Hace cuatro días.

—El mismo día que nacieron los niños —me contesta y asiento a pesar de que no puede verme—. ¿Qué te dijo?

—Tu tiempo de ser feliz se ha acabado, me cobraré lo que me has debido por años —le repito el mensaje.

No dice otra palabra, solo asiente, le quita el seguro a la puerta y se va.

Me permito unos segundos antes de irme también. Solo faltaban dos días para que se acabara el mes, pero sabía que a mi esposa ya se le había acabado la paciencia y que ya había empezado a moverse para enterarse de lo que estaba pasando.

Aunque no se lo había dicho a Camillo, sí veía a Elaine como mi igual, pero eso no evitaba que quisiera protegerla. En esta ocasión, ambos jugaríamos para el mismo bando, lo que no evitaría que yo hiciera mis jugadas aparte para mantenerla a salvo a ella y a nuestros hijos.

TREINTA Y CINCO

Marcello Coppola

Tamborileo los dedos sobre la barra de acero mientras repaso a la multitud por tercera vez, en lo que, creía, era menos de un minuto. Estaba molesto porque una de las cosas que más odiaba era la impuntualidad, y Leonele venía media hora tarde, aunque una pequeña parte de mí pensaba que nos había tendido una trampa.

Leonele Canali era un muy viejo amigo y socio, Camillo y yo lo conocimos un año después de que tuvimos la desgracia de toparnos con Sandro y que nos acogiera. Leonele era un par de años mayor que nosotros y conocía a Sandro y a sus secretos mejor que nadie, ya que, después de todo, eran medio hermanos. Aunque nunca se le dio ese reconocimiento, para Sandro y su gente, solo era el producto de una aventura de su padre; sin embargo, era alguien valioso a la hora de hacer negocios.

Leonele se distanció de Sandro después de lo sucedido, y cuando Camillo contactó con él y le contó lo que estaba pasando y lo que queríamos hacer, aceptó sin dudar contarnos todo lo que había sucedido luego de esa noche y sus acontecimientos.

Pero ahora que estamos aquí, esperándolo en este palco privado, sentía que todo era una mentira.

Solo habían transcurrido tres días desde que regresamos de la casa de Alexei tras haber disfrutado de una cena en familia, pero se sentía como un recuerdo lejano, como si todo lo que estaba pasando lo hubiera opacado. Y odiaba aún más a Sandro por ello, porque por años quise una familia como la que tengo ahora, y cuando por fin todo parece encajar en su sitio, él decide aparecer y estropearlo.

Nunca había deseado asesinar tanto a alguien como ahora.

Una mano en mi hombro me hace sobresaltarme, así que saco mi arma y apunto sin tomarme la molestia de verificar quién es. Mi ceño se frunce al ver que es Camillo, sin embargo, no venía solo, un hombre alto y relativamente joven venía con él.

—Deberías tener más cuidado, Coppola. O terminarás matando a alguien.

—No te importa una mierda, Leonele. —Mis palabras solo consiguen ensanchar su sonrisa burlesca—. Al parecer, sigues siendo igual de impuntual que antes.

Se encoge de hombros.

—Lo bueno se hace esperar.

—Seguro que sí. —Reímos los tres y le estrecho la mano, sintiéndome un poco más tranquilo, pero no por ello menos alerta. Ya había aprendido que las traiciones siempre venían en todas direcciones.

—¿Cómo han estado? No he sabido mucho de ustedes en años —pregunta cuando nos acomodamos en los sillones y pedimos un par de tragos para hacer más ligera la conversación.

Camillo es el primero en darle la señal de que se siente cómodo con su presencia. Si nos mantenemos distantes y evadimos sus preguntas, no llegaremos a nada.

—Todo bien, las cosas han cambiado un poco. Me casé recientemente. —Eso parece capturar la atención de Leonele.

—¿Tú te casaste? ¿El amante de las aventuras de una noche se casó? —Hago una mueca al escucharlo.

—Que su esposa no te escuche decir eso, o lo siguiente que sabrás es que lo han dejado sin pelotas.

Ríe a carcajadas, pareciendo divertido con la situación, y justo así tenía que ser.

—Eso no lo esperaba, ¿cómo es que no supe nada? Todo lo que pasa en este país llega a mis oídos.

—Y justo por eso queríamos hablar contigo. —No suavizo el significado de mis palabras. Esta no era una reunión para hacer una visita por el camino de los recuerdos, ya habíamos perdido mucho tiempo por mi culpa. Ahora cualquier oportunidad que tuviéramos para adelantarnos a los planes de Sandro era muy importante y valiosa.

Vacía de un trago el contenido de su vaso y le hace señas a una camarera.

—Un *whisky* doble. —La despacha con un movimiento de la mano y vuelve a centrar su atención en nosotros—. Ese punto me quedó claro cuando Camillo me llamó, Marcello, y los apoyo en este plan tan loco que tienen. Pero lo que todavía no comprendo es por qué después de tantos años él los está buscando.

En esta ocasión, soy yo quien vacía el vaso de un solo trago.

—Porque todos tenemos algo que perder, meses atrás ninguno de los dos tenía algo por lo que daríamos nuestras vidas.

—¿Qué tienes que perder tú, Marcello? —Ladea la cabeza de esa manera retorcida que siempre me provocaba la sensación de estar frente a un demonio. Leonele era una de las personas más inestables y desequilibradas que conocía, un minuto podía estar bien y al siguiente podía haber matado a más de la mitad de las personas en un lugar.

Él estaba más loco de lo que era necesario para habitar este mundo.

—Tengo una esposa y tres hijos —digo entre dientes.

No quería que él supiera eso, pero sabía que todo lo que no le dijéramos en esta reunión lo averiguaría por sus propios medios, y si sospechaba que no se lo dijimos por algún motivo... Bueno, era mejor no pensar en esa posibilidad.

Sonríe con el notorio tic de su ojo derecho haciéndose presente.

—Así que tres niños, ¿eh? —La camarera regresa con su bebida y la deja frente a él—. ¿Cómo se llaman? —Aprieto la mandíbula, sintiendo rechinar mis dientes.

Camillo me observa por el rabillo del ojo, sabía que me estaba pidiendo sin palabras que me controlara, y que no le arrancara la cabeza con mis propias manos al hombre frente a mí.

—Nico, Maxim y Aster. —Las palabras en mi boca se sienten como plomo, era como si estuviera entregando el alma de mis hijos a un demonio sediento de nada más que destrucción.

—Una niña y dos niños. —Asiente y bebe un trago de su *whisky*—. ¿Trillizos? —pregunta, señalando entre Camillo y yo.

—Sí.

—¿Quién es la madre?

—Leonele, no vinimos aquí para eso, y lo sabes —dice Camillo, intentando apartar su atención de mí, pero ya era demasiado tarde.

—No, ustedes necesitan de mí y yo solo quiero ponerme al día con mis viejos amigos.

Viejos amigos y una mierda.

—Hagamos algo, Leonele, por cada pregunta que tú me hagas, yo te haré una, ¿te parece?

Medita unos segundos mi propuesta antes de asentir.

—Pregunta tú primero. —Los músculos de mi mandíbula se aflojan al escucharlo.

—¿Qué sucedió con Sandro y su gente después de que nos fuimos?

—Se escondieron en su madriguera para recuperarse de las pérdidas, tanto económicas como sentimentales. Ahora responde a mi pregunta.

—Elaine Voronin.

El brillo de sus ojos al escuchar su nombre me tienta a sacar mi arma de nuevo y matarlo, pero aún no podía hacer tal cosa, así que me mantengo impasible.

—Entonces, estoy ante el próximo rey de la mafia. Interesante.

—¿Dónde se escondió Sandro y su gente?

—En Turín. ¿Tú hermano está casado con la otra Voronin?

Camillo se tensa a mi lado. Había sido una buena jugada por parte de Leonele, podía preguntarme cualquier cosa y yo tenía que responder por más que no me gustara.

—Sí.

—Dos reyes de la mafia entonces. Esto se pone cada vez más interesante.

Me hormigueaban los dedos de la mano, quería golpearlo hasta matarlo. No quería que encontrara a Elaine ni a Alicia interesantes, porque eso solo significaba que tendría toda su atención en ellas.

—¿Qué tan fuerte es Sandro en este momento?

—No hay mucha diferencia de cómo era antes, tiene poder, pero supongo que no tanto como ustedes. ¿Qué pueden decirme sobre Alexei Voronin y su esposa?

—Nada que seguramente ya no sepas —escupo.

Este bastardo nos estaba acorralando con cada pregunta que hacía, pero supongo que teníamos suerte, porque a mí solo me quedaba una pregunta más.

—Pero yo quiero saber algo... jugoso. —Se relame la boca como si el tener información privilegiada sobre los Voronin Smirnov fuera el dulce que siempre estuvo anhelando.

—La que manda en el matrimonio es Anastasia.

Eso parece causarle gracia.

—Al parecer, eso es de familia. Última pregunta, Marcello.

—¿Quién más está trabajando con él?

La sorpresa solo es visible en su rostro por unos segundos, pero se recompone rápido y vuelve a ser el seguro Leonele de siempre.

—No lo sé, solo he escuchado rumores. Dicen que es muy cercana a Sandro y que quizás sea la próxima señora Caruso.

Asiento y guardo sus palabras para analizarlas más tarde.

—Muy bien, Leonele, eso era todo. Gracias por aceptar reunirte con nosotros. —Camillo toma las riendas de la situación otra vez, poniéndose de pie y estrechando su mano.

—Marcello, fue un gusto verte de nuevo. —No puedo decir lo mismo, pienso. Estrecho la mano que me tiende y se encamina a las escaleras—. Dale mis saludos a tu esposa.

Asiento con el cuello tenso y lo observo bajar con galantería.

—Y tú dale mis saludos al diablo —susurro antes de terminar mi *whisky*.

—Ibas a matarlo. —Miro a Camillo, quien tenía la vista fija en las puertas principales, estaba esperando que Leonele saliera.

—¿Cómo estás tan seguro de que no puedo hacerlo todavía?

—¿Vas a matarlo?

Me encojo de hombros, dejándolo creer lo que quiera. Relajo el cuerpo en el sofá, permitiendo que mi mente comience a trabajar. Tenía que investigar a todas las mujeres que trabajaban para mí, porque una de ellas le estaba pasando información a Sandro sobre todo lo que hacía.

No pasan más de diez minutos cuando una fuerte explosión resuena a las afueras del club. Los gritos no tardan en colmar todo el lugar y el sonido de las sirenas tampoco se demora en llegar.

—Ya tenías planeado matarlo —concluye Camillo, que estaba sentado frente a mí terminando su bebida.

—Iba a ir con Sandro y, de cualquier forma, ahora sabe que vamos por él.

No iba a jugar limpio, iba a jugar sucio para tener su cabeza en mis manos.

TREINTA Y SEIS

Elaine Coppola Voronin Smirnova

Mezo a Aster suavemente, tratando de que concilie el sueño. Eran las tres de la mañana y ella y Maxim se habían puesto de acuerdo para despertarnos; en cambio, Nico dormía de forma plácida, como si sus hermanos no estuvieran componiendo una sinfonía de llantos.

Estaba en la sala junto con Marcello, caminando de un lado al otro. Habíamos intentado de todo para que se durmieran: había tratado de amamantarlos, pero ambos me habían rechazado, sus pañales estaban limpios y no querían pasear en el carrito.

—Por favor, mi amor, te amo y te adoro, pero deja de llorar —le suplico a Aster, que parece ignorar mis palabras e intensificar sus gritos y sollozos.

Marcello parecía igual de agotado que yo, si es que no más. Había estado trabajando hasta tarde, y cuando llegaba, se encargaba de los niños, ya que yo los cuidaba durante el día.

—¿Crees que lo hagan a propósito? —Río ante las palabras de mi esposo. Acerca la cabeza de Maxim a su pecho y comienza a tararear una canción de cuna.

—No lo creo, simplemente hay algo que quieren decirnos. —Cambio de posición a Aster, dejando su enrojecido rostro frente al mío—. Pero no los entendemos. Y es que no hablamos idioma bebé, mi pequeña estrella —lo último lo digo en un tono de voz más agudo y cursi, ese mismo que siempre se nos salía cada que veíamos a un bebé—. Así que necesito que me digas qué te duele, ¿sí?

Llora con más fuerza y una parte de mí cree que sí ha comprendido mis palabras.

Acaricio su barriga, esperando unos segundos a ver si se tranquiliza, aunque todo continúa igual. Bajo a su vientre y lo acaricio de lado a lado, igual a como cuando tenía cólicos menstruales... Sus gritos se transforman en un llanto moderado y, minutos después, en sollozos.

—¡Son cólicos! —exclamo—. Acaríciale el vientre, el calor de tu mano lo va a tranquilizar.

Hace lo que le digo y, unos minutos después, los gritos de Maxim se transforman en suaves sollozos. Sin querer perturbar el estado de alivio en el que había caído Aster, camino hacia el sofá sin dejar de acariciarle el vientre, Marcello sigue mis pasos y se acomoda a mi lado.

Comienza a tararear de nuevo la suave melodía, y quizás media hora después, sin contar la hora que habíamos pasado intentando tranquilizarlos, ambos bebés caen en un sueño profundo tras haber llorado y gritado hasta el cansancio.

Acaricio las manitas de Aster y suspiro de alivio. Estaba amando ser madre, ya habían pasado casi dos semanas desde el parto, pero aún se sentía como si todo hubiera sucedido ayer. Estas dos semanas habían sido una montaña rusa, ambos estábamos tratando de compaginar nuestras rutinas a los horarios de los niños. Él los revisaba en la mañana antes de irse al trabajo, yo me encargaba el resto del día. En la noche, ambos los bañábamos y los preparábamos para dormir, y en noches como estas, dependiendo de lo que fuera, nos turnábamos. Querían leche, me quedaba despierta yo; necesitaban ser cambiados o simplemente no querían dormir, se quedaba Marcello.

Y todo estaba funcionando muy bien, demasiado bien, pero ambos sabíamos que no sería así por mucho tiempo. Mas ninguno quería hacer estallar la burbuja en la que estábamos, deseábamos disfrutar de esta nueva etapa en nuestras vidas por un tiempo más, antes de que la realidad de las cosas nos explotara en la cara.

Claro que eso no significaba que yo no estuviera averiguando por mi lado, y conociéndolo, sabía muy bien que él estaba tratando de resolverlo todo.

—¿Qué canción es esa? —susurro medio adormilada.

Acomodo la cabeza sobre su hombro, teniendo cuidado de no mover a Aster; Maxim se removió entre sus brazos y se acercó al calor de ambos. Solo faltaba Nico para que el cuadro fuera perfecto, pero si iba a buscarlo, seguro se despertaría o Aster lo haría, y sería bueno que aunque sea uno de nosotros durmiera del todo bien esta noche.

—¿*Estrellita, dónde estás?* Camillo y yo se la cantábamos a Beatrice cuando era pequeña y no podía dormir —susurra, acariciando de forma distraída una de las manos de Maxim—. Siempre se quedaba dormida cuando uno de nosotros se la cantaba.

La tristeza y la melancolía tiñen su voz.

—La extrañan mucho, ¿no? —Asiente con el semblante ensombrecido.

Marcello era el tipo de hombre que no dejaba entrever sus emociones, pero cuando se trataba de mí, bajaba la guardia. Lo había hecho desde el momento en que nos vimos a los ojos en ese teatro. Yo fui un libro abierto para él, y él lo fue para mí.

—Cada vez que los veo —dice, señalando con la barbilla a Aster y a Maxim—, encuentro algo que me recuerda a cuando era un bebé y la cargaba por horas para que dejara de llorar y Fiorella no se desquitara con ella, o con nosotros. Los ojos de Aster me recuerdan a los de ella, la manera en que se ríe Maxim cuando lo alzo por los aires también. Eso le encantaba a Beatrice, y la forma en que Nico te observa cuando lo cargas me recuerda a cuando Camillo o yo la cargábamos. A pesar de que solo era una bebé, era como si supiera quiénes éramos nosotros y todo lo que hacíamos para cuidarla. Nos veía como si fuéramos su mundo.

Busco su mano a tientas y, cuando la encuentro, entrelazo nuestros dedos y le doy un suave apretón. Deja un beso en mi frente antes de acomodar su cabeza sobre la mía.

Nos quedamos así hasta que en algún punto nos quedamos dormidos, cerca del otro, como nunca pudimos evitar estar y como yo siempre quería estar.

∾

Cuatro días atrás

OBSERVÉ A MI HERMANA al otro lado de la cámara mientras ambas esperábamos que la persona al otro lado de la línea contestara.

Los niños acababan de dormirse y Marcello estaba trabajando, por lo que no había mejor oportunidad que esta para hablar con Dominik Albrecht, mejor conocido como «H».

La línea de mi teléfono repicó una vez más hasta que contestó.

—Sra. Coppola, un gusto saber de usted. —El acento alemán tiñó cada una de sus palabras.

—Igualmente, señor...

Dudo en cómo llamarlo y parece darse cuenta de mi vacilación, ya que agrega con rapidez:

—Albrecht. Su hermana ya sabe quién soy realmente, así que ahorrémonos esa parte.

—Por supuesto, Sr. Albrecht. ¿Mi hermana le mencionó la razón por la que le pido este «favor»? —Mi hermana niega a través de la pantalla.

—No, Sra. Coppola, y sobre su hermana... Puede decirle que encienda el micrófono, sé que está en videollamada con ella.

Mis ojos se abren de par en par al igual que los de ella.

—Pero ¿cómo...?

—No se me escapa nada, yo lo sé todo, y lo que no, lo averiguo. Así que al grano: si su hermana no puede ayudarla con lo que necesita, supongo que debe estar muy bien escondido lo que busca. Dígame, Sra. Coppola, ¿a quién quiere que desenmascare para usted?

—A mi esposo, quiero saber sobre su pasado.

La línea permanece en silencio por unos segundos.

—Supongo que mi premonición fue acertada.

La llama de la sospecha se enciende en mí.

—¿Sabes lo que estoy buscando? —Miro a mi hermana, quien parecía igual de recelosa que yo.

—Es posible, encuentro muchas cosas escondidas cuando quiero saber sobre alguien.

—¿Lo encontraste cuando Alicia te pidió que investigaras sobre los Coppola?

—Como sabrá, su hermana tiene excelentes habilidades para encontrar secretos sobre las personas, y para esa ocasión, no necesitó nada de mí para saberlo todo sobre ellos. —Casi todo, me dio ganas de agregar, pero me mordí la lengua—. Esta información la obtuve para mis propios... «fines». —La flama de la sospecha toma más fuerza.

—¿Qué pasa si no es lo que estoy buscando?

Su risa me llega a los oídos a través de los altavoces del teléfono.

—En caso de que me esté equivocando, me deberá dos favores si aún quiere saber sobre el pasado de su esposo.

No respondo de inmediato, Alicia había tenido razón de que era como venderle tu alma al diablo. Por donde fuera que mirara, él salía ganando, estos negocios eran únicamente para beneficio de su persona.

Alicia tenía su atención en mí y mi reacción, cierro los ojos a sabiendas de que quizás en unos días, meses o años me arrepentiría de esto.

—Hecho. Quiero lo que tienes sobre él.

—Ya está en su correo.

Me apresuro a abrirlo, y tal como acababa de decir, un correo sin propietario estaba en mi bandeja de entrada.

—Solo para advertirle y que no le tome con la guardia baja, lo que encontrará en esos archivos posiblemente no le agrade.

—¿Qué es?

—No es un «qué», sino un «quién». —Todo se enfría dentro de mí al escucharlo.

—¿Quién es?

—¿Segura de que quiere escucharlo de mí y no leerlo usted misma? —Podía percibir la sonrisa a pesar de que no lo estaba viendo.

—¿Quién es? —vuelvo a preguntar.

—Ines Caruso.

La llamada se corta tras decir esas dos palabras, ese nombre. Un nombre de mujer.

Lo que estaba pasando con Sandro se ligaba a un nombre de mujer.

—¿Quién carajos es ella?

Esas fueron mis únicas palabras, porque al leer ese archivo, todo dentro de mí solo deseaba revivirla y asesinarla otra vez.

No le diría a Marcello que ya tenía una pequeña parte de su pasado, al menos, no todavía.

TREINTA Y SIETE
Sandro Caruso

Observo el amanecer a través del gran ventanal frente a mí; era algo que disfrutaba mi hermana, Ines. Y ahora yo veía cada uno de los amaneceres y atardeceres por ella.

Un golpe en la puerta me obliga a apartar la mirada. Me pongo de pie molesto y tomo mi arma del cajón de mi escritorio, todos sabían que no debían fastidiarme a estas horas del día.

—¡Espero que sea importante o pondré una puta bala en tu cerebro! —grito a quien sea que esté al otro lado.

—¡Lo es, señor! —responde Dario, uno de mis hombres.

Abro la puerta de un tirón y lo primero que observo es la palidez en su rostro.

—¿Qué carajos pasa?

Dario era uno de mis mejores hombres, alto, robusto y un asesino a sangre fría al que nada le afectaba. Lo que fuera que hubiera pasado, era grave, y tenía la sospecha de saber con quién estaba relacionado.

—Señor, su hermano... fue asesinado.

Lo miro a la cara, esperando a que agregue que es una puta broma y que mi «hermano» en realidad estaba por alguna parte de Italia haciendo de las suyas.

—¿Quién lo asesinó, Dario? —pregunto con calma, sintiéndome a punto de volarle la cabeza a él y a todo el que se encontrara en mi camino en el siguiente minuto o día entero.

—Marcello y Camillo Coppola, señor.

Estrello mi puño contra la puerta una y otra vez. Siento como la piel de mis nudillos se abre y que de esta sale sangre, pero no me detengo, golpeo la jodida puerta hasta que siento que esta se astilla.

Dario aguardó a que mi ataque de ira disminuyera lo suficiente como para volver a hablarme:

—Se encontró con ellos en el club Peccato y luego volaron su coche con él adentro.

La ira en mi interior vuelve a avivarse al escucharlo, se había reunido con ellos para joderme y echarme en cara que nunca me perdonaría lo que le hice a nuestro padre.

Pero lo que él nunca entendió es que nuestro padre está mejor muerto.

—¿Sabes si les dijo algo?

—No, señor. Fueron cuidadosos al asegurarse de que nadie estuviera cerca de ellos y los escuchara.

Asiento, me dirijo al pequeño bar y me sirvo un par de dedos de ron. Era un mensaje lo que habían enviado: se estaban preparando para luchar contra todo lo que les lanzara. Y lo disfrutaría, porque los haría revolcarse en su propio dolor antes de decidir asesinarlos.

—Tráela ahora mismo, dile que acepto su oferta. —Vacío el vaso de un trago y, antes de que pueda dar un paso, hablo—: Y quiero que les envíes un mensaje, para que sepan que esto ya comenzó y no me detendré hasta matar a todos los que aman, y luego a ellos.

—¿Cuál es el mensaje, señor?

—La sangre de Lorenzo Moretti.

Elaine Coppola Voronin Smirnova

Río al ver a Angelo intentando hacer reír a Aster, el pequeño estaba fascinado con ella desde que la vio el primer día. Emanuele observaba todo desde los seguros brazos de su madre, él aún era muy pequeño para comprender quiénes eran Maxim, Nico y Aster. Solo los observaba con los ojos curiosos de un bebé.

—Creo que a Angelo le gusta Aster —dice sonriente mi tía Roxanne—. Todas las veces que has venido estas semanas no se ha despegado de ella.

—Pienso lo mismo.

Estábamos en el jardín, había decidido visitar a mis tíos porque me ponía de los nervios estar sola en la casa. Estaba paranoica desde que leí en los archivos que me envió Dominik todo sobre quién era Ines Caruso y lo que había pasado con ella. Ahora comprendía por qué Marcello quería dejarme fuera de esto, pero ya era tarde, yo era su esposa, y, por ende, uno de los blancos que sin duda Sandro usaría para llegar a lastimarlo. Pero no pasaría tal cosa, nunca dejaría que su pasado y ese hombre nos separaran, ya habíamos superado demasiado como para rendirnos en este punto.

—¿Tía Roxanne? —comienzo a decir un tanto insegura por lo que iba a pedirle, porque sabía que haría preguntas y yo aún no estaba segura de querer responderlas—. ¿Puedo pedirte un favor?

—Claro que sí, cariño. ¿Qué sucede? —Aparta la mirada de Emanuele, al que estaba alimentando con un biberón. Maxim y Nico estaban en sus respectivas mecedoras, durmiendo, y Angelo seguía entreteniendo a Aster.

—Necesito dejar a los niños unos días contigo.

—¿Qué? —La sorpresa tiñe sus facciones—. ¿Por qué? ¿Qué está pasando?

—No quiero preocuparte, y a mis padres tampoco, pero esto es algo que Marcello y yo debemos resolver.

—Elaine —dice con seriedad, y la tía Roxanne en muy pocas ocasiones usaba ese tono—, el que quieras separarte de tus bebés recién nacidos por unos días es más que una preocupación. Ninguna madre quiere separarse de sus hijos recién nacidos, así que dime qué está pasando.

Dudo, no quería que se involucraran ni ella ni el tío Lorenzo. Eso los pondría en peligro, y nunca me perdonaría si algo les sucediera. Pero también sabía que no cuidaría a los niños si no le decía todo lo que estaba pasando, y si no hablaba con ella, tendría que decírselo a mis padres.

—Tiene que ver con el pasado de Marcello y Camillo, alguien quiere matarlos, pero al parecer quiere comenzar por mi esposo. —Al recordar la razón, todo dentro de mí se estremece, había sido estúpido, pero no se lo echaría en cara. Nadie merecía ser torturado por las decisiones que tomamos en el pasado.

—¿Alicia está al tanto también?

—Sí, ella me está ayudando con todo.

Asiente, pensativa.

—Deduzco que tus padres no saben nada de esto, ¿no? —Asiento—. ¿Qué tan grave es? ¿Necesitan refuerzos?

—No, nada de eso. Lo único que necesito es que cuides a los niños por unos días, no puedo ponerlos en peligro. Yo... —añado y trago grueso al verlos—, moriría si algo les pasara. Así que, por favor, mantenlos a salvo por mí y ustedes también cuídense. Necesito que lo hagan, no sé qué tan loco está ese hombre, así que no sé qué planea hacer aún.

—Los cuidaré —accede—, pero tienes que prometerme que tú y Marcello regresarán en una sola pieza de lo que sea que harán. También Alicia y Camillo. Prométeme que trabajarán en equipo y no por separado.

—Te lo prometo. Solo que es difícil, ¿sabes? Él quiere protegerme a toda costa y yo quiero hacer lo mismo por él, pero quiero demostrarle que sigo siendo fuerte.

—Entonces, hazlo con esto, cariño. —Le quita el biberón, ahora vacío, a Emanuele—. Demuéstrale de lo que eres capaz; aunque te diré algo, yo pasé por algo similar con Lorenzo, y lo que él tenía era miedo. Miedo de volver a casi perderme.

La miro unos minutos en silencio, porque lo cierto era que ella nunca nos había contado la historia completa de cómo fue todo al principio con Lorenzo. Solo lo relataba como algo mágico que de seguro te sucedía una vez en la vida.

—¿Alguna vez nos lo contarás? —Su mirada se pierde entre los arbustos del jardín.

—Algún día, cariño. Todo estará bien, porque a diferencia de mí, tú sí eres fuerte.

No decimos nada más, había muchas cosas que quería preguntarle, pero este era un camino delicado para ella, y si aún no se sentía lista para abrirse, lo comprendía. Mi tía y yo teníamos mucho más en común de lo que creí.

La tarde pasa tranquilamente, y cuando el tío Lorenzo llega del trabajo, una sonrisa ilumina el rostro de mi tía. No había que saber sumar dos más dos para darse cuenta de que ellos se amaban de una manera única y especial, y me alegraba que se tuvieran el uno al otro, porque a veces necesitábamos que alguien nos mantuviera de pie cuando sentíamos que el mundo se nos venía encima.

Mi tío pasó un par de horas con los niños, luego cenamos, y cuando estaba por buscar a mis bebés en la habitación que había preparado la tía Roxanne para ellos, una ola de disparos rompió la plenitud de la casa.

Por acto reflejo, me arrojo al suelo y saco mi arma, disparo a todo aquel que se atraviesa en mi camino. Segundos después, los hombres de mi tío se unen. El corazón me aporrea con fuerza el pecho cuando el último disparo resuena, me pongo de pie y giro sobre mi eje para observar la escena.

Habían sido seis hombres los que lograron infiltrarse en la casa del líder de la mafia italiana con, seguramente, una sola misión: asesinarlo.

Un grito me hiela la sangre y detiene mi corazón por unos segundos.

—¡Lorenzo!

Me apresuro a donde se encuentra mi tía y me dejo caer de rodillas: el suelo estaba rojo debajo de mi tío y él lucía muy pálido.

—Quédate conmigo, Lorenzo. No te atrevas a dejarme —dice mi tía Roxanne y hace presión en su estómago, luego le toma el pulso—. Llama a la clínica u hospital más cercano, diles que tenemos a un hombre de cuarenta y cinco años con una herida de bala en el estómago que ha perdido mucha sangre, también que su pulso es débil; pídeles que preparen un quiró-fano de inmediato

Hago lo que me pide mi tía al pie de la letra, y cuando me confirman que estarán esperándonos, lo subimos a una camioneta.

—Yo me quedaré aquí, revisaré que los niños estén bien —digo cuando la veo a los ojos, humedecidos por las lágrimas—. Enviaré a más hombres y llamaré a Marcello y a mi padre. Anda, vete. —Se sube a la camioneta y desaparece en cuestión de segundos por el camino principal.

Corro al interior de la casa y me apresuro a la habitación donde habíamos puesto a dormir a todos los niños. Seguían dormidos, ya que nada de lo que sucedía afuera podía escucharse. Vuelvo a introducir el código en la puerta de la habitación y la cierro, los vigilábamos por las cámaras que estaban instaladas dentro. Era como una gran caja fuerte en la que guardábamos lo más importante que teníamos en este mundo.

Llamo al jefe de seguridad de mi tío y le pido que aseguren la clínica y que averigüen quién hizo esto y cómo lograron traspasar el anillo de seguridad alrededor de la propiedad. Cuando me dejo caer en el suelo, justo al lado de la puerta donde dormían mis hijos y primos, decido que ya era hora de dejar de dar vueltas y actuar como un frente unido.

Marco su número y responde al segundo tono.

—Bonita, ya voy saliendo. ¿Está todo bien?

—Tenemos que hablar.

—¿Qué sucedió?

—Intentaron asesinar a Lorenzo.

TREINTA Y OCHO
Marcello Coppola

Entro a la mansión a paso apresurado: todo era un caos por todo el lugar. Hombres y mujeres se movían armados hasta los dientes; suponía que se estaban preparando para buscar al responsable del ataque.

Tenía la sospecha sobre quién había sido, pero debía corroborarlo antes de actuar.

Me dirijo al pasillo que conduce a la habitación de los niños y la encuentro sentada al lado de la puerta, con las manos y la camisa cubiertas de sangre.

Me detengo cuando posa la mirada en mí. No había atisbo del brillo que siempre la acompañaba, y parecía algo indecisa sobre si estaba feliz de verme o no, pero mantenía esa calidez que siempre tenía cuando me miraba.

—¿Cómo estás? —pregunto acercándome a paso lento.

—Supongo que bien —susurra.

Estaba alerta, y el movimiento de sus dedos sobre su rodilla eran señal de ansiedad. Me siento en el suelo frente a ella, saco un cuchillo del bolsillo interno de mi chaqueta de vestir y lo deslizo hacia ella.

Lo toma sin dudar, sabía que estar armada la hacía sentir a salvo y no impotente y débil.

—¿Los niños siguen durmiendo? —Asiente y me entrega su móvil, al observar la pantalla, encuentro a mis hijos, a Emanuele y Angelo durmiendo tranquilamente—. ¿Qué pasó? —pregunto sin apartar la mirada de la pantalla.

—Entraron por la parte de atrás, mataron a todo aquel que se interpuso en su camino.

—¿Cuántas bajas?

—Quince, y cinco heridos, dos están muy graves. —La ira se enciende dentro de mí.

—¿Las cámaras grabaron algo? ¿Tienes una idea de quién organizó todo?

Aparta la mirada del cuchillo y la centra en mí.

—Creo que tú sabes quién es, *amore mio*, así que dilo, por favor.

Todo se estremece en mi interior al escucharla hablar italiano. No sabía a qué se debía su cambio, pero estaba todo menos feliz ahora, no molesta conmigo, sino con todo lo demás.

—Sandro. Tuvo que ser él — dice sin permitirme leer lo que esconde su expresión, pero yo la conocía muy bien, no había nada que pudiera ocultarme, y ella sabía mucho más de lo que había imaginado.

—Cuéntame la historia de cómo las cosas se pusieron tan tensas entre ustedes —pide con voz suave, pero solo me estaba preparando para el golpe final—. Cuéntame sobre Ines Caruso y cómo terminó muerta entre tus brazos.

Su nombre es como un balde de agua fría para mi cuerpo, no pensaba en ella hace años.

Su sangre no solo había sido la primera en mancharme las manos..., había sido la primera mujer que había amado.

~

Veintidós años atrás

MI HERMANO y yo entramos en el bar hace unos minutos. Todo estaba igual a como hace una semana, que había sido el tiempo que aquel hombre nos dio para pensar su oferta, Sandro Caruso.

Habíamos intentado investigar todo sobre él y a qué se dedicaba, pero era como un fantasma del que solo se sabía lo que él quería.

—¿Estás seguro de esto, hermano? —pregunta Camillo por tercera vez desde que llegamos.

—Esto nos asegurará una buena vida, Camillo. A Fiorella no le importa lo que nos pase, eso lo sabes.

—Pero a Sergei sí. Podríamos irnos con él.

Niego, no estaba comprendiendo el punto de todo esto.

—Primero, Fiorella no nos dejaría ir a pesar de lo que piensa de nosotros; y segundo, tenemos que ser independientes, darles valor a nuestros nombres. Necesitamos formarnos una reputación, Camillo, y eso lo conseguiremos aquí.

La duda ensombreció su mirada, era algo arriesgado involucrarnos con estas personas. Pero Sandro había asegurado que no haríamos nada que no quisiéramos y que podríamos irnos cuando lo viéramos necesario.

Comenzaríamos movilizando su mercancía, y dependiendo de cómo vayan yendo las cosas, iremos subiendo de puesto. Y me parecía algo justo y perfecto.

—Está bien, pero si algo sale mal, es tu culpa.

—Acepto toda la responsabilidad —digo con una sonrisa en el rostro.

Me alegraba que no se hubiera echado para atrás, él era al único a quien tenía, y no podía hacer esto yo solo.

Nos bebemos un par de tragos antes de dirigirnos a la zona vip, donde de seguro Sandro ya nos esperaba. Nadie nos detiene al subir, y en cuanto llegamos al palco, la veo.

Alta, de cabellera negra y unas piernas que serían la perdición de cualquier hombre. Llevaba un vestido de lentejuelas negro y unos tacones de infarto. Balanceaba sus caderas al ritmo de la música... Era *sexy* e increíblemente hermosa.

—Chicos, pasen. Bienvenidos. —La voz animada de Sandro me saca de mis devaneos.

Alejo la mirada de ella y la centro en él.

—Tomen asiento —continúa—. ¿Quieren algo de beber?

Ambos pedimos *whisky* y nos sentamos, había otros hombres alrededor del lugar, quienes nos observaban como si fuéramos dos especies exóticas. Sí, quizás éramos algo jóvenes para estar aquí, pero no significaba que fuéramos inútiles.

—Quiero presentarles a alguien. —Le hace señas a la mujer que había estado observando antes y esta se acerca—. Ella es Ines Caruso, mi hermana pequeña. Y es la mercancía que tendrán que transportar siempre que ella lo requiera.

Presente

OBSERVO con detenimiento la expresión de Elaine. No se movió ni habló mientras le contaba todo, y tan solo la vi parpadear un par de veces.

Seguía con la mirada fija en su cuchillo, y me preocupaba el hecho de que quisiera apuñalarme por la estupidez de mis actos cuando tenía dieciocho años.

—¿No vas a decir nada? —pregunto, su silencio era una tortura.

—Estoy uniendo las piezas, solo tengo información de cómo murió la chica, no de qué sucesos la llevaron a eso.

—¿No estás molesta?

—¿Contigo? No. Con Sandro, muchísimo; de hecho, solo quiero tenerlo frente a mí para cortarlo en pedacitos.

Río ante las ganas asesinas de mi esposa.

—No puedo molestarme por algo que hiciste cuando de seguro no sabías de mi existencia, y yo, mucho menos de la tuya. En realidad, yo tenía diez años para ese entonces. —Sonríe y deja el cuchillo sobre su muslo, el brillo había regresado a sus ojos, se estaba abriendo de nuevo para mí—. Es preocupante que me gusten hombres tan mayores.

—Que te aguante un hombre mayor, bonita. Y recuerda que estás casada con él y que tienes tres hijos.

Ríe a la vez que asiente.

—Es difícil de olvidar eso. Ahora continúa, por favor.

—Fui demasiado ciego para darme cuenta de que todo era una trampa, no querían a mi hermano, ni que fuéramos los choferes de una niña mimada. Lo que querían eran a mí y a mi habilidad para ganar en el póker. Ines me vio jugar varias veces en una de las salas de apuesta de Sandro, y cuando se dio cuenta de que ganaba más partidas de las que perdía, le contó a su hermano.

—Así que ella fue la que te puso ahí —dice con la mirada perdida.

—Sí, ella también era una maestra en el póker y necesitaba un compañero para sus estafas magistrales. Nadie parecía estar a su altura, no hasta que me encontró. Me lo creí en un principio —digo y observo algún punto en la pared, dejando que los recuerdos lleguen a mí—, que solo quería divertirse y pasarla bien conmigo. En un inicio solo fueron jugadas inofensivas, bromeábamos y reíamos en las partidas. Si era una mesa llena de hombres, centrábamos la atención en ella, y si eran puras mujeres, la dirigíamos hacia mí. Todo para que al que le correspondiera hiciera la jugada ganadora. La que se llevaría los cincuenta dólares o los miles apostados.

—¿Cuál fue la mayor cantidad que lograron estafar? —pregunta con la sorpresa tiñendo su voz.

—Un millón. —Sonrío ante el recuerdo—. Ese día me sentí como el ser más invencible del mundo, por supuesto que luego de eso todo se fue a la mierda. A los hombres que habíamos estafado no les agradó que dos «niños» les hubieran robado, así que pusieron precio a nuestras cabezas y comenzaron la cacería.

—¿Los atraparon?

—A mí no, Camillo me ayudó a escapar, pero a Ines sí lograron capturarla.

—Y supongo que a Sandro eso no le agradó demasiado, ¿verdad?

Asiento, dejándome llevar por los recuerdos de esa noche.

Nunca podría olvidarlo.

TREINTA Y NUEVE

Marcello Coppola

Veinte años atrás

—¿Cómo que la capturaron?!

El grito de Sandro resuena por toda la sala hasta calarme en los huesos, sus hombres retroceden un paso, conscientes de lo que se avecinaba. Estaba seguro de que ninguno de ellos deseaba estar en el lugar en el que me encontraba con mi hermano. Yo, aunque pudiera, no cambiaría por nada los dos años que pasé aquí. Con ella.

Mantengo la frente en alto cuando me toma por el cuello de la americana, era más alto que él por unos centímetros, pero eso no lo inmutó. Él estaba furioso, y con todo derecho.

Se habían llevado a su hermana pequeña por mi culpa, y no me detendría hasta recuperarla.

—¡Explícame cómo es que sucedió eso! —exclama, pero no le permito notar cuánto me afectaba la situación.

En estos dos años a su lado, aprendí que de eso se alimentaba para intimidar a las personas, pero yo no dejaría que tomara poder sobre mí, ya lo había tenido por mucho tiempo.

—Fuimos emboscados en la salida de la sala de juegos, intenté llegar a ella, pero lograron separarnos y se la llevaron.

—¿Dónde estaban sus escoltas?

—Muertos —escupo en tono frío.

La gente de Romano había logrado encontrarlos a todos y ponerles una bala en la cabeza, para que así nadie pudiera ayudar a Ines a escapar.

Al parecer, el millón que habíamos ganado, producto de la estafa de hace unos días, lo habían apostado sus socios, y no le agradó que sus amigos perdieran en su propia casa. El que descubriera todo hizo más difícil conseguirnos su «estima».

—¿Y por qué tú estás aquí y ella no? —Miro por encima del hombro hasta encontrarme con la mirada de mi hermano, lo habían detenido al igual que a mí, y si no escogía mis palabras con cuidado, ninguno de los dos saldría vivo de aquí.

—Camillo los interceptó cuando me llevaban hacia Romano —digo como única explicación, no iba a decirles que él había arreglado todo para que solo yo saliera de ahí.

Estaba furioso con él por eso, debió arreglarlo para que ella saliera, no yo. Pero él ya no podía cambiar las decisiones que tomó ni yo las mías, solo quedaba actuar.

—¿Y qué me impide matarte por no haberla salvado? —pregunta en esta ocasión a mi hermano.

Al igual que yo, no se inmuta.

—Porque yo sé dónde la tienen y cómo entrar para rescatarla.

No dudo de sus palabras, Camillo tenía una gran facilidad para hacer amistades con personas que en algún momento podrían ayudarlo. No me sorprendería si algunos amigos de Romano fueran los suyos.

—¿Y cómo sé que no mientes? —Saca su arma y se acerca a donde está. Reprimo el impulso de querer acercarme y partirle la mano para que se aleje de mi hermano. Era un instinto protector que tenía desde que éramos niños.

—¿En estos dos años alguna vez te mentí, Sandro?

Repaso todas las veces en las que le dio una respuesta evasiva, respondió con otra pregunta o hizo una broma al respecto, pero nunca le mintió, al menos, no directamente.

El silencio de Sandro es respuesta suficiente. Mis hombros se relajan al igual que el de los demás, baja el arma y comienza a caminar de un lado a otro, como hacía cada vez que estaba trazando un plan de ataque para quienes se atrevían a joderlo.

—Ustedes dos guiarán a mis hombres al lugar, luego ellos se asegurarán de que ninguno haga una estupidez que termine con mi hermana muerta, ¿queda claro?

Asiento a pesar de que estaba harto de seguir sus órdenes, al principio había sido soportable, pero luego de unos meses se volvió claro que solo nos veía como activos. A mí porque le hacía ganar mucho dinero a su hermana, y a Camillo porque sabía que podía usarlo para manipularme. La única razón por la cual no había intentado matarlo era por Ines, sabía que nunca me perdonaría si lo hacía.

Y si fuera por mí, la recuperaría y nos iríamos muy lejos de aquí y de él, para formar una vida juntos.

—Bien, vayan por ella. No quiero que regresen hasta que la tengan.

Salgo de la habitación, listo para lo que sabía que sería mi primera matanza. Camillo y yo teníamos muy poca experiencia y ningún entrenamiento, pero eso no me impediría meterme a la boca del lobo.

Iba a recuperarla costara lo que costara.

~

Presente

—Murió en el rescate, ¿cierto? —La pregunta de Elaine me saca de mis pensamientos.

Tenía la mirada fija en mí, al igual que yo minutos atrás, estaba leyéndome. Yo carecía de la habilidad de poder esconder mis emociones de ella.

—Sí, por mí.

Las palabras salen antes de que pueda detenerlas, pero en algún punto de la historia tendría que saberlo, así que era mejor más temprano que tarde.

—¿Dio la vida por ti? —susurra.

Una risa amarga sale de mis labios, hubiera preferido que las cosas no terminaran de esa manera.

—No, bonita. Yo le arrebaté la vida de las manos. —Su boca se abre por la sorpresa, al igual que sus ojos—. Yo la maté.

~

Pasado

Recorro los pasillos con arma en mano, logramos infiltrarnos en la casa de Romano y la gente de Sandro se estaba encargando de mantener al margen a todos, para que así yo pudiera tener el tiempo suficiente de encontrar a Ines.

Todos los pasillos de esta casa eran iguales, casi como un laberinto, pero según las instrucciones de Camillo, que le había sacado la información a la fuerza a uno de los hombres de Romano, estaba en el último piso, lugar donde se encontraba su habitación.

Mi mente, aunque traté de evitarlo, se imaginó lo que podría encontrar en esa habitación cuando llegara. Solo había una razón por la que Romano la querría ahí, y lo mataría por ello, por hacerla sufrir, por llevársela, pero sobre todo, por tocarla.

Le quito el seguro al arma al llegar al último piso, en este había menos habitaciones, ya que era un lugar más privado al que muy pocas personas tenían acceso. Si había algo que estas personas tenían en común, era su manera de pensar. Al igual que en la casa de Sandro, la habitación de Romano debería ser la última, y, por ende, la más grande.

Me detengo frente a la puerta y la estudio antes de actuar. La habitación debía estar insonorizada y las puertas sujetas a un sistema de seguridad diferente al que tenía el resto de la casa.

Alertaría a sus demás hombres si abría las puertas a la fuerza, así que toco y espero a que se asome.

Cuento los segundos, y cuando escucho el clic del seguro, sonrío.

—Buenas noches, Romano —digo en cuanto abre y le apunto a la cabeza—. Vengo por mi chica, y por tu bien, espero que esté sana y salva.

Levanta las manos y se hace a un lado, entro y recorro la gran habitación con la mirada. Las sábanas de la cama estaban destendidas y el olor a sexo prevalecía en el aire. Reparo en su aspecto y la sangre dentro de mí se congela.

Lo único que impedía que le viera el miembro era una toalla.

—¿Dónde está? —pregunto a punto de disparar.

—¿Ines? —Sonríe—. En la ducha, y espero que aún este recuperándose de lo bien que me la folle.

—Si la violaste, te juro por el infierno que pasarás toda tu vida siendo torturado.

Les resta importancia a mis palabras y se dirige a lo que, supongo, es el baño.

—¡Amor! ¡Tu juguete vino por ti! —grita.

¿Amor...? ¿Qué demonios estaba diciendo?

—¡Un segundo, cariño!

El grito de su voz me rompe.

«Cariño».

Esa era su forma de llamarme, «yo» era «su» cariño.

—¿Qué carajos está pasando aquí? —escupo furioso.

Todo dentro de mí exigía una explicación, una en la que ella, la mujer que amaba, no me había engañado y en la que el hombre que supuse la había secuestrado no era su «cariño».

Pero, sobre todo, una explicación de por qué había hecho esto.

CUARENTA

Elaine Coppola Voronin Smirnova

Q ue alguien a quien amas te cuente la historia de su primer amor y de cómo este le rompió el corazón era triste y doloroso. No porque hubiera amado a alguien más aparte de mí, sino porque teniéndolo frente a ti era difícil contemplar la idea de que alguien no lo quisiera o no lo creyera suficiente para ser amado.

Marcello lo era todo; un buen esposo, padre, amigo y compañero... Ines debió haberse sentido afortunada de tenerlo en su vida, de poder llamarlo suyo, de poder haber sido amada por un hombre como él. Pero en vez de todo eso, tomó a un hombre con grandes ilusiones sobre el amor y lo moldeó y usó a su antojo.

Si pudiera regresar a ese día, yo misma la mataría, porque sabía cómo continuaba la historia.

Él la había matado, le arrebató la vida, así como ella su corazón. La mató estando cegado por el dolor que su traición le había causado, y ahora podía ver cómo ese recuerdo y culpa lo acompañaban.

No se sentía culpable porque la amara o le tuviera alguna

clase de estima, se sentía culpable debido a que la mató solo porque ella se dejó llevar por los verdaderos sentimientos de su corazón. Al igual que él y yo hicimos desde un principio.

Ese era el peso que había arrastrado consigo todos estos años, y yo lo ayudaría a deshacerse de él.

Asesinando a Sandro, quemando todo recuerdo de ella y haciéndole saber que no solo él hubiera tomado esa decisión, yo también lo habría hecho. En personas como nosotros, el amor tendía a ser poderoso y destructivo, y hacíamos sufrir a las personas de la única manera en que sabemos: matando.

Me deslizo por el suelo hasta llegar a su lado, lo tomo de la mano y entrelaza nuestros dedos sin importarle que mis manos estén cubiertas de sangre.

—Supongo que cuando regresaron a Sandro no le gustó lo que le dijiste, ¿verdad? —pregunto al cabo de unos minutos en silencio.

—No le gustó para nada, nos acusó de traición e intentó matarnos a mi hermano y a mí a sangre fría. —Su voz me parecía monótona, como si hubiera contado esta historia un millón de veces.

—¿Cómo lograron escapar? —Acaricio el contorno de sus nudillos con mi otra mano, quería que se alejara de aquel lugar al que su mente lo había llevado y que regresara a mí.

—Lo intentó él solo. —Se encoge de hombros—. Nos fuimos contra él en cuanto sus hombres lo dejaron solo, no teníamos mucha experiencia con los golpes, pero entre los dos lo detuvimos. Le disparamos con su propia arma, de verdad creí que lo habíamos matado.

—O tal vez lo hicieron, pero lo encontraron a tiempo y lo trajeron de vuelta.

Asiente.

—Y ahora anda por aquí queriendo jodernos. —Deja salir

una carcajada sin una pizca de gracia—. Siempre pensé que era un puto fantasma, y al parecer lo es.

—Dejará de serlo cuando le quite la cabeza con mi cuchillo preferido.

—No tan rápido, bonita. —Sonríe, me rodea la cintura y me levanta hasta sentarme en su regazo—. Él es mío, si va a morir, será por mi mano.

Acomodo algunos mechones de cabello rebelde que se habían escapado de su pulcro peinado, dejo las manos sobre sus hombros y ladeo la cabeza.

—¿Qué te parece si el que lo encuentra primero se lo queda?

—¿Una competencia? —pregunto con una sonrisa en el rostro.

—Una caza.

Lo medita unos segundos antes de asentir.

—Hecho.

—Bien —afirmo y me pongo de pie, luego le tiendo la mano—, porque Alicia y Camillo están por llegar. Estoy ansiosa por visitar Turín.

Lo miro por encima del hombro para ver su reacción, y como supuse, no parecía muy contento con mis palabras. Camillo se lo había contado todo a Alicia y, por consiguiente, ella me lo contó todo a mí. Era bueno tener ambas versiones de la historia.

—Los llamé después del ataque —continúo. Salimos de la mansión y me detengo frente a un grupo de mis hombres, les había ordenado que vinieran desde Rusia hace dos días—. Ustedes —digo, señalando a dos mujeres, las cuales tenían dos años trabajando para mí y eran madres—, cuidarán de mis hijos y de mis primos, ¿entendido? No quiero que les pase absolutamente nada, pero si llega a ser así, ustedes no volverán a abrir los ojos para ver a los suyos.

—Sí, Sra. Coppola. —Ambas se alejan hacia el interior de la casa. Me quedo de pie, frente al grupo al que le había pedido que viniera aquí en cuanto pusieran un pie en Italia—. Necesito que vigilen este lugar las veinticuatro horas del día. Me han informado que mi tío está a salvo, así que, en cuanto lleguen, díganles que estarán aquí hasta que les dé la orden de que ustedes pueden permitirles salir, ¿queda claro?

—¡Sí, señora! —El coro de sus voces resuena por todo el lugar.

—Maten a todo aquel que no esté invitado y se encuentre en mi lista negra. Sean letales: nadie toca a mi familia de nuevo.

Todos asienten antes de retirarse a sus respectivos puestos, Marcello, a mi lado, me observaba fascinado.

—Tiendes a olvidar que también soy alguien con poder, Marcello. Yo y mi hermana te ayudaremos a ti y a Camillo a resolver esto; no somos débiles, somos fuertes, y voy a demostrártelo.

Retomo mi camino hacia el deportivo que había mandado a traer desde Rusia, era mi favorito y no quería que siguiera llevando polvo en el *parking* privado de mis padres.

—Sube, nos vamos al hotel.

—¿Hotel? —pregunta cuando ya está dentro del coche.

Enciendo el motor y sonrío ante el sonido de este.

—Voy a cerrar todo este lugar, nadie pondrá un pie adentro hasta que yo lo diga —sentencio—. Ahora agárrate bien, papá dice que nunca debió enseñarme a conducir.

Y con eso, acelero a fondo.

∼

EL HOTEL ERA el más costoso y reluciente de la zona, justo lo que quería para que Sandro pudiera encontrarnos.

Estaciono en el *parking* privado y nos bajamos del coche, Marcello me hizo caso y se había agarrado fuerte. Me encantaba acelerar y escuchar al motor rugir cuando hacía los cambios y maniobraba como si fuera alguna corredora de carreras ilegales.

—En serio, no debió enseñarte a conducir. —Me río al escuchar las palabras de mi esposo.

Sí, no era la más confiable a la hora de hacerlo.

—Vamos, ya nos están esperando.

Entramos al hotel y nos dirigimos de inmediato al elevador, este nos lleva al último piso, donde se encontraba la *suite* presidencial. Toco dos veces la puerta y esta se abre con un suave chasquido.

—Bienvenido a nuestra pequeña base de operaciones — digo mirando a Marcello por encima del hombro cuando entra. Había hombres y mujeres moviéndose por todas partes, armas, planos, cuchillos, *nerds* en sus ordenadores haciendo la magia de cuidarnos las espaldas junto con Alicia.

—¿Todo esto lo has montado? —pregunta evidentemente sorprendido.

Era la primera vez desde que nos conocíamos que le dejaba ver el alcance que tenía Olor Niger (Cisne Negro), y se sentía bien sorprenderlo.

—Sí, Alicia y yo trabajamos dos días enteros en esto.

No se sorprende al escucharme decir de forma indirecta que ya sabía gran parte de la historia, y aunque intenté ocultarlo, fui clara cuando le dije que lo averiguaría todo al final de cuentas.

—Marcello. —La voz de Camillo lo saca de sus pensamientos. Ambos se dan un abrazo fraternal y sonríen—. Me alegra verte aquí. —Aparta los ojos de su hermano y se centra en mí

—. Recuérdame nunca molestarte a ti o a tu hermana, cuñadita.

Río y lo abrazo.

—Solo asegúrate de que mi hombre no haga nada estúpido, como querer hacerse el héroe, y estaremos bien.

—Elaine —advierte Marcello sin demora—, no me hago el héroe, solo te cuido.

—Son la misma cosa. —Le guiño el ojo, dispuesta a dejarlo solo con su molestia—. ¿Dónde está mi hermana?

—Por allá atrás, está haciendo lo suyo —responde Camillo.

Asiento y me alejo de ambos, Alicia era la segunda persona con más habilidades en este lado del mundo cuando se trataba de conseguir información y hackear. Y esperaba que su investigación diera buenos frutos.

Estaba sentada en un rincón, rodeada de tres ordenadores. Tenía los auriculares puestos, para así concentrarse, y podía apostar todo lo que tenía a que era música clásica.

Le toco el hombro suavemente, queriendo no sobresaltarla. Había aprendido en anteriores ocasiones a no asustarla, ya que siempre tenía un arma a la mano.

Aparta la atención de las pantallas y la centra en mí.

—Llegaste. —Se quita los auriculares y se reclina en su silla, que era algo como sagrada para ella—. ¿Marcello vino?

—Sí, está en la sala con Camillo, seguro ya están viendo las armas.

—Bien, me pone de los nervios trabajar cuando Camillo me está observando fijamente.

Sonrío.

—Bienvenida a mi mundo. —Miro las pantallas sin comprender más de la mitad de lo que hay en ellas—. ¿Encontraste algo?

—La pregunta es qué no encontré. No tengo claro si me

están arrojando esta información a la cara o si sus sistemas de seguridad son una mierda.

—¿Crees que sea una trampa?

—No, creo que es una distracción.

Intercambiamos miradas.

—Pero ¿para qué?

Pienso en todos los blancos que podrían atacar y ninguno es probable. No tocarían a mis padres aunque quisieran, la mansión Moretti era un lugar impenetrable, al igual que la clínica donde estaban mis tíos. Mi abuelo Lucios se encontraba en Rusia también, así que todos estábamos a salvo.

Entonces, ¿qué demonios querían atacar?

CUARENTA Y UNO

Elaine Coppola Voronin Smirnova

Llevaba alrededor de dos horas revisando toda la información con Alicia, estábamos casi seguras de que era un anzuelo, pero no por ello desaprovechamos la oportunidad. Aunque había cierta información que se había filtrado, documentos que era claro que nadie debía leer. Sin embargo, si querías atrapar a tu enemigo, debías lanzarle todo lo que tenías, ¿no?

Me dolía el cuerpo por permanecer tanto tiempo en la misma posición, pero ya estaba a nada de llegar a las imágenes y videos de lo que Sandro y su gente había estado haciendo solo un par de meses atrás.

Ya teníamos el lugar donde se encontraban y habíamos trazado un plan. Los acorralaríamos dentro de su propia madriguera y los mataríamos dentro de ella.

No sentía ni una pizca de culpa por ese pensamiento. De hecho, disfrutaría hacerlo, así como años atrás ellos se habían aprovechado de dos chicos jóvenes que no tenían quien los guiara.

Tal vez fue decisión de Marcello entrar a ese lugar y

convencer a su hermano de aceptar la propuesta de Sandro. Ellos solo querían pertenecer a algo por primera vez y tomaron la primera oportunidad que se les presentó.

No los culpaba por ello, no lo culpaba a él por nada de lo que había pasado. Solo había cometido un error, y cuando se dio cuenta de ello, ya era demasiado tarde.

Me reclino en la silla que había acomodado al lado de la de Alicia y suspiro, las imágenes frente a mí eran prueba de lo que ya sospecho. Sandro se estuvo preparando todo este tiempo para el momento en que vengaría a su hermana.

Pasajes de avión de Rusia a Italia, a la Isla de Margarita, facturas de entradas a teatros a donde había ido con Marcello, y donde Camillo había visto bailar a Alicia. Había fotografías de Marcello y Camillo más que nada, en distintos lugares y tiempos.

Los había estado siguiendo desde un principio, pero no hizo verdaderos movimientos hasta que ambos se interesaron en alguien. En nosotras.

Todo cae en su lugar como un rompecabezas.

No habían atacado durante todos estos años porque ninguno tenía nada que perder, en cambio, ahora era diferente.

—Ya vuelvo, voy con Marcello —le digo a mi hermana, quien apenas asiente sin apartar la mirada de las pantallas.

Todos a mi alrededor estaban trabajando, llamaría a Dasha, una de las encargadas de cuidar a los niños, para ver cómo iba todo. Aunque si algo hubiera ido mal, todos tenían órdenes claras de informarme de inmediato.

Encuentro a Camillo cargando y revisando las armas junto con otros dos hombres. Estos dos últimos inclinan la cabeza en señal de respeto y luego retoman su trabajo.

—Cuñadito, ¿dónde está mi esposo? —le pregunto al no verlo por ningún lado.

—Salió hace un rato, dijo que volvería pronto.

Mi ceño se frunce, me habría avisado de ser así. Nunca salía sin decirme a dónde iba, no porque desconfiáramos del otro o algo así, era por nuestra propia seguridad.

A menos que...

—¿Te dijo exactamente a dónde iba?

Deja de mirar el arma en sus manos y se centra en mí.

—No, pero mencionó algo de reunirse con alguien.

Todo dentro de mí hierve al escucharla.

—Voy a matarlo —afirmo—. ¡Alicia, rastrea a Marcello!

LLEGAMOS al hotel armados hasta los dientes, este se encontraba a solo quince minutos de donde nos habíamos alojado.

No me importaba si formaba un alboroto por nada. Sandro estaba en este hotel reunido con mi esposo, y si le hacía algo, lo picaría en miles de pedacitos.

En la recepción había una mujer joven que no dudó en abrir los ojos como platos al verme con un arma en la mano y a los hombres detrás de mí, entre ellos, Camillo.

—¿Pasó por aquí algún hombre de más de un metro ochenta, de ojos grises oscuro y un traje negro con una camisa de vestir blanca?

Mi voz es dura y demandante, me creía capaz de enloquecer si decía que no, pero en vez de eso, asiente.

—Sí, una mujer llegó con él hace una hora.

Mi semblante palidece al escucharla.

—Es imposible —dice Camillo a mi lado—, mi hermano nunca la engañaría, y mucho menos a punto de... Mucho menos en estos momentos, debe ser otro hombre.

La mujer frente a mí me dedica una mirada apenada.

—Están en el tercer piso, habitación 201. Esta es la tarjeta-llave. —Desliza un pedazo de plástico rectangular—. Por favor, no le digan a nadie que los dejé subir.

Asiento y nos dirigimos al elevador, mi corazón latía tan rápido que apenas podía escuchar mis pensamientos. No podía siquiera pensar que el hombre que vio la recepcionista fuera mi Marcello... Confiaba tan ciegamente en él que sabía que nunca lo haría, no después de todo el infierno y dolor que habíamos pasado.

El din de las puertas abriéndose me saca de mi entumecimiento, todos me siguen, alertas y en un mortal silencio. Al encontrar la puerta, dudo.

No era una mujer débil, me habían enseñado eso desde niña. No se me permitía ser débil, y yo nunca quise serlo.

—¿Elaine? —La mano de Camillo me da un apretón en el hombro—. Puedo ir solo yo si quieres.

Niego de inmediato.

—No.

Y con esa única palabra, abro la puerta.

LA HABITACIÓN ERA espaciosa y acogedora, sin duda era un lugar del que podía disfrutar si no me encontrara en ella debido a otras circunstancias.

Ignoro las pinturas, los muebles, las flores, ignoro todo y me encamino a la habitación principal. En esta ocasión, no dudo ni un segundo, le disparo a las dos manillas y la puerta se abre de par en par.

Ante mí estaba un muy desnudo Marcello, y sobre él, en su pecho, se encontraba una mujer.

Una rubia esbelta y madura que nunca me agradó.

La perra de Rosetta Toscani.

—¡Vaya! ¡Vaya! ¡Vaya! Pero miren lo que tenemos aquí.

Mi nivel de voz parece interrumpir el sueño reparador de ambos. Observo con ira y dolor la imagen de Marcello removiéndose entre las sábanas, su mirada se encuentra con la mía y luego la baja hacia la mujer acurrucada encima de su cuerpo.

—¡¿Qué carajos?! —No me inmuto ante su grito de terror. Solo lo miro en silencio, esperando que la culpa de lo que acaba de hacer caiga sobre él.

—Marcello, hombre, ¿qué has hecho? —Mi cuñado parece igual de estupefacto que yo—. ¿Quién es ella, Marcello?

Mi «esposo» parecía confuso y miraba a Rosetta con el ceño fruncido. Esta, en cambio, tenía una sardónica sonrisa en su estúpida cara.

—Parece que nos han atrapado, querido. —El sonido de su chirriante voz me enfurece.

Iba a matarla.

—Tú —digo y señalo a Marcello—, fuera de la cama.

—Elaine, esto... Lo juro, bonita, no es lo que parece.

—Fuera. ¡Ahora!

No le dedico ni una sola mirada, pero por el rabillo del ojo veo cómo intenta ponerse de pie, mas no lo logra y termina en el suelo.

En serio, iba a matarla.

Camillo pasa a mi lado y lo ayuda a levantarse; Marcello toma su ropa del suelo y comienza a vestirse.

—Llévatelo de aquí —demando con la mirada fija en Rosetta—. Gavin, acompáñalos, y el resto, cuiden el perímetro. Quiero que me reporten el más mínimo cambio en el puto aire, ¿entendido?

—¡De inmediato, señora!

—Elaine, por favor, tienes que escucharme. —No lo miro a pesar del dolor que podía escuchar en su voz—. Te lo ruego, bonita, escúchame.

—Ahora no. —Lo miro, cediendo a la petición de mi corazón. Estaba pálido y su mirada se encontraba enrojecida por las lágrimas no derramadas—. Hablaremos en el hotel. Ahora sal de aquí, por favor.

Aún no podía escuchar lo que yo sabía, y menos en su estado.

No miro hacia atrás cuando Camillo acata mi orden y se lo lleva, seguido de ellos se escuchan varios pasos alejándose, hasta que solo quedamos Rosetta y yo.

—¿Qué carajos hiciste? —le reclamo.

—¿Yo? Nada —dice con falsa inocencia—. Solo le di lo que por meses me pidió. ¿Qué creíste que pasaría? —Ríe—. Solo se casó contigo porque te preñó, fuiste solo un capricho para él, y cuando se dio cuenta de que estaba atrapado contigo, vino a mí, a la mujer que siempre lo ha amado.

La observo por unos segundos en silencio hasta que no puedo contener la carcajada que se forma en mi interior.

—¿Me crees tan estúpida? ¿Acaso no sabes quién soy?

Me recorre con la mirada, sus ojos repasan las armas en mis manos y traga saliva.

—Solo eres una niña de papi que toca el piano.

Sonrío.

—Esta niña de papi es una de las mejores pianistas del mundo, gano millones, querida. Pero sabes qué es lo más importante. —La señalo con el cañón del arma—. Soy una jodida princesa de la mafia, una de las mujeres más poderosas del mundo y tu jueguito me importa una mierda. —Doy un paso hacia adelante sin dejar de apuntarla y ella retrocede—. ¿Qué? ¿Él no te lo dijo?

—No sé de qué hablas.

—Oh, yo creo que sí. Así que solo lo preguntaré una vez, ¿qué mierda le diste a mi marido y qué le hiciste?

—No le hice nada que él no quiso.

Le quito el seguro al arma.

—Comienza a hablar con la verdad o te haré un lindo agujero en la frente. Mi puntería es perfecta.

—¡No sé qué quieres que te diga! ¡Él te engañó, entiéndelo! ¡Me pidió que viniera aquí!

Disparo a la lámpara detrás de ella, lo que la hace gritar.

—La verdad a la cuenta de tres..., dos...

—¡Está bien! ¡Alto! —Para este punto, ya estaba llorando y temblando como una hoja.

Sin duda, el tiempo la había hecho débil.

—Para la próxima vez, búscate un oponente de tu tamaño. Háblame sobre lo que planea y tal vez no te mate.

Niega.

—Esto lo hice yo sola. No...

—Háblame de Sandro, Rosetta. —Ladeo la cabeza y estudio sus facciones—. O debería decir «Ines».

CUARENTA Y DOS

Marcello Coppola

Sentía que las paredes del hotel se cerrarían y me aplastarían en el proceso, necesitaba salir de aquí y encontrar a Elaine. Tenía que explicarle todo, porque, aunque sonara como la frase cliché de todo hombre infiel, de verdad no era lo que ella pensaba.

La única verdad era que no recordaba nada, mi mente cayó en una bruma en cuanto entré a la habitación donde se suponía que estaría Sandro, no mi secretaria.

—Marcello. —La voz de mi hermano me trae de vuelta, no sabía cuánto tiempo transcurrió desde que Elaine me había encontrado en esa habitación, pero se sentía como una eternidad—. Tienes que tranquilizarte o terminarás matando a alguien.

Lo creía posible, aunque aún no me decidía a quién matar primero, si a Sandro o a Rosetta. Ambos se la habían jugado para joderme y me había quedado claro quién había estado pasando información constantemente sobre mi paradero y lo que hacía.

—Camillo, tu esposa no fue quien te encontró en la cama

con otra mujer y ahora te cree infiel. ¿Crees que tú estarías calmado si estuvieras en mi lugar? —Mueve la cabeza de un lado a otro, ahora no tan seguro de sus anteriores palabras—. Alicia ya te hubiera mandado a la mierda de ser así.

—Aún me pregunto por qué Elaine no lo ha hecho —me contesta y se cruza de brazos, dedicándome una seria mirada—. ¿La engañaste?

Su pregunta detiene mis pasos, giro sobre mi eje y lo observo con toda la honestidad que mi mirada es capaz de transmitir.

—No, no lo hice, y nunca lo haría. Preferiría cortarme las pelotas yo mismo antes de engañar y romperle el corazón a la mujer que amo, y que es la madre de mis hijos.

Me mira unos segundos en silencio hasta que al final asiente.

—Te creo, ahora prepara algo igual de bueno para cuando llegue.

—¿Dónde está Alicia? —pregunto por primera vez, nervioso de ver a mi cuñada. La creía capaz de matarme si no me dejaba explicar todo antes.

—No te preocupes, fue a ver cómo está Lorenzo. Elaine se aseguró de que la conversación que van a tener no la escuche nadie más.

Continúo caminando y tiro de las hebras de mi cabello. Una punzada atravesaba mi cabeza cada vez que trataba de recordar algo, pero era como si hubieran borrado esas dos horas de mi vida.

Media hora después, escucho que la puerta de la *suite* se abre; mi corazón golpea mi pecho con fuerza a causa de los nervios y el miedo, porque sí, estaba jodidamente asustado de que no me creyera y quisiera dejarme. No podía verme viviendo sin ella, era mi mundo entero y no quería perder a mis hijos, sería mi muerte.

—... manténganla bien encerrada y díganle a Alicia cuando vuelva que hackee las cámaras del hotel y revise absolutamente todo, ¿entendido?

—Por supuesto, señora.

El sonido de sus pasos acercándose a donde me encontraba no hace más que empeorarlo todo. Ni siquiera de niño había sentido tanto miedo. Vuelvo a pasarme las manos por el cabello, y cuando entra, lo único que hago es observarla como el primer día que mis ojos encontraron el camino hacia ella.

Había manchas de sangre en su ropa y sus nudillos parecían estar rotos.

—Al parecer, alguien se estuvo divirtiendo —bromea Camillo con la intención de aligerar el ambiente, mas no lo consigue.

—Por favor, llama a mi hermana y pregúntale cómo están mis tíos, y que si todo está bien, que se pase por la mansión, no pude llamar a Dasha.

—De acuerdo, ya lo hago. Y, Elaine, escúchalo, por favor.

Asiente a las palabras de mi hermano sin dejar de mirarme, segundos después, la puerta se cierra y nos quedamos solos.

—Elaine, antes que nada, necesito que sepas que no te engañé. Nunca lo haría, y no solo por el hecho de que tu padre de seguro me asesinaría de la manera más dolorosa que se le ocurriera, sino porque te amo y no haría nada para arriesgarme a perderte a ti y a mis hijos.

—Lo sé —dice calmada.

—¿Qué?

Sus palabras no tenían cabida con su anterior reacción en el hotel, aunque no podía culparla, tal vez yo hubiera reaccionado peor. Deja salir un suspiro de evidente cansancio y se deja caer sobre uno de los sillones de la habitación, lo que nos dejaba frente a frente.

—Creo que la golpeé más de lo necesario —dice—, pero no iba a dejar que se fuera como si nada después de lo que te hizo.

—¿Qué cosa? ¿Tiene que ver con el hecho de que no recuerdo nada?

Asiente, su mirada se nubla y es ahí cuando sé que algo va mal.

—Hey, ¿qué pasa, bonita? —Me arrodillo frente a ella y la tomo de las manos—. Todo está bien.

—No lo está —gimotea—. Ella... ella te drogó, Marcello. Estuviste una hora y media inconsciente, pudo haberte hecho cualquier cosa.

Cierro los ojos. La maldita me drogó, por eso no recuerdo nada.

—Todo está bien, yo me siento bien —le aseguro—. Creo que sabría si me hubieran hecho algo.

—¿Estás seguro? ¿Te sientes bien? —Me toma el rostro entre las manos y yo hago lo mismo con el suyo, parecía a punto de llorar, y odiaba que Sandro le hubiera hecho esto.

—Lo juro, *mio cuore,* me siento bien. Lo único que lamento de todo esto es que tuvieras que pasar por algo así.

Cierro los ojos cuando comienza a acariciarme la mejilla, siempre había sido débil ante su tacto.

—Perdóname por si te hice sentir mal, solo quería asegurarme de que si Sandro estaba viendo creyera que nos había separado.

Asiento, comprendiendo lo que dice.

—No pasa nada, bonita. Sandro me hizo caer en su trampa y lo haré pagar por ello —le contesto, pero su cuerpo se tensa y se aleja de mí—. ¿Qué sucede?

Se baja del sillón y se sube a mi regazo, la fuerza de su

abrazo me toma por sorpresa y me deja por unos segundos fuera de lugar.

—Lo siento mucho, Marcello —susurra contra la curva de mi cuello.

—Dime qué pasa, Elaine.

—Es Ines. —Mi cuerpo se tensa al escuchar ese nombre salir de sus labios—. Está viva.

Eso parece terminar de enloquecer a mi corazón, entonces, con cuidado la bajo de mi regazo y me pongo de pie. El recuerdo de cuando le disparé estaba fresco en mi mente, como si fuera ayer. Le había dado en el pecho, la bata de baño con la que salió de la ducha de Romano se tiñó de rojo escarlata, luego le disparé a Romano.

Era imposible que estuviera viva: no tenía pulso cuando se lo tomé, no había color en su rostro y su mirada estaba vacía.

Era sencillamente imposible.

—Marcello...

—No —niego sin querer oír una palabra—. La vi desangrase frente a mí, Elaine. Le tomé el pulso y no hubo movimiento. Para cuando salí de esa habitación ella ya estaba muerta.

—No es así, alguien la encontró. La llevaron a tiempo al hospital y la salvaron.

La miro sin creerle, yo no quería que ella estuviera viva, no importaba la culpa que sentí todos estos años, la quería muerta. No porque me engañó, sino porque ella destruía todo lo que tocaba.

—¿Cómo lo sabes?

—Alicia. Ella encontró todo con respecto al hospital, la cirugía, los papeles...

Me giro a tal velocidad que escucho el momento exacto en que los huesos de mi cuello traquean.

—¿Qué cirugía?

—Deberías sentarte un momento. —Pasa saliva, y como si lo necesitara, se sienta en el borde de la cama.

—Elaine, ¿qué cirugía?

—Se hizo una cirugía plástica.

Suspiro, eso de verdad era una mierda.

—Bueno, no sabemos quién es y tal vez tome un tiempo encontrarla, pero no es problema.

No comprendía su expresión. Sí, no era agradable escuchar que el primer amor de tu esposo había regresado de la muerte, pero la consternación en el rostro de Elaine me tenía desequilibrado.

—Es que sí sabemos dónde está. Ha estado todo este tiempo cerca de ti —me dice y frunzo el ceño sin comprender—. Es Rosetta, Marcello. Siempre estuvo frente a ti.

Sus palabras son como un golpe en el pecho que me quita el aire por completo. No podía pensar, ni buscar un porqué, solo quería verlo con mis propios ojos.

Corro hacia el otro lado de la habitación, ignoro a Camillo cuando paso a su lado y a los hombres de Elaine. No lo pienso dos veces antes de abrir la puerta, y cuando lo hago, lo noto por primera vez.

—Hola, cariño. ¿Me extrañaste?

CUARENTA Y TRES

Elaine Coppola Voronin Smirnova

No detengo a Marcello cuando entra a la habitación. Me quedo al margen, detrás de él, lo bastante lejos como para que no se sienta asfixiado, pero lo bastante cerca por si me necesita.

Ines pasa por alto mi presencia y pone toda su atención en mi esposo; la había golpeado hasta dejarla inconsciente. Su rostro era una combinación entre rojo y morado, no había ni una sola parte que no estuviera llena de sangre. Estaba en estado crítico, pero eso no le impidió sonreírle a Marcello y decirle «cariño». Muy bien podía arrancarle la lengua por ello.

—¿Es cierto? —pregunta Marcello.

A mi lado, Camillo se encontraba alerta. Él posiblemente conocía la historia mejor que yo, ya que había sido testigo del amor que ambos se tuvieron, o al menos, el que Marcello le tuvo. Solo él sabía cuán profundos habían sido sus sentimientos por ella.

Lo confieso, el hecho de que estuviera viva me tenía algo insegura y asustada. No dudaba de lo que Marcello sentía por mí o que quisiera estar a mi lado y al de nuestros hijos, pero a veces los fantasmas del pasado tienen más poder sobre nosotros de lo que queremos reconocer.

Así que, ¿cuánto poder tenía Ines sobre Marcello todavía?

Muy dentro de mí, sabía que ninguno.

—¿Qué es cierto, cariño?

—No te hagas la que no sabe de lo que hablo. Solo ten las pelotas de mirarme a la cara y decirme que todos estos años estuviste viva, «Ines».

—¿Si lo hago vas a dejarla y a regresar a casa conmigo?

Doy un paso adelante, dispuesta a matarla, pero la mano de Camillo en mi hombro me detiene.

—Deja que él lo resuelva —susurra.

Hago una mueca de disgusto, pero permanezco en mi lugar. De igual forma, podía lanzarle un cuchillo y acabar con esto si se ponía muy irritante.

—La única razón por la que quiero que lo digas es para terminar de decidir si te mato yo o te dejo en las capaces manos de mi esposa. Así que comienza a hablar.

La ira brillaba en la mirada de Ines, era claro por qué nunca nos habíamos tolerado ni en lo más mínimo. Todo este tiempo ella ha querido lo que es mío.

—No permitirías que ella me pusiera un dedo encima. Me amas.

—«Te amé» —corrige—. Y, aun así, dudo de ese sentimiento. Tú me manipulaste a tu antojo, me dijiste lo que yo quería escuchar, nada de lo que pasó fue verdadero. Dime para qué volviste, ¿qué quieres en verdad? De alguna manera, el universo decidió que vivieras ese día, por qué no usaste esa oportunidad, no sé, para ser monja o ayudar a niños discapacitados, buscar redención o qué sé yo. Pudiste hacer muchas cosas, pero en cambio regresaste aquí y te hiciste pasar por otra persona durante años. ¿Sandro siquiera sabe lo que hiciste y que estás aquí?

—No, él habría venido a buscarte de haber sido así. He estado protegiéndote todos estos años de él.

Una carcajada lo abandona, estaba enojado, eso era claro.

—¿Protegerme? Lo único que quiero de ti es que estés alejada de mi familia, te quiero en el otro maldito lado del mundo de ser posible, ¿comprendes?

—¡Tú me amabas! ¡Prometiste que siempre me querrías! —grita colérica.

—Era joven y estúpido, como ya te habrás dado cuenta. No sabía lo que era estar enamorado y mucho menos lo que era el amor. Tú te aprovechaste de eso, aunque no tienes el valor de admitirlo. Por una vez en la vida, haz algo bien y dime qué quieres.

Ines se encuentra con mi mirada, no sabía qué esperaba que hiciera. La única razón por la que seguía viva era por Marcello. Yo no le debía nada.

—Quiero lo que tiene ella. —Pongo los ojos en blanco al escucharla—. Nunca me miraste como lo haces con ella, eres más cariñoso y dulce. Yo quiero todo eso.

Marcello niega, pareciendo cansado de todo esto. De ella.

—No lo entiendes, ¿verdad? Nunca la dejaría, yo la amo, y lo único que deseo es tener una vida tranquila con ella y mis hijos. Es lo único que quiero. Pero tú y Sandro están estropeando todo.

—Mi hermano no solo busca venganza porque intentaste matarme, Marcello. Él quiere arrebatarte lo más preciado que tienes porque, cuando te conocí, dejamos de ser los hermanos cercanos que siempre fuimos. Tú me alejaste de él sin pretenderlo y te odia por ello.

—Esto tiene que ser una broma. —Ríe Camillo—. ¿Están intentando matarnos por una estúpida riña entre hermanos?

—No es estúpido, para la familia Caruso, no hay nada más importante que la familia.

—¡Claro que es estúpido! —continúa sin prestarle atención a sus palabras—. Sandro y tú siempre discutían por nimiedades y ahora nosotros estamos en el medio de un fuego cruzado por la inmadurez de ambos.

Aunque quería opinar, no lo hago. Esta discusión tenía que ver con el pasado y yo, para ese entonces, apenas era una niña.

El sonido de una puerta abriéndose atrae mi atención, miro por encima del hombro, encontrándome con la mirada de mi hermana. Detrás de ella venían varios de nuestros hombres, que de inmediato comenzaron a cargar las armas. Las llevarían a las camionetas blindadas para, en cuanto termináramos aquí, ir en busca de la cabeza de Sandro.

Fuera o no una estúpida riña, había intentado asesinar a mi tío, lo que era traición. Y según nuestras leyes, se pagaba con la muerte por tal acto.

—¿Va todo bien? —susurra Alicia cuando llega a mi lado.

—Más o menos. Están poniéndose al día con todo.

—¿Si era verdad lo que decían esos papeles? —pregunta, refiriéndose a lo que encontró en la nube de Sandro.

Asiento sin apartar la mirada de la escena frente a mí; al parecer, estaban debatiendo por qué la venganza de Sandro sí era válida. Tenía la sospecha de que Ines no terminaría muerta por la mano de alguno de ellos, o tal vez sí.

—Lo estuvo espiando todo este tiempo, esperando su momento de gloria. Pero eso no es todo, al parecer, quedamos en el medio de una discusión entre hermanos, y por eso Sandro intenta matarnos. Está dolido porque Marcello alejó a Ines de él cuando se conocieron.

—¿Nos están cazando por celos? —pregunta estupefacta.

—Así como lo ves.

—Los criminales de hoy en día buscan hasta la más mínima razón para llevar a cabo una masacre —murmura.

—Sí, pero yo les daré dos buenas razones para matarlos. Atacaron a mi tío, con mis hijos y primos en el lugar, y drogaron a mi esposo y le hicieron Dios sabe qué. No permitiré que ninguno llegue vivo al día de mañana.

—Cuentas con mi apoyo para todo lo que necesites.

—¿Cómo están el tío Lorenzo y los niños?

—Está estable. Pudieron sacarle la bala y ahora solo necesita descansar. Llevarán a un equipo médico a la mansión para que esté protegido tras los muros. Y en cuanto a los niños, algo inquietos, creo que los extrañan.

Sonrío.

—Yo también los extraño. —Me acaricio el vientre como había estado haciendo desde que me alejé de ellos—. Es raro no tenerlos conmigo.

—Entonces, hay que apresurarnos para que pueda ver a mis sobrinos y consentirlos un rato.

—Manos a la obra, hermanita. —Doy un paso hacia delante e interrumpo la calurosa discusión entre mi esposo, mi cuñado y la muerta viviente—. Creo que es momento de que pongamos las cartas sobre la mesa, querida Ines. Me ayudas a matar a tu hermano o le pongo fin a tu miserable vida en este momento.

Saco uno de mis cuchillos favoritos de la correa en mi muslo para hacer más verídica la oferta.

—Es claro que mi esposo y mi cuñado no te matarán, tus intenciones al venir aquí no fueron del todo malas, así que no les das suficiente motivo. Pero, para tu desgracia, tu hermano casi mata a mi tío y tú drogaste al hombre que amo. —Me inclino sobre ella, solo dejando un palmo de distancia entre nuestros rostros—. Tengo motivos suficientes —digo.

Paso la hojilla del cuchillo por su cuello, lo que la hace removerse.

—Haces de carnada y me guías al lugar exacto donde se esconde tu hermano, y puede que vivas lo suficiente para verlo morir.

—Estás loca.

—No. Lo que sucede es que simplemente yo sí asesino cuando tengo una buena razón, no una tan estúpida como la de Sandro.

—Él va a matarte, y cuando lo haga, bailaré sobre tu cadáver y luego vendré por tu esposo.

Sonrío, el cuchillo se desliza una pulgada por su garganta, y antes de que ninguno en la habitación pueda procesarlo, se la desgarro, bañándome en su tibia sangre.

—La cosa es, «cariño», que una vez que te casas con un mafioso ni la misma muerte puede separarlos. —Limpio la hoja del cuchillo en su camisa y me doy la vuelta para enfrentar las expresiones estupefactas de Camillo y Marcello.

Alicia parecía igual de aburrida.

—Terminemos de esto de una maldita vez.

Ahora solo quería ir a casa con mis bebés y dormirme abrazado a ellos.

CUARENTA Y CUATRO

Marcello Coppola

Elaine, sin duda, era la mujer más increíble que hubiera conocido jamás. Me gustaba verla torturar a sus víctimas, pero no había nada tan hermoso como verla asesinar. Era enfermo, pero me importaba una mierda.

—Sabes que sí iba a terminar matándola, ¿verdad? —le susurro al oído.

Íbamos en la parte trasera de una de las camionetas blindadas. Camillo y Alicia iban en la que estaba adelante de nosotros.

—Te estabas tardando demasiado —refunfuña.

—Mas eso no significaba que no iba a matarla.

—De igual forma, así me aseguraba de que esta vez no regresara de entre los muertos.

Río sin poder evitarlo.

—¿Está molesta conmigo, Sra. Coppola? —susurro, llevo la mano a su muslo y lo acaricio hacia arriba lentamente. Solo iban dos hombres en el puesto de al frente y ninguno de ellos se giraría ni por todo el dinero del mundo.

—Tal vez.

—¿Puedo saber por qué?

—Por no habérmelo dicho —dice y jadea cuando rozo su entrepierna—. ¿Por qué creíste que te odiaría o me molestaría por cosas del pasado?

—Supongo que también me avergonzaba, no quería que tuvieras los fantasmas de mi pasado sobre ti.

—Dios, a veces no entiendo a los hombres. —Ríe y con cuidado se sube a mi regazo—. ¿Me juras que ya no hay más secretos en tu pasado?

—Te lo juro. —Beso sus labios, luego la línea de su mandíbula y continúo hasta llegar a su oído—. No hay más secretos, y los que lleguen a haber, te los contaré de inmediato.

—Eso espero —me susurra de vuelta—. O habrá serias consecuencias.

Estampo mis labios contra los suyos tras sentir haber pasado una eternidad sin besarla. Enreda los dedos en mi cabello e iguala la ferocidad de mi beso, habíamos estado alejados del otro, ambos perdidos en todo lo que vendría, y necesitábamos esto tanto como el aire para poder vivir.

No había palabras que pudieran describir lo que Elaine me hacía sentir. Todos los días encontraba nuevas formas de enamorarme de ella cada vez más, todos los días la amaba un poco más. Su nombre era amor para mí, no existían los «te amo» ni «te quiero» mientras estuviera a mi lado.

Para mí el amor ya no era una palabra, era una persona. Mi Elaine.

Y con ella venía el centro de mi mundo: Maxim, Nico y Aster.

∾

ELAINE SE HABÍA DORMIDO sobre mi regazo tras alcanzar la tercera hora de viaje. Me había pasado más de la mitad de este observándola dormir y cuidando que el bamboleo de la camioneta no la despertara. No hubo necesidad de estar alerta durante el camino, nadie sabía sobre la muerte —ahora sí verdadera— de Ines, y para cuando Sandro lo supiera, ya tendría mi arma apuntándole a la cabeza.

O uno de los cuchillos de Elaine en su yugular.

—Sr. Coppola, estamos a quince minutos del lugar.

—Desvíense del camino, nos esconderemos en el bosque. Nadie puede saber que estamos aquí hasta que estemos adentro.

—Sí, señor —responde, de inmediato, les comunica a los demás el plan por la radio. Minutos después, siento el cambio en la carretera.

Con suavidad, muevo a Elaine en mi regazo y levanto su rostro, que se encontraba escondido en la curva de mi cuello. Me gustaba cuando me usaba como su cama personal para dormir, era agradable tener su calor contra el mío, recordándome que estaba aquí y que no iría a ningún lado.

—*Mio cuore*, despierta. Estamos llegando. —Se remueve y deja escapar un pequeño gemido al estirarse.

—¿Qué tan lejos estamos? —susurra.

—Quince minutos. Les ordené que se desviaran, usaremos el bosque para ocultarnos.

Asiente contra mi pecho.

—Todos estudiaron los planos, entraremos por la parte de atrás de la mansión. Tal vez nos encontremos a unos cuantos hombres vigilando la zona, pero no será nada de lo que preocuparse.

—Estoy segura de que será así, bonita. ¿Puedo pedirte algo? Algo superpequeño —digo.

Acaricio su nariz tal como la vi hacerlo tantas veces con los niños. Su mirada se enternece y asiente.

—Cuídate mucho ahí afuera, ¿sí? Estaré detrás de ti en todo momento, cuidándote, pero si te pierdo, asesina a todo aquel que quiera hacer lo mismo contigo.

—Lo haré, te lo prometo. Tú también cuídate, necesito a mi esposo y al padre de mis hijos completo.

—Regresaré a ti en una sola pieza.

Sellamos el pacto con un beso que tenía sabor a miedo, amor y pasión.

Te amo, mi hermosa y resplandeciente estrella.

—Nos dividiremos en cuatro grupos. En el grupo uno iremos nosotros —ordena Elaine con voz segura, Camillo y Alicia asienten a sus palabras—. Ustedes en el segundo grupo, ustedes al tercero y ustedes al cuarto. Matarán únicamente al que intente matarlos a ustedes. Si se rinden, los traerán aquí, donde se quedaran bajo la vigilancia de ellos. —Señala a otro grupo de hombres y mujeres—. ¿Todo claro?

—¡Sí, Sra. Coppola! —Se me erizan los vellos de la piel al escuchar la seguridad con la que estas personas se entregaban a Elaine.

Confiaban ciegamente en que no los enviaba al matadero, sino que, si morían, sería por un propósito, el de demostrarle al mundo que con la familia de las princesas de la mafia nadie se metía. Porque quienes lo hacían, no vivían lo suficiente para contarlo.

—He rastreado la fuente de donde salió toda la información y se encuentra en el último piso. Podría apostar todo lo que tengo a que Sandro se esconderá en ese piso cuando sepa que estamos aquí —nos dice Alicia, Camillo se encontraba detrás de ella.

—Podríamos poner explosivos en todo ese piso —afirma Elaine—, me gustaría torturar a Sandro con mis propias manos, pero ya estoy harta de esto. Lo neutralizamos, evacuamos a todo aquel que no quiera morir y volamos el lugar, ¿qué les parece?

La pregunta estaba dirigida a mí y a Camillo, ya que nos había jodido muchas veces años atrás.

—Haremos lo que ustedes quieran, también estamos cansados de esto. Solo quiero ir a casa. —Alicia sonríe ante las palabras de su esposo.

—Bien, hora de hacer «cabum».

LE HAGO SEÑAS a Elaine para que vea a los tres hombres que estaban patrullando la parte trasera de la mansión. Asiente y se los señala a Alicia. Ella sonríe, levanta el rifle AR15 que llevaba colgando en el hombro y en cuestión de cinco minutos mata a los tres hombres. Luego seguimos con nuestro camino.

Cada grupo iría a uno de los puntos cardinales, nosotros iríamos al norte, donde estaría Sandro esperando su muerte segura. Me posiciono detrás de Elaine tal y como le había prometido que haría. Alicia iba detrás de mí, y a su vez, Camillo detrás de ella. El pasillo que nos llevaba a la sala principal de la casa era angosto y húmedo, el olor a moho llegaba a mis pulmones con cada respiración que daba.

Teníamos alrededor de unos cinco o seis minutos antes de que los hombres en la cabina de seguridad se dieran cuenta de que tres de sus hombres habían dejado de reportarse. Elaine se detiene frente a la puerta de madera que nos separa de lo que en solo unos minutos sería el infierno sobre la Tierra.

—Las granadas de humo —pide en un susurro.

Desengancho una de las cargas y se las paso.

—Alicia, ¿qué lees en la cámara térmica? —pregunto.

—Diez hombres, puede que otros estén en camino.

—Bien —dice Elaine. Les quita los seguros a las granadas, lista para abrir la puerta y lanzarlas—. Todo el mundo péguese a la pared —ordena.

Acto seguido, abre la puerta y lanza las granadas, los disparos no tardan en llegar. Las balas atraviesan la débil madera de la puerta y estas pasan zumbando a nuestro alrededor por unos segundos, pero cuando se detienen, salimos.

Había una gran nube de humo blanco que impedía que nuestros enemigos nos vieran, o nosotros a ellos. Desenvaino una navaja y me voy sobre la primera persona en movimiento que veo. Este lucha, pero yo era más alto y fuerte, por lo que le rebano la garganta de un tajo.

Doy puñetazos y navajazos a todo aquel que se viene sobre mí, podía escuchar cerca una respiración femenina agitada, pero no podía asegurar cuál de las Voronin era. Me tambaleo sobre mis pies cuando alguien me encaja un puñetazo en las costillas. Antes de que pueda recuperarme, saco la Glock del chaleco en mi pecho y disparo, el cuerpo se cae a mis pies totalmente inerte.

—¡Alicia! ¡El radar! —grito intentando ver entre el humo.

Podía ver a cuerpos chocando contra otros. El sonido de los disparos provenía de todas las direcciones, lo que quería decir que nuestros hombres también habían encontrado resistencia.

—¡Están llegando más!

—Mierda —mascullo entre dientes.

Rodeo la garganta de otro hombre, este levanta su arma e

intenta dispararme, pero giro su cuello y lo rompo. No había tiempo para luchar, tenía que matar a todos antes de que llegaran los refuerzos que de seguro ya estaban pidiendo.

—¡Tenemos que subir! —grito.

Disparo a diestra y siniestra, no sin antes asegurarme de que no era mi hermano o alguno de nuestros hombres. A Alicia y a Elaine nunca podría confundirlas, sus cabelleras rubias eran como una estela de luz cada vez que las veía entre el humo.

Pasos apresurados se acercan a mí y me preparo para atacar, pero cuando veo su rostro ensangrentado y los cuchillos en su mano, niego con la cabeza y sonrío.

—Te gusta ensuciarte, ¿no es así?

Mi linda esposa sonríe y se encoge de hombros.

—No me disgusta. Ahora vamos, Alicia acaba de abrir una brecha para nosotros.

Desenfundo otra de mis armas, ella guarda sus cuchillos y hace lo mismo. Cuido sus espaldas a medida que subimos las escaleras. El humo se estaba disipando, por lo que teníamos que apresurarnos. Alicia y Camillo ya nos esperaban en el segundo piso, ambos se habían encargado de los hombres en este piso mientras nosotros lo hacíamos en el primero.

—¿Cuántos crees que hay en el tercer piso? —le pregunta Elaine a Alicia.

Recargo mis armas y preparo las granadas. Los explosivos los llevaba Camillo en una mochila, solo debíamos poner cinco y todo el lugar se vendría abajo. Tendríamos alrededor de diez minutos para escapar y regresar al bosque, donde estaríamos seguros.

—Más de diez hombres, eso es un hecho. —Observo la cámara térmica en sus manos, que ella misma había configurado para que hiciera de radar.

—Algunos se encuentran en habitaciones, ¿no? —

pregunto al ver la pantalla donde se proyectaban las imágenes de calor.

—Así es. Se han dispersado, hay un grupo de calor al final del pasillo. Ahí debe estar Sandro.

—Nosotras iremos por Sandro, ustedes acaben con los hombres en las habitaciones.

Dudo en ceder ante lo que dice Elaine, era arriesgado y algo podría salir mal. Pero entonces recuerdo las palabras de Camillo: debía verla como mi igual, como alguien capaz de cuidarse por sí misma.

—Recuerda lo que prometiste, bonita.

Sonríe y comienza a alejarse con su hermana.

—Regresaré a ti en una sola pieza, *moya lyubov'*.

CUARENTA Y CINCO

Elaine Coppola Voronin Smirnova

El tercer piso se encontraba extrañamente en silencio, Camillo y Marcello estaban listos para entrar en las otras habitaciones y detener a los hombres que de seguro intentarían detenernos. Miro a mi hermana, que se encontraba a mi lado sonriente, había pasado mucho tiempo desde que nos encontramos en una situación como esta, en la que ella y yo asumíamos el papel que nos había dado el bajo mundo. Los ángeles de la muerte.

—¿Estás lista? —pregunta.

Sonrío, sintiéndome más lista que nunca. Esto no solo lo haría porque Sandro tocó a mi familia, lo haría por esos dos chicos de veinte años que confiaron ingenuamente en la persona equivocada, lo haría por esos dos chicos que solo querían importarle a alguien y ser amados.

—Acabemos con ellos para que podamos irnos a casa.

Ambas con arma en mano, nos adentramos en el pasillo. Los chicos de inmediato se ponen a la acción y lanzan las granadas a las habitaciones. Los disparos y gritos no tardan en llegar, pero nosotras no nos detenemos y nos vamos sobre todo aquel que se interpone en nuestro camino.

Disfrutaría mucho más todo esto si pudiera usar mis cuchillos, pero no podía comparar mi velocidad a la de un arma. Si quería llegar completa a casa, regresar a donde estaban mis hijos, mantenerme en una sola pieza como le había prometido a Marcello, tenía que usar las armas. Aunque, por supuesto, tenía a mi lado a la mejor tiradora que podría existir en este mundo.

Un grupo de hombres sale de una habitación a nuestra izquierda, intercambio una mirada con Alicia y ambas sonreímos. Corro, tomando impulso, y me lanzo sobre el que está más cerca de mí. Le realizo una llave con mis piernas alrededor de su cuello, lo que lo priva de aire, mi puño se conecta con su garganta y su mirada se extingue. En cuanto el cuerpo toca el suelo, me quito de encima y le disparo en el pecho.

No pierdo el tiempo y me voy sobre el siguiente. Este era alto y robusto, sin duda me superaba en fuerza y peso, pero yo era más rápida.

Desenvaino una de las navajas que se encontraba en mi muslo, y el sujeto no duda en venir por mí cuando ve mi movimiento. Esquivo un golpe que va directo a mi rostro, con destino a dejarme de seguro inconsciente o con una contusión cerebral. Paso por debajo de su brazo y lo rodeo, mi navaja se encuentra contra el costado derecho de su pecho y la entierro entre sus costillas. Golpeo mi pie contra el suyo en un intento de derribarlo, pero no logro moverlo ni tan solo un centímetro.

La sangre hierve en mi interior cuando se ríe de mi pobre intento de derribarlo, pero no lo dejaría vivo, no después de eso. Desenvaino dos cuchillos más y me pongo en posición de combate cuerpo a cuerpo, su puño pasa rozando mi oreja y a su vez el mío se impacta justo donde lo había herido.

Hundo ambos puñales en su pecho y, con ayuda de ellos, lo

escalo como si fuera una pared de rocas. Rodeo su cuello con mis piernas y, con una sonrisa en el rostro, clavo ambos cuchillos en su cuello. Su sangre tibia no tarda en salir y empaparme los pantalones, saco entonces los cuchillos y dejo caer el cuerpo inerte del hombre en el suelo.

Miro a mi alrededor, buscando a mi hermana, y cuando lo hago, la encuentro luchando contra un hombre de aspecto similar al que acababa de asesinar. Corro hacia ella, tomo impulso, y antes de que el hombre pueda verme, salto sobre él y lo derribo, ruedo en el suelo dando una vuelta completa debido a la fuerza del impacto. Escucho el sonido de un disparo, y cuando me volteo, encuentro al hombre con un agujero en la frente.

—¿Estás bien? —pregunto.

Alicia se pasa la mano por el rostro, limpiándose algo de sangre.

—Sí, solo que era como un mastodonte.

—Lo era.

El sonido de una explosión bajo mis pies me hace tambalearme, intercambio una mirada con Alicia, que parecía igual de sorprendida que yo por la explosión. Miro por encima de mi hombro, encontrando a Camillo y a Marcello luchando cuerpo a cuerpo, había como cuatro hombres a su alrededor, pero sabía que podían con ellos. El pasillo estaba lleno de cuerpos, unos estaban muertos y otros inconscientes, solo había matado a quienes intentaron matarme directamente y no se habían estado defendiendo.

—Vamos, hay que apresurarnos —digo.

Tomamos nuestras armas y corremos por el pasillo, la mayoría de los hombres quizás habían bajado y nuestro equipo se había ocupado de ellos, por lo que solo nos quedaban quienes estaban protegiendo a Sandro.

Alicia había extraviado el radar en alguna parte de la lucha, así que solo nos quedaba esperar que la cantidad de hombres fuera bastante pequeña.

Con unos veinte me conformaría.

Nos detenemos frente a la puerta que mantenía al hombre lejos de nosotras.

—¿Tú te encargas de un lado y yo del otro? —pregunta mi hermana.

La miro, eternamente agradecida porque fuera mi compañera en este día. Habíamos aprendido a luchar codo a codo antes que caminar y era todo un privilegio.

—Hecho.

Abro la puerta y de inmediato los disparos llegan, teníamos chalecos antibalas, pero si una bala me tocaba más allá de lo que protegía, estaría jodida. Disparo a los que tengo cerca antes de esconderme detrás de una estantería, en ambos lados había hileras de estas.

Tomo una bocanada de aire antes de salir de nuevo y disparar. Le doy una repasada al lugar por encima de las balas, buscándolo, y cuando lo encuentro, escondido en una esquina, sonrío.

No se parecía en nada al joven hombre que había visto en las fotografías de hace veinte años, había envejecido mucho. Esa vez que se apareció en la sala de juegos iba bien arreglado, pero apenas si le había prestado atención.

—¿Dónde están tus pelotas, Sandro? ¿Acaso las perdiste después de intentar asesinar a mi tío? —grito.

Por el rabillo del ojo observo que Alicia se acerca con sigilo a uno de sus hombres y le rompe el cuello, luego sostiene el cuerpo antes de que toque el suelo y lo esconde entre las estanterías.

—¡Mis hombres van a matarte, así como debieron hacer con tus tíos e hijos!

Dejo salir una risa burlesca, iba a distraerlo hasta que Alicia lo tuviera sujeto del pescuezo.

—Oh, ¿en serio? Entonces te interesará saber lo que le hice a tu socia Rosetta. ¿O debería decir Ines?

Su gruñido de ira me llega a los oídos, lo que hace que mi sonrisa se ensanche.

—Te juro que si le hiciste algo...

—¿Y qué si le hago algo? —replico, interrumpiendo sus estúpidos juramentos—. No solo le hice algo, le abrí la garganta igual que a un cerdo.

—¡Hija de perra! ¡Voy a ir por tus hijos! —grita colérico.

—Con mis sobrinos no te metes, querido. —La voz de Alicia me llega a los oídos y, seguido de ello, el sonido del seguro de un arma—. Diles a tus hombres que bajen las armas o te irás de visita a donde tu preciosa hermana Inés y sin pasaje de vuelta al infierno —promete.

—Todos, bájenlas ahora.

Me aseguro de que lo hayan hecho antes de salir de mi escondite.

Habían quedado alrededor de cinco hombres vivos, en el suelo había más, pero no podía perder el tiempo contando cadáveres.

Sandro se encontraba de rodillas, encañonado por el arma de Alicia, se veía pálido y cansado.

—Un gusto verte de nuevo, Sandro.

—Voy a matarte.

Niego, cansada de lo mismo.

—Al parecer, es de familia hacer promesas que no van a cumplir. —Chasqueo la lengua—. Así que estuviste aquí todos estos años, aguardando el momento para llevar a cabo tu estúpida venganza. Creí que los villanos de hoy en día buscaban excusas más originales para iniciar una guerra.

—Mi hermana no es un motivo estúpido para iniciar una guerra —dice y escupe saliva a mis pies, yo retrocedo asqueada.

—Tu hermana estaba viva, pudieron iniciar de cero y tener una vida plena y feliz. Pero ahora ella está muerta y tú lo estarás muy pronto. Cómo te queda el ojo con tu venganza, ¿eh?

Suspiro.

—¡Marcello! —grito sin perder de vista a los hombres arrodillados que aguardaban el veredicto de su juicio—. Si se rinden y juran que no intentarán atacarnos en cuanto les demos la espalda, los dejaremos vivos y podrán regresar a casa con sus familias.

Todos me observan en silencio con evidente odio en la mirada.

—Es triste cuando juran lealtad a la persona equivocada. Está bien, es su decisión —digo.

Pasos apresurados se escuchan a mi espalda, sin voltearme, sé que son Marcello y Camillo.

—¿Todo bien, bonita? —dice su voz detrás de mí.

—Todo bien. Solo te llamaba por si querías decirles algunas palabras de despedida.

Su mirada pasa de mí y se encuentra con la de Sandro. No lo golpea o lo insulta como creí que haría, simplemente le dedica una mirada de lástima y sonríe.

—Espero que el infierno sea un lugar acogedor para ti. —Deja un beso en mi sien y se aleja—. Voy a colocar los explosivos.

Camillo no se acerca, ni le dedica una mirada, solo sigue a su hermano.

Saco las sogas de mi mochila y comienzo a atar a los hombres que quedaron con vida. Los que estaban inconscientes en el pasillo no serían conscientes de su muerte, y ese era el único gesto de piedad que les daría.

—¿Eso es todo lo que harán? ¿No van a llevarnos y torturarnos? —pregunta Sandro, estupefacto.

Lo observo unos minutos en silencio antes de responder.

—¿Tienes una idea de lo agotador que es torturar a alguien? Querido, estoy cansada. Di a luz a tres hermosos niños hace unas semanas, debería estar en casa con ellos y no aquí con ustedes. Pero decidiste meterte con mi familia, y eso no lo perdono, además de que mi esposo tenía cuentas pendientes contigo. Si hubieras sido listo, habrías tomado la segunda oportunidad que te dio el universo y hubieras vivido en calma y feliz. Dejaste que la venganza te consumiera y mira a dónde te llevó.

»Así que no, no voy a torturarte. Voy a volar esta mansión con ustedes adentro, luego iré a casa de mis tíos, besaré a mis hijos y estaré con ellos hasta que se duerman. Y por último, tomaré una larga ducha y de seguro terminaré haciendo el amor con mi esposo toda la noche —concluyo y retomo mi trabajo.

Cuando me cercioro de que todos están bien atados, suspiro. Alicia se había encargado de Sandro y lo había amarrado a una silla, mientras tanto, estaba borrando toda la información de los ordenadores. No dejaríamos ni una sola prueba de que este lugar existió alguna vez.

—Todo listo, bonita.

Asiento, una vez más, otra pequeña historia de nuestro pasado había terminado. Ahora solo quedaba aguardar a lo que vendría en el futuro. Sin duda alguna, estaría lleno de mucha acción.

—Espero que en tu otra vida aprendas a ser feliz, Sandro Caruso.

TRES.

Dos.

Uno.

Bum.

La fuerza de la explosión me hace estremecerme entre los brazos de Marcello. Observamos como la mansión de Caruso se desploma sobre sí misma y arde en llamas. Solo treinta hombres se habían rendido, los demás habían muerto o habían decidido morir junto con Sandro. Nuestros hombres habían sufrido bajas mínimas y sacado a todos los heridos.

Por fin se había acabado, y ahora solo quería vivir la vida de una madre que era pianista y esposa.

¡Oh!, y futura heredera de toda la mafia.

—¿Estás lista para volver a casa con los niños, bonita?

Me acurruco entre los brazos de mi esposo, dejando que la sensación de tranquilidad me embargue.

—Lista para tener la típica vida de una familia en los suburbios —bromeo.

Su risa reverbera contra su pecho, lo que enloquece a mi corazón.

Amaba esa risa.

—Nuestra vida nunca será típica, *mio cuore.*

Giro entre sus brazos y le echo los míos al cuello.

—Y por eso me encanta.

Sonríe.

—Tu vida era tranquila antes de que yo llegara, bonita.

Río.

—El problema es que no solo llegaste a mi vida como un mafioso con sus planes malignos. —Engroso mi voz, lo que lo hace sonreír—. Me enamoré de mi mafioso maligno y me casé con él.

—Y él se enamoró de su bonita princesa de la mafia. —Besa mis mejillas, nariz y frente—. Te amo, Elaine Coppola. Mi corazón fue tuyo desde la primera vez que te vi.

Lo miro a los ojos, sintiéndome como la mujer más afortunada del mundo, y tal vez lo era.

—Yo también te amo, Marcello Coppola. Siempre lo haré.

Nos fundimos en un beso que sin duda era la prueba de que sin importar qué otras batallas vinieran, juntos las comenzaríamos y juntos las terminaríamos. Porque después de todo, *me casé con un mafioso* y amaba todo lo que significaba estarlo.

MARCELLO COPPOLA

24 de diciembre, once meses después

Acomodo las orejas de reno sobre la cabeza de Nico antes de salir de la camioneta, Maxim también tenía unas y Aster sería Santa Claus esta Navidad. Como la única niña de esta generación, todos decidimos que ella tendría el honor.

—¿Estás listo para una verdadera Navidad sin preocupaciones? —pregunta mi esposa con una sonrisa en el rostro.

Cubro a los niños con su manta y bajo de la camioneta, la rodeo y abro la puerta. Le tiendo una mano y la otra la pongo en el medio del portabebés, era un reflejo inconsciente que tenía cuando los llevaba.

—Estoy más que listo, bonita. —Beso su sien y rodeo su cintura con mi brazo. Mantenía contra su pecho a Aster, quien estaba cubierta por una manta rosa y blanca. Era su favorita—. ¿Puedo confesarte algo? —pregunto a medida que nos acercamos a la entrada de la casa de sus padres.

Habíamos pasado bastante tiempo aquí después del nacimiento del pequeño Stephan, el hijo de mi hermano. Se sentía bien pertenecer a un lugar.

—Siempre, cariño.

Nos detenemos en el medio del pasillo, solo unos cuantos pasos nos separaban de lo que ahora era también mi familia. El marrón de sus ojos brillaba de esa manera tan especial que tenía cuando me miraba.

—Cuando nos casamos, me aterraba la idea de no saber estar en familia. De no poder darte la familia que sabía que te merecías.

Su mirada se enternece, acaricia mi mejilla y acerca su frente a la mía.

—Nunca dudé de que pudiera tener felicidad a tu lado, Marcello. Sé que tu infancia no fue fácil y que tú y Camillo apenas tuvieron un atisbo de lo que es pertenecer a una familia cuya base principal sea el amor. Pero nada de eso te impidió darme lo que siempre quise: un hogar cálido al que siempre regresar, hijos y una vida estable entre mi mundo y lo que es ser normal.

Rozo mi nariz con la suya, sabiendo lo afortunado que era de que esta grandiosa mujer me eligiera su esposo y padre de sus hijos. Tal vez nunca la merecería, pero mejoraría todos los días para llegar a ganármelo.

—Eres lo más hermoso que me pudo dar la vida. —Su sonrisa se ensancha.

Deja un pico en mis labios y me toma de la mano.

—Vamos, todos deben estar esperando por nosotros.

A medida que nos acercamos a la sala, el olor a comida inunda mis fosas nasales; todo el lugar estaba decorado con adornos navideños y había un gran árbol en una esquina. Esta sería mi segunda Navidad con Elaine, pero de alguna manera esta se sentía mucho más especial.

Le quito las mantas a los niños para que así puedan embriagarse con la belleza del lugar. Los tres pequeños ya tenían un año, y una parte de mí temía que el tiempo pasara demasiado rápido y no pudiera disfrutar lo suficiente con ellos, pero como decía mi Elaine: «No te preocupes por el mañana, solo vive el ahora».

—¡Llegaron! —El grito de Alicia me toma por sorpresa, al igual que su abrazo.

—También me alegra de verte —digo.

—A mí también, pero no venía por ti, sino por mi príncipe Nico.

Frunzo el ceño.

—Ya tú tienes un bebé, Alicia —protesto.

Era celoso con mis hijos, en especial con Aster, y no me gustaba cuando los alejaban de mí. Me obligaba a ceder cuando se trataba de Elaine, ya que ella era igual o peor que yo.

—Eso es correcto, cuñadito, pero tu hermano no lo suelta, así que tengo que robarme uno tuyo. De igual forma tienes tres, no seas egoísta y comparte.

Pongo los ojos en blanco, saco a Nico de su lado del portabebés y se lo entrego con reticencia.

—Hola para ti también, hermanita —bromea Elaine.

—Hola, hola. Ahora tú, mi niño, ven con tu tía favorita.

Veo a mi cuñada irse con uno de mis hijos y se encamina a donde están Lorenzo y Roxanne. Lorenzo tenía en su regazo a Emanuele, pero en cuanto Angelo ve a Aster, este se baja del sofá donde estaba sentado y corre hacia Elaine.

Para ser un niño de casi tres años, era muy ágil y activo.

—«¡Ater!» —grita alzando las manos hacia mi hija.

—¿Quieres verla? —pregunta Elaine con una sonrisa.

El pequeño asiente, entonces buscan una de las mecedoras para bebés que siempre dejábamos aquí en la sala y acomodan a

Aster en ella. De inmediato, Angelo comienza a hacerle caras y cosquillas a Aster. Tenía la sospecha de que en un futuro tendría que preocuparme por el joven heredero de Lorenzo.

Busco a mi hermano con la mirada, y cuando lo encuentro, me dirijo hacia él, estaba frente a la chimenea con Stefan en brazos.

—Quién diría que serías un padre sobreprotector —bromeo y palmeo su hombro con mi mano libre.

—Alguien tiene que proteger a los niños de las mujeres de esta casa.

—¡Te escuché, Camillo! —grita su esposa.

Río ante la mueca que hace mi hermano.

—¿Ha pasado algo de lo que deba preocuparme? —pregunto.

Stefan era pequeño, a diferencia de mis hijos, los mechones de cabello que tenía eran marrón oscuro, igual que el mío y el de Camillo. Sus ojos eran de un marrón claro, suponía que una mezcla entre los genes de Camillo y Alicia.

—Lo único preocupante es que aceptaras la idea de vestir a todos los niños como renos para formar el trineo de Santa.

—Mi hija es Santa —digo orgulloso—. Claro que iba a aceptar.

—Tu esposa te contagió la locura.

—¡Lo escuché! —Río a carcajadas.

—Sí, Elaine. —Camillo pone los ojos en blanco—. Ya verás, para el año que viene, los disfrazaremos de todo el grupo Marvel.

Niego, divertido por la situación.

—¿Dónde están Alexei, Anastasia y Lucios? —pregunto, extrañado de que no hubieran salido a recibirnos.

—Alexei, en la cocina con Anastasia. Y Lucios, cambiando a Dima.

Dima era la viva copia de Alexei y todas las mujeres en esta casa estaban locas por ese niño, y no las culpaba. Era un bebé hermoso.

Nunca imaginé mi vida así, rodeado de niños, amigos y llena de cenas navideñas, fiestas de Año Nuevo y cumpleaños infantiles. Era la vida que cualquier hombre desearía tener, y Camillo y yo habíamos tenido la suerte de conseguirla.

Transcurren alrededor de unos minutos hasta que aparecen Alexei y Anastasia. Lucios llega con el pequeño Dima en brazos, pareciendo el abuelo más feliz del mundo. Ana abraza a su hija y luego reparte besos en las caras de todos sus nietos. Alexei en ningún momento deja de observarla, tenía una sonrisa en el rostro, y cuando me atrapa mirándolo, levanta su copa de champán. Como el hombre honesto que era, debía confesar que todas las mujeres en esta casa nos tenían envueltos alrededor de su dedo meñique. No había nada que nosotros no hiciéramos por ellas.

Al caer la noche, todos nos dirigimos al comedor: la mesa estaba llena de una variedad de comida. Por lo que Elaine me había contado, Alexei, antes de reencontrarse con Ana, solo sabía hacer *pizza*. Aunque luego de un tiempo, esta le enseñó a preparar otros platillos y ahora ambos cocinaban para cada festividad que había. Personalmente, aunque nunca se lo diría, Alexei hacia una *pizza* exquisita. Casi tuve que rogarle que me diera la receta, ya que sabía que a Elaine le gustaba mucho y yo quería prepararla para ella y para los niños más adelante.

Damos gracias y la cena navideña transcurre entre bromas, risas y algún que otro llanto de alguno de los niños. Estaba feliz, eufórico. Me sentía más completo que nunca, vivo.

Después de cenar, todos nos acomodamos alrededor del árbol a esperar que llegue la medianoche. Cuando lo hace, intercambiamos regalos. En algún punto de la noche, atrapo a

Elaine mirándome con una sonrisa en el rostro. Me encontraba en el suelo, con un bebé en cada muslo y los otros en sus respectivas mecedoras mientras les contaba un cuento. Los demás padres responsables disfrutaban de un trago, me habían dejado de niñero, pero no me quejaba.

«Te amo», articula a la distancia sin dejar de verme.

Tenía la mirada brillosa y estaba radiante. Brillaba como la estrella que siempre había sido.

«Te amo», le contesto sonriente.

Tal vez nuestra historia no comenzó de la manera más convencional, pero cuando algo comenzaba de esa forma, el tiempo no lo apagaba. Nuestra historia era extraordinaria, alocada y única. Así como ella.

Y mi vida nunca más sería convencional, siempre estaría llena de días extraordinarios, alocados y únicos.

Al parecer, ese era el efecto que tenía casarse con un mafioso.

O en este caso, con una princesa de la mafia.

FIN

¿Quieres saber qué sucedió después?
Únete a mi lista de correo y recibe gratis una copia digital de
Herencia de pasión: relatos exclusivos de Me casé con un mafioso.
Suscríbete aquí https://bit.ly/extrasMCCUM

Nuestros protagonistas regresan en la cuarta novela de esta serie: *Fascinada por un mafioso:* Lo prohibido seduce más que el poder.
Obtenla aquí: https://relinks.me/B0CW1Z43HY

Notas

2. ELAINE VORONIN SMIRNOVA

1. Y sí que lo es, en ruso.

7. MARCELLO COPPOLA

1. Como me encantaría cortarte la lengua, en ruso.
2. Hermana, todo mío; en ruso
3. Deja la cabeza intacta, será para papá; en ruso.

11. MARCELLO COPPOLA

1. En italiano. Traducción:
   —Buenas tardes —saludo al sacerdote.
   —Buenas tardes, hijos míos. ¿Alguien más vendrá a la ceremonia?

19. ELAINE VORONIN SMIRNOVA

1. Abuelo, en ruso.
2. Estrella, en ruso.
3. Mi pequeña estrella, en ruso.

21. ELAINE VORONIN SMIRNOVA

1. Mi amor, en ruso.

Índice

PARTE DOS

www.ingramcontent.com/pod-product-compliance
Lightning Source LLC
Chambersburg PA
CBHW031430240626
47154CB00001B/274